O Fantasma da Ópera

Le fantôme de l'Opéra (1910)
Traduzido do inglês *The Phantom of the Opera* (1911)

© 2024 by Book One
Todos os direitos de tradução reservados e protegidos pela Lei 9.610 de 19/02/1998. Nenhuma parte desta publicação, sem autorização prévia por escrito da editora, poderá ser reproduzida ou transmitida sejam quais forem os meios empregados: eletrônicos, mecânicos, fotográficos, gravação ou quaisquer outros.

1ª REIMPRESSÃO: AGOSTO 2025

Coordenadora editorial	*Francine C. Silva*
Produtora editorial	*Caroline David*
Tradução	*Rafael Bisoffi*
Preparação	*Letícia Nakamura*
Revisão	*Tássia Carvalho* *Vanessa Omura*
Capa, projeto gráfico e diagramação	*Renato Klisman • @rkeditorial*
Impressão	*PifferPrint*

Dados Internacionais de Catalogação na Publicação (CIP)
Angélica Ilacqua CRB-8/7057

L626f   Leroux, Gaston, 1868-1927

O fantasma da ópera / Gaston Leroux ; tradução de Rafael Bisoffi. -- São Paulo : Excelsior, 2024.

304 p.

ISBN 978-65-85849-26-5

Título original: *The Phantom of the Opera*

1. Ficção francesa
I. Título II. Bisoffi, Rafael

24-0291   CDD 843

SIGA NAS REDES SOCIAIS:

- @editoraexcelsior
- @editoraexcelsior
- @edexcelsior
- @editoraexcelsior

editoraexcelsior.com.br

# GASTON LEROUX

O Fantasma da Ópera

São Paulo
2025

EXCELSIOR
BOOK ONE

Prólogo

*Em que o autor desta obra singular
informa ao leitor como teve a certeza de que
o Fantasma da Ópera realmente existiu*

O Fantasma da Ópera realmente existiu. Não era, como se acreditava, uma criatura da imaginação dos artistas, da superstição dos diretores, ou produto dos cérebros absurdos e impressionáveis das moças do balé, de suas mães, dos guarda-camarotes, dos assistentes do vestiário ou da porteira. Sim, ele existiu em carne e osso, embora assumisse a aparência completa de um verdadeiro fantasma; ou seja, de uma sombra espectral.

Quando comecei a explorar os arquivos da Academia Nacional de Música, fiquei de imediato impressionado com as coincidências surpreendentes entre os fenômenos atribuídos ao "fantasma" e a tragédia mais extraordinária e fantástica que já entusiasmou as classes altas de Paris; e logo concebi a ideia de que essa tragédia poderia ser razoavelmente explicada pelos fenômenos em questão. Os acontecimentos não datam de mais de trinta anos atrás; e não seria difícil encontrar, nos dias de hoje, no saguão do balé, velhos da mais alta respeitabilidade, homens em cuja palavra se podia confiar em absoluto, que recordariam como se tivessem acontecido ontem as condições misteriosas e dramáticas que permearam o sequestro de Christine Daaé, o desaparecimento do Visconde de Chagny e a morte do irmão mais velho dele, Conde Philippe, cujo corpo foi encontrado na margem do lago que existe nas catacumbas inferiores da Ópera, no lado da Rue Scribe. Mas, até aquele dia, nenhuma dessas testemunhas tinha pensado que havia alguma razão para conectar a figura mais ou menos lendária do Fantasma da Ópera com aquela terrível história.

A verdade demorou a entrar em minha mente, perplexa por uma indagação que a todo momento era complicada por acontecimentos que, à primeira vista, poderiam ser vistos como sobre-humanos; e mais de uma vez fiquei por um fio de abandonar uma tarefa em que estava me esgotando na busca desesperada de uma imagem vã. Por fim, recebi a prova de que meus pressentimentos não haviam me enganado, e fui recompensado por todos os meus esforços no dia que tive a certeza de que o Fantasma da Ópera era mais do que uma mera sombra.

Naquele dia, eu havia passado longas horas sobre *As memórias de um diretor*, a obra leve e frívola do cético Moncharmin, que, durante seu mandato na Ópera, nada entendia do misterioso comportamento do fantasma e que estava tirando sarro dele no exato momento que se tornou a primeira vítima da curiosa operação financeira que acontecia dentro do "envelope mágico".

Eu acabara de sair da biblioteca em desespero, quando encontrei o agradabilíssimo diretor-assistente de nossa Academia Nacional, que conversava em um degrau com um velhinho animado e bem-vestido, a quem ele com alegria me apresentou. O diretor-assistente sabia tudo sobre minhas investigações e, como eu tentava descobrir, de maneira ansiosa e sem sucesso, o paradeiro de *monsieur* Faure, que era o juiz de instrução no famoso caso Chagny. Ninguém sabia o que acontecera com ele, se estava vivo ou morto; e aqui estava ele de volta do Canadá, onde passara quinze anos, e a primeira coisa que fizera, em seu retorno a Paris, foi ir à secretaria da Ópera e pedir um assento livre. O velhinho era o próprio *monsieur* Faure.

Passamos boa parte da noite na companhia um do outro, e ele me contou todo o caso Chagny conforme havia entendido na época. Ele foi forçado a concluir em favor da loucura do visconde e da morte acidental do irmão mais velho, por falta de provas em contrário; mas estava convencido de que uma tragédia terrível ocorrera entre os dois irmãos em conexão com Christine Daaé. Ele não sabia me dizer o que acontecera com Christine ou com o visconde. Quando mencionei o fantasma, ele apenas riu. Também fora informado das curiosas manifestações que pareciam apontar para a existência de um ser anormal, residente num dos cantos mais misteriosos da Ópera, e conhecia a história do envelope; mas ele nunca vira nada nela digno de sua atenção como magistrado encarregado do caso Chagny, e tudo que ele fez foi ouvir as evidências de uma testemunha que apareceu por vontade própria e declarou que muitas vezes tinha encontrado o fantasma. Essa testemunha era ninguém menos que o homem que toda a Paris chamava de "Persa" e que era bem conhecido por todos os assinantes da Ópera. O magistrado o tomou por um alucinado.

Eu estava imensamente interessado na história do Persa. Queria, se ainda houvesse tempo, encontrar essa valiosa e excêntrica testemunha. Minha sorte começou a melhorar e o encontrei em seu pequeno apartamento na Rue de Rivoli, onde morava desde então e onde morreu cinco meses depois da minha visita. A princípio, eu estava inclinado a desconfiar; porém, quando o Persa me disse, com franqueza infantil, tudo o que sabia sobre o fantasma e me entregou as provas da existência dele — incluindo a estranha correspondência de Christine Daaé — para fazer o que eu quisesse, não pude mais duvidar. Não, o fantasma não era um mito!

Disseram-me, sei, que essa correspondência pode ter sido forjada da primeira à última carta por um homem cuja imaginação por certo se alimentou dos contos mais sedutores; mas felizmente descobri alguns dos escritos de Christine fora do famoso pacote de cartas e, numa comparação entre eles, todas as minhas dúvidas foram removidas. Também entrei na história passada do Persa e descobri que ele era um homem íntegro, incapaz de inventar uma história que pudesse tentar enganar os fins da justiça.

Esta, aliás, era a opinião das pessoas mais sérias que, vez ou outra, envolveram-se no caso Chagny, que eram amigos da família Chagny, a quem mostrei todos os meus documentos e expus todas as minhas inferências. A esse respeito, gostaria de imprimir algumas linhas que recebi do General D.:

Senhor:

Não posso exortá-lo com demasiada veemência a publicar os resultados de sua pesquisa. Lembro-me perfeitamente de que, poucas semanas antes do desaparecimento daquela grande cantora, Christine Daaé, e da tragédia que pôs em luto todo o Faubourg Saint-Germain, muito se falou, no foyer do balé, sobre o tema do "fantasma", e creio que só deixou de ser discutido em consequência do caso posterior que tanto nos emocionou. Mas, se for possível — como, depois de ouvi-lo, acredito — explicar a tragédia por intermédio do fantasma, então peço-lhe, senhor, que nos fale sobre o fantasma novamente.

Por mais misterioso que o fantasma pareça à primeira vista, ele sempre será explicado com mais facilidade do que a história sombria em que pessoas malévolas tentaram imaginar dois irmãos se matando, dois irmãos que se adoraram a vida toda.

Creia-me etc.

Por fim, com meu maço de papéis em mãos, voltei a percorrer o vasto domínio do fantasma: o enorme edifício que ele transformara em seu reino. Tudo o que meus olhos viram e tudo o que minha mente percebeu corroboraram com precisão com os documentos do Persa; e uma descoberta maravilhosa coroou meus trabalhos de maneira muito definida. Recorde-se que, mais tarde, ao escavarem a subestrutura da Ópera, antes de enterrarem os registros fonográficos da voz da artista, os operários desnudaram um cadáver. Bem, eu pude provar de imediato que esse cadáver era o do Fantasma da Ópera. Fiz com que o diretor-assistente testasse essa prova com as próprias mãos; e agora é uma questão de suprema indiferença para mim se os jornais fingem que o corpo era de uma vítima da Comuna.

Os miseráveis que, sob a Comuna, foram massacrados nas catacumbas da Ópera não foram enterrados deste lado; vou dizer onde seus esqueletos podem ser encontrados, em um local não muito longe daquela imensa cripta que foi abastecida durante o cerco com todos os tipos de provisões. Deparei-me com esse local justamente quando procurava os restos do Fantasma da Ópera, que eu nunca encontraria, a não ser pelo acaso inédito descrito acima.

Mas voltaremos depois ao cadáver e ao que deve ser feito com ele. Por ora, devo concluir esta introdução tão necessária com um agradecimento a *monsieur* Mifroid (que foi o delegado de polícia designado para as primeiras investigações após o desaparecimento de Christine Daaé); *monsieur* Remy, o falecido secretário; *monsieur* Mercier, o falecido diretor-assistente; *monsieur* Gabriel, o falecido mestre de coro; e, mais particularmente, *madame* Baronesa de Castelot-Barbezac, que já foi a "pequena Meg" da história (e que não se envergonha dela), a estrela mais encantadora do nosso admirável corpo de balé, a filha mais velha da digna *madame* Giry, já falecida, que tinha a seu cargo o camarote particular do fantasma. Todos eles foram da maior ajuda para mim; e, graças a eles, poderei reproduzir, diante dos olhos do leitor e em mínimos detalhes, aquelas horas de puro amor e terror.

E eu seria ingrato se me omitisse, enquanto estou no limiar desta história terrível e veraz, para agradecer à atual administração da Ópera, que tão gentilmente me ajudou em todas as minhas indagações, e *monsieur* Messager em particular, junto com *monsieur* Gabion, o diretor-assistente, e o mais amável dos homens, o arquiteto encarregado da preservação do edifício, que não hesitou em emprestar-me as obras de Charles Garnier, embora tivesse quase certeza de que eu nunca as devolveria a ele. Por último, devo prestar uma homenagem pública à generosidade do meu amigo e antigo colaborador, *monsieur* J. Le Croze, que me permitiu mergulhar na sua esplêndida biblioteca teatral e pedir emprestado as edições mais raras de livros a partir das quais ele montou um grande acervo.

Gaston Leroux

I

É mesmo o fantasma?

Foi na noite que os *messieurs* Debienne e Poligny, diretores da Ópera, estavam fazendo uma última apresentação de gala para comemorar sua aposentadoria. De repente, o camarim de La Sorelli, uma das principais bailarinas, foi invadido por meia dúzia de jovens do balé, que apareceram, vindas do palco, depois de "dançarem" o *Polieucto*. Elas entraram correndo em meio a uma grande algazarra, algumas dando vazão a risos forçados e antinaturais, outras a gritos de terror. Sorelli, que desejava ficar sozinha por um momento para "revisar" o discurso que faria aos diretores que se aposentavam, olhou em volta com raiva para o grupo louco e tumultuado. Foi a pequena Jammes — a menina com o nariz arrebitado, os olhos azuis como uma flor de não-me-esqueças, as bochechas vermelhas como uma rosa e o pescoço e os ombros brancos tais quais lírios — que explicou com voz trêmula:

— É o fantasma! — E trancou a porta.

O camarim de Sorelli estava decorado com elegância oficial e banal. Um tremó, um sofá, uma penteadeira e um ou dois armários compunham os móveis necessários. Nas paredes, pendiam gravuras e relíquias da mãe, que conhecera as glórias da antiga Ópera da Rue le Peletier; retratos de Vestris, Gardel, Dupont, Bigottini. Mas o cômodo parecia um palácio para as pirralhas do *corps de ballet*, alojadas em camarins comuns, onde passavam seu tempo cantando, brigando, batendo nas cômodas e penteadeiras e comprando, umas para as outras, copos de cassis, cerveja ou até mesmo rum, até que o garoto da campainha dava seu sinal.

Sorelli era muito supersticiosa. Ela estremeceu quando ouviu a pequena Jammes falar do fantasma, chamou-a de "tola bobinha" e, então, como era a primeira a acreditar em fantasmas em geral, e no Fantasma da Ópera em particular, imediatamente pediu detalhes:

— Vocês o viram?

— Com tanta nitidez quanto eu a vejo agora! — respondeu a pequena Jammes, cujas pernas ficavam fracas, e despencou em uma cadeira com um gemido.

Nisso, a pequena Giry — a menina de olhos negros como ameixas, cabelos pretos como tinta, tez morena e uma pobre pelezinha estendida sobre pobres ossinhos —, a pequena Giry acrescentou:

— Se aquele é o fantasma, ele é muito feio!

— É, sim! — gritou o coro de bailarinas.

E todas começaram a falar ao mesmo tempo. O fantasma aparecera-lhes na forma de um cavalheiro vestido de maneira formal, que, de súbito, colocara-se no caminho delas, sem que soubessem de onde ele viera. Ele parecia ter saído direto da parede.

— Bu! — disse uma delas, que mais ou menos mantivera a cabeça fria. — Vocês veem o fantasma por todo lugar!

E era verdade. Durante vários meses, não se discutia outro assunto na Ópera que não fosse o tal fantasma de roupas formais, que assombrava o edifício, de cima a baixo, como uma sombra que não falava com ninguém, a quem ninguém ousava falar e que desaparecia assim que era visto, ninguém sabia como nem para onde. Como um verdadeiro fantasma, ele não fazia barulho ao andar.

As pessoas, a princípio, riam e zombavam desse espectro vestido como um homem elegante ou como agente funerário; mas a lenda do fantasma logo tomou proporções enormes no *corps de ballet*. Todas as jovens fingiam ter encontrado esse ser sobrenatural com frequência maior ou menor. E os que riam mais alto não eram os que estavam mais à vontade. Quando não se mostrava, traía sua presença ou sua passagem por acidente, cômico ou sério, pelo que a superstição geral o responsabilizava. Se alguém tivesse sofrido uma queda, ou sofrido uma pegadinha nas mãos de uma das outras garotas, ou perdido uma esponja de pó de arroz, a culpa era imediatamente do fantasma, do Fantasma da Ópera.

Afinal, quem o tinha visto? Encontram-se tantos homens bem-vestidos na Ópera, os quais não são fantasmas. Mas esse traje tinha sua própria peculiaridade. Cobria um esqueleto. Pelo menos, assim diziam as bailarinas. E, claro, tinha a cara da morte.

Tudo isso era sério? A verdade é que a ideia do esqueleto viera da descrição do fantasma feita por Joseph Buquet, o chefe dos contrarregras, que de fato vira a assombração. Tinha avançado contra o espectro na pequena escadaria, junto aos holofotes, a qual conduzia às "catacumbas". Ele o vira por um segundo — pois o fantasma havia fugido — e a qualquer um que se dispusesse a ouvi-lo, ele dizia:

— Ele é extraordinariamente magro e seu casaco está jogado sobre uma estrutura de esqueleto. Seus olhos são tão profundos que mal se veem as pupilas fixas. Só é possível ver dois grandes buracos negros, como no crânio de um cadáver. Sua pele, esticada sobre seus ossos como um tambor, não é branca, mas de um amarelo desagradável. Seu nariz é tão pouco digno de ser mencionado que não dá para vê-lo de lado; e a *ausência* desse nariz é uma coisa horrível de se *olhar*. Todo o seu cabelo são três ou quatro longas madeixas escuras na testa e atrás das orelhas.

Esse chefe dos contrarregras era um homem sério, sóbrio, estável, de imaginação lenta. Suas palavras foram recebidas com interesse e espanto; e logo houve outras pessoas a dizer que também tinham encontrado um homem bem-vestido, com uma cara de morte entre os ombros. Homens sensatos que ouviam a história disseram, a princípio, que Joseph Buquet havia sido vítima de uma pegadinha planejada por um de seus assistentes. E então, um após o outro, veio uma série de incidentes tão curiosos e tão inexplicáveis que as pessoas mais astutas começaram a se sentir incomodadas.

Por exemplo, um bombeiro é um sujeito corajoso! Ele não teme nada, muito menos o fogo! Pois bem, o bombeiro em questão, que tinha ido fazer uma ronda de inspeção nas catacumbas e que, ao que parece, tinha-se aventurado um pouco mais longe do que o habitual, de repente reapareceu no palco, pálido, assustado, trêmulo, com os olhos esbugalhados, e praticamente desmaiou nos braços da orgulhosa mãe da pequena Jammes[1]. E por quê? Porque ele tinha visto, vindo em sua direção, *na altura de sua cabeça, mas sem um corpo ligado a ela, uma cabeça de fogo*! E, como eu disse, um bombeiro não tem medo de fogo.

O nome do bombeiro era Pampin.

O *corps de ballet* foi tomado de consternação. À primeira vista, essa cabeça em chamas em nada correspondia à descrição do fantasma feita por Joseph Buquet. Mas as moças logo se convenceram de que o fantasma tinha várias cabeças, que mudava como quisesse. E, claro, logo imaginaram que corriam o maior perigo. Já que um bombeiro não hesitara em desmaiar, líderes e garotas da primeira fila e da fila de trás tinham muitas desculpas para o pânico que as fazia acelerar o ritmo ao passar por algum canto escuro ou corredor mal iluminado. A própria Sorelli, no dia seguinte à aventura do bombeiro, colocou uma ferradura sobre a mesa em frente à caixa do guarda-porta do palco, a qual todos que entrassem na Ópera sem serem espectadores deveriam tocar antes de pisar no primeiro lance da escadaria. Esta ferradura não foi inventada por mim — assim como qualquer outra parte desta história, infelizmente — e ainda pode ser vista na mesa

---

[1] Ouvi a anedota, que é bastante autêntica, do próprio *monsieur* Pedro Gailhard, o falecido diretor da Ópera.

na passagem fora da caixa do guarda-porta do palco, quando se entra na Ópera pela ala conhecida como *Cour de l'Administration*.

Voltando à noite em questão.

— É o fantasma! — gritara a pequena Jammes.

Um silêncio agonizante agora reinava no camarim. Nada se ouvia além da respiração pesada das meninas. Por fim, Jammes, lançando-se ao canto mais distante da parede, com todos os sinais de verdadeiro terror no rosto, sussurrou:

— Ouçam!

Todas pareciam ouvir um farfalhar do lado de fora da porta. Não havia som de passos. Era como seda leve deslizando sobre a porta. Então parou.

Sorelli tentou mostrar mais coragem que as outras. Foi até a porta e, com a voz embargada, perguntou:

— Quem está aí?

Mas ninguém respondeu. Então, sentindo todos os olhos sobre si, observando cada um de seus movimentos, ela fez um esforço para mostrar coragem, e disse em alto e bom som:

— Tem alguém atrás da porta?

— Ai, sim, sim! Tem, sim! — gritou aquela ameixinha seca da Meg Giry, puxando heroicamente Sorelli pela saia de algodão. — Seja lá o que fizer, não abra a porta! Ah, meu Deus, não abra a porta!

Mas Sorelli, armada com um punhal que nunca a deixava, virou a chave e puxou a porta, enquanto as bailarinas recuavam para a parte mais interna do camarim e Meg Giry suspirava:

— Mãe! Mãe!

Sorelli olhou com bravura para o corredor. Estava vazio; uma chama de gás, em sua prisão de vidro, lançava uma luz vermelha e suspeita na escuridão circundante, sem conseguir dissipá-la. E a dançarina bateu a porta novamente, com um suspiro profundo.

— Não — ela disse —, não tem ninguém lá.

— Mesmo assim, nós o vimos! — Jammes declarou, retornando com passinhos tímidos para seu posto ao lado de Sorelli. — Ele deve estar em algum lugar, rondando. Não vou voltar para me trocar. É melhor descermos todas juntas para o *foyer*, de uma vez por todas, para o "discurso", e então subimos de novo juntas.

E a menina tocou com reverência o pequeno anel de coral que usava como amuleto contra o azar, enquanto Sorelli, furtivamente, com a ponta rosada da unha de seu dedão direito, fez o sinal da cruz de Santo André no anel de madeira que adornava o quarto dedo de sua mão esquerda. Disse às meninas do balé:

— Venham, crianças, recomponham-se! Ouso dizer que ninguém nunca viu o fantasma.

— Sim, sim, nós o vimos; nós acabamos de vê-lo! — exclamaram as meninas. — Ele tinha cara de morte e um sobretudo, assim como apareceu para o Joseph Buquet!

— E Gabriel o viu também! — disse Jammes. — Só que ontem! Ontem à tarde, em plena luz do dia...

— Gabriel, o mestre do coro?

— Ora, sim, você não sabia?

— E ele estava vestindo seus trajes formais, em plena luz do dia?

— Quem? O Gabriel?

— Ora, não, o fantasma!

— Certamente! O próprio Gabriel me contou. Foi por isso que ele o reconheceu. Gabriel estava no gabinete do diretor de palco. De repente, a porta se abriu e o Persa entrou. Você sabe que o Persa tem mau-olhado...

— Ah, sim! — responderam as meninas em uníssono, afastando o azar com o indicador e o dedo mínimo apontados para o Persa imaginário, enquanto o segundo e o terceiro dedos estavam dobrados na palma da mão e segurados pelo polegar.

— E você sabe o quanto Gabriel é supersticioso — continuou Jammes. — No entanto, ele é sempre educado. Quando encontra o Persa, ele apenas coloca a mão no bolso e toca suas chaves. Bom, no momento que o Persa apareceu na porta, Gabriel saltou de sua cadeira em direção à fechadura do armário, para tocar o ferro! Ao fazê-lo, rasgou uma barra inteira de seu sobretudo em um prego. Apressando-se para sair da sala, bateu a testa contra um móvel chapeleiro e ficou com um enorme galo; em seguida, recuando de súbito, esfolou o braço na tela, perto do piano; tentou se apoiar no instrumento, mas a tampa caiu em suas mãos e esmagou seus dedos; ele saiu correndo do escritório como louco, escorregou na escada e caiu de costas após rolar pelo primeiro lance. Eu estava apenas passando com minha mãe. Nós o erguemos. Estava coberto de hematomas, com o rosto todo ensanguentado. Ficamos mortas de medo, mas, imediatamente, ele começou a agradecer à Providência por aquilo lhe ter saído tão barato. Depois, contou-nos o que o assustara. Ele tinha visto o fantasma atrás do Persa, *o fantasma com a cara da morte*, assim como na descrição de Joseph Buquet!

Jammes havia contado sua história com tanta agilidade, como se o fantasma estivesse à sua espreita, e estava completamente sem fôlego no fim. Seguiu-se um silêncio, enquanto Sorelli lixava as unhas com grande agitação. Foi quebrado pela pequena Giry, que disse:

— Seria melhor que Joseph Buquet mordesse a própria língua.

— Por que ele faria isso? — alguém perguntou.

— Essa é a opinião da minha mãe — replicou Meg, baixando sua voz e observando tudo à sua volta, como se temesse que outros ouvidos além dos presentes pudessem ouvir.

— E por que é a opinião da sua mãe?

— Psiu! Minha mãe diz que fantasmas não gostam que falem deles.

— E por que sua mãe diz isso?

— Porque... porque... nada...

Essas reticências atiçaram a curiosidade das moças, que se aglomeraram em volta da pequena Giry, implorando-lhe que se explicasse. Estavam ali, lado a lado, inclinando-se em simultâneo para a frente em um movimento de súplica e medo, comunicando seu terror umas às outras, tendo um prazer aguçado ao sentir seu sangue congelar nas veias.

— Jurei que não contaria — Meg ofegou.

Mas não lhe deram paz e prometeram guardar segredo, até que Meg, queimando de vontade de revelar tudo o que sabia, começou, com os olhos fixos na porta:

— Bom, é por causa do camarote secreto.

— Que camarote secreto?

— O camarote do fantasma!

— O fantasma tem um camarote? Ai, conte para nós, conte logo!

— Não falem tão alto! — ralhou Meg. — É o camarote cinco, vocês sabem, o camarote no nível superior, ao lado do camarote de palco, à esquerda.

— Ai, que bobagem!

— Estou falando para vocês. Minha mãe tomou conta dele. Mas juram que não vão contar para ninguém?

— Mas é claro, é claro.

— Bom, é o camarote do fantasma. Ninguém ficou com ele por mais de um mês, exceto o fantasma, e foram dadas ordens à bilheteria para que nunca vendessem ingresso para esse camarote.

— E o fantasma vai mesmo lá?

— Sim.

— Então alguém vai?

— Ora, não! O fantasma vai, mas não tem ninguém lá.

As meninas do balé trocaram olhares. Se o fantasma vinha para o camarote, ele deveria ser reconhecido, porque usava um sobretudo e tinha cara de morte. Foi isso que tentaram fazer Meg entender, mas ela respondeu:

— É só isso! O fantasma não é visto. E ele não tem sobretudo nem cara! Toda essa conversa sobre cara de morte e cabeça de fogo é bobagem! Não há nada nele. Você somente o ouve quando ele está no camarim. Minha mãe nunca o viu, mas o ouviu. Minha mãe sabe, porque ela lhe entrega o programa.

Sorelli interveio:

— Giry, minha filha, você está nos fazendo de besta.

Nisso, Giry começou a chorar.

— Eu deveria ter mordido minha língua... Se minha mãe descobrir! Mas eu tinha razão, Joseph Buquet não tinha que falar de coisas que não lhe dizem respeito... Isso lhe trará azar... Minha mãe estava dizendo isso ontem à noite...

Ouviu-se um som de passos urgentes e pesados no corredor e uma voz ofegante gritou:

— Cecile! Cecile! Você está aí?

— É a voz da minha mãe — disse Jammes. — O que aconteceu?

Ela abriu a porta. Uma senhora respeitável, com o porte de um granadeiro pomerano, irrompeu no camarim e jogou-se, gemendo, em uma poltrona vazia. Seus olhos reviravam loucamente em seu rosto cor de pó de tijolo.

— Que horror! — ela exclamou. — Que horror!

— Que foi? Que foi?

— Joseph Buquet!

— O que tem ele?

— Joseph Buquet está morto!

O cômodo se encheu de exclamações, de gritos atônitos, de pedidos de explicação desesperados.

— Sim, ele foi encontrado enforcado na catacumba do terceiro andar.

— É o fantasma! — a pequena Giry deixou escapar, como se contra a própria vontade; mas no mesmo instante se corrigiu, com as mãos pressionadas contra a boca: —Não, não! Eu... não disse! Eu não disse...

Todas à sua volta, suas colegas em pânico, repetiram entredentes:

— Sim... Deve ser o fantasma!

Sorelli estava muito pálida.

— Nunca conseguirei fazer meu discurso — ela disse.

A mãe de Jammes deu sua opinião, enquanto esvaziava um copo de licor que estava em cima de uma mesa; o fantasma deve ter algo a ver com isso.

A verdade é que ninguém nunca soube como Joseph Buquet encontrou a morte. O veredicto no inquérito foi "suicídio natural". Em suas *Memórias de um diretor*, monsieur Moncharmin, um dos diretores conjuntos que sucederam os *messieurs* Debienne e Poligny, descreve o incidente da seguinte forma:

> Um grave acidente estragou a pequena festa que os *messieurs* Debienne e Poligny davam para comemorar sua aposentadoria. Eu estava no escritório do diretor quando Mercier, o diretor-assistente, irrompeu ali de súbito. Ele parecia meio louco e me disse que o corpo de um contrarregra havia sido encontrado pendurado na terceira catacumba sob o palco, entre uma casa de fazenda e uma cena do Roi de Lahore. Eu gritei:
> — Venha, vamos soltá-lo!
> Quando desci correndo as escadarias e a escada de madeira, o homem não estava mais pendurado na corda!

Portanto, este é um evento que *monsieur* Moncharmin considera natural. Um homem está pendurado na ponta de uma corda; vão cortá-lo; a corda desapareceu. Ah, *monsieur* Moncharmin encontrou uma explicação muito simples! Ouça-o:

> Foi logo depois do balé; e as líderes e as dançarinas não perderam tempo em tomar suas precauções contra o mau-olhado.

Eis aí! Imagine o *corps de ballet* descendo a escada de madeira e dividindo a corda do suicida entre si em menos tempo do que se leva para escrever! Quando, por outro lado, penso no local exato onde o corpo foi descoberto — a terceira catacumba embaixo do palco! — imagino que *alguém* deve ter se interessado em garantir que a corda desaparecesse depois de ter cumprido seu propósito; e o tempo mostrará se estou errado.

A notícia horrível logo se espalhou por toda a Ópera, onde Joseph Buquet era muito popular. Os camarins esvaziaram-se e as bailarinas, amontoando-se em torno de Sorelli como ovelhas tímidas em torno da pastora, chegaram ao *foyer* através das passagens e escadarias mal iluminadas, trotando com tanta rapidez quanto as suas perninhas cor-de-rosa podiam carregá-las.

A nova Margarida

No primeiro patamar, Sorelli deu de cara com o Conde de Chagny, que subia as escadas. O conde, em geral bem tranquilo, parecia muito agitado.

— Eu estava indo até você agora mesmo — disse ele, tirando o chapéu. — Oh, Sorelli, que noite! E Christine Daaé: que triunfo!

— Impossível! — disse Meg Giry. — Há seis meses, ela cantava como uma *gralha*! Mas deixe a gente passar, meu querido conde — continuou a pirralha, com polidez insolente. — Vamos investigar um pobre homem que foi encontrado pendurado pelo pescoço.

Nesse momento, o diretor-assistente passou agitado e estacou quando ouviu esse comentário.

— O quê! — exclamou grosseiramente. — Vocês já estão sabendo, meninas? Bem, por favor, esqueçam-no por esta noite… e, acima de tudo, não deixem *monsieur* Debienne e *monsieur* Poligny ficarem sabendo; isso os aborreceria demais em seu último dia.

Todos seguiram para o *foyer* do balé, que já estava cheio de gente. O Conde de Chagny tinha razão; nenhuma apresentação de gala jamais se igualara a esta. Todos os grandes compositores da época haviam se revezado para conduzir as próprias obras. Faure e Krauss haviam cantado; e, naquela noite, Christine Daaé revelara seu verdadeiro eu, pela primeira vez, ao público atônito e entusiasmado. Gounod havia conduzido a "Marche Funèbre d'une Marionnette"; Reyer, sua bela abertura para "Siguar"; Saint-Saëns, a "Danse Macabre" e uma *Rêverie Orientale*; Massenet, uma marcha húngara inédita; Guiraud, seu *Carnaval*; Delibes, a *Sylvia: Valse Lente* e *Coppelia: Pizzicati*. *Mademoiselle* Krauss havia cantado o bolero dos *Vespri Siciliani*; e Denise Bloch, a canção de Lucrécia Bórgia.

Mas o verdadeiro triunfo estava reservado a Christine Daaé, que começara por cantar passagens de *Romeu e Julieta*. Foi a primeira vez que a jovem artista cantou nesta obra de Gounod, que não tinha sido transferida para a Ópera e que fora revivida na Opera Comique depois de ter sido produzida no antigo Teatro Lyrique por *madame* Carvalho. Aqueles que a ouviram alegam que sua voz, nessas passagens, era seráfica; mas isso não era nada comparado às notas sobre-humanas que ela alcançou na cena da prisão e no trio final em *Fausto*, que ela cantou no lugar de La Carlotta, que estava doente. Nunca ninguém tinha ouvido ou visto nada parecido.

Daaé revelou uma nova Margarida naquela noite, uma Margarida de um esplendor, de um brilho até então insuspeito. A casa inteira enlouqueceu, levantando-se, gritando, aplaudindo, batendo palmas, enquanto Christine soluçava e desmaiava nos braços de seus colegas cantores e teve de ser levada a seu camarim. Alguns assinantes, no entanto, protestaram. Por que foram privados de um tesouro tão grande durante todo esse tempo? Até então, Christine Daaé tinha interpretado uma boa Siebel para a Margarida muito esplêndida de Carlotta. E foi necessária a incompreensível e imperdoável ausência de Carlotta nesta noite de gala para que a pequena Daaé, avisada em cima da hora, mostrasse tudo o que podia fazer numa parte do programa reservada à diva espanhola! Bem, o que os assinantes queriam saber era: por que Debienne e Poligny se voltaram a Daaé quando Carlotta adoeceu? Eles sabiam de seu gênio oculto? E, se sabiam, por que o tinham mantido escondido? E por que ela o mantinha escondido? Curiosamente, não se sabia se Christine tinha um professor de canto naquele momento. Ela sempre disse que pretendia praticar sozinha para o futuro. Tudo aquilo era um mistério.

O Conde de Chagny, de pé em seu camarote, ouvira todo esse frenesi e participara dele aplaudindo de maneira ruidosa. Philippe Georges Marie Conde de Chagny tinha apenas quarenta e um anos. Era um grande aristocrata e um homem de boa aparência, tinha altura acima da média e traços atraentes, apesar de sua testa dura e seus olhos bastante frios. Era primorosamente educado com as mulheres e um pouco altivo com os homens, que nem sempre o perdoavam por seus êxitos na sociedade. Tinha excelente coração e consciência irrepreensível. Com a morte do velho Conde Philibert, tornou-se o chefe de uma das famílias mais antigas e distintas da França, cujas armas datavam do século xiv. Os Chagny detinham muitas propriedades; e, quando o velho conde, que era viúvo, morreu, não foi tarefa fácil para Philippe aceitar a administração de tão grande patrimônio. Suas duas irmãs e seu irmão, Raoul, não queriam saber de divisão e renunciaram ao direito de suas partes, deixando-as inteiramente nas mãos de Philippe, como se o direito de primogenitura nunca tivesse deixado de existir. Quando as duas irmãs se casaram, no mesmo dia, receberam a parte do irmão, não como algo que lhes pertencia por direito, mas como um dote pelo qual lhe agradeceram.

A Condessa de Chagny, cujo nome de solteira era de Moerogis de La Martyniere, morrera ao dar à luz Raoul, que nasceu vinte anos depois de seu irmão mais velho. Na época da morte do velho conde, Raoul tinha doze anos. Philippe ocupou-se ativamente da educação do jovem. Foi admiravelmente ajudado neste trabalho, primeiro, por suas irmãs, e, depois, por uma velha tia, viúva de um oficial da Marinha, que vivia em Brest e criou no jovem Raoul um gosto pelo mar. O rapaz entrou no navio-escola *Borda*, terminou seu curso com honras e silenciosamente deu a volta ao mundo. Graças a poderosa influência, acabara de ser nomeado membro da expedição oficial a bordo do *Requin*, que seria enviado ao Círculo Polar Ártico em busca dos sobreviventes da expedição do *D'Artoi*, da qual nada se sabia havia três anos. Enquanto isso, ele desfrutava de longo afastamento que não terminaria por seis meses; e as viúvas cheias de dotes do Faubourg Saint-Germain já estavam sentindo pena do belo e aparentemente delicado jovenzinho, por causa do trabalho árduo que lhe estava reservado.

A timidez do jovem marinheiro — eu quase disse "sua inocência" — era notável. Ele parecia ter acabado de deixar as barras do avental da mãe. Aliás, cuidado como era por suas duas irmãs e sua velha tia, mantivera dessa educação puramente feminina maneiras quase cândidas e marcadas por um charme que nada ainda havia sido capaz de manchar. Tinha pouco mais de vinte e um anos e aparentava ter dezoito. Apresentava um bigode pequeno e estreito, lindos olhos azuis e tez como a de uma menina.

Philippe mimava Raoul. Para começar, ele tinha muito orgulho do irmão mais novo e estava satisfeito por prever uma carreira gloriosa para ele na Marinha, na qual um de seus antepassados, o famoso Chagny de La Roche, tinha ocupado o posto de almirante. Aproveitou a licença do jovem para mostrar-lhe Paris, com todas as suas delícias luxuosas e artísticas. O conde considerava que, na idade de Raoul, não é bom ser bom demais. O próprio Philippe tinha um caráter muito equilibrado no trabalho e no prazer; seu comportamento sempre fora irrepreensível; e era incapaz de dar mau exemplo ao irmão. Levava-o consigo para onde quer que fosse. Chegou até mesmo a apresentá-lo ao *foyer* do balé. Sei que se dizia que o conde estava "nas boas graças" de Sorelli. Mas dificilmente poderia ser considerado um crime para esse nobre, um solteiro, com muito tempo livre, em especial porque suas irmãs estavam com a vida feita, vir e passar uma ou duas horas depois do jantar na companhia de uma dançarina, que, embora não muito, muito espirituosa, tinha os mais belos olhos que já foram vistos! E, além disso, há lugares onde um verdadeiro parisiense, quando tem o posto de Conde de Chagny, é obrigado a mostrar-se; e, naquela época, o *foyer* do balé da Ópera era um desses lugares.

Por fim, Philippe talvez não tivesse levado seu irmão aos bastidores da Ópera se Raoul não tivesse sido o primeiro a pedir-lhe, repetindo com insistência seu pedido com uma obstinação suave que o conde lembrou em uma data posterior.

Naquela noite, Philippe, depois de aplaudir Daaé, virou-se para Raoul e viu que ele estava bastante pálido.

— Você não está vendo — disse Raoul — que a mulher está desmaiando?

— Parece que você também vai desmaiar — disse o conde. — Qual é o problema?

Mas Raoul se recompôs e já se levantava.

— Vamos lá ver — ele disse —, ela nunca cantou assim antes.

O conde lançou ao irmão um olhar intrigado e sorridente e pareceu bastante satisfeito. Logo estavam na porta que levava da plateia para o palco. O número de assinantes foi avançando aos poucos. Raoul rasgou as luvas sem saber o que estava fazendo e Philippe tinha um coração gentil demais para rir dele por sua impaciência. Mas agora entendia por que Raoul estava distraído quando conversava com ele e por que sempre tentava fazer cada conversa ir para o assunto da Ópera.

Chegaram ao palco e acotovelaram-se pela multidão de cavalheiros, contrarregras, figurantes e coristas, Raoul seguindo na frente, sentindo que seu coração não lhe pertencia mais, seu rosto marcado pela paixão, enquanto o conde Philippe o seguia com dificuldade e continuava a sorrir. No fundo do palco, Raoul teve de parar diante da entrada da pequena tropa de bailarinas que bloqueava a passagem pela qual tentava entrar. Mais de uma frase jocosa escapou de pequenos lábios maquiados, às quais ele não respondeu; e enfim conseguiu passar, e mergulhou na semiescuridão de um corredor que vibrava com o nome de "Daaé! Daaé!". O conde ficou surpreso ao descobrir que Raoul sabia o caminho. Nunca o levara ao camarim de Christine e chegou à conclusão de que Raoul devia ter ido lá sozinho enquanto o conde ficava conversando no saguão com Sorelli, que muitas vezes lhe pedia que esperasse até que fosse sua hora de "continuar" e às vezes lhe entregava as pequenas polainas com que ela saía correndo de seu camarim para preservar a impecabilidade de seus sapatos de cetim e de suas meias-calças cor de carne. Sorelli tinha uma desculpa; perdera a mãe.

Adiando em minutos sua habitual visita a Sorelli, o conde seguiu o irmão pelo corredor que levava ao camarim de Daaé e notou que nunca estivera tão lotado como naquela noite, quando toda a casa parecia animada por seu sucesso e também por seu desmaio. A moça ainda não tinha despertado; e o médico do teatro acabara de chegar, no momento que Raoul entrou à sua espreita. Christine, portanto, recebeu os primeiros socorros de um, enquanto abria os olhos nos braços do outro. O conde e muitos outros permaneciam aglomerados na porta.

— Não acha, doutor, que é melhor aqueles senhores darem espaço? — perguntou Raoul com frieza. — Não dá para respirar aqui.

— Você tem razão, realmente — disse o médico.

E mandou todos embora, exceto Raoul e a assistente, que encarava Raoul com olhos do mais indisfarçável espanto. Ela nunca o vira antes e, no entanto, não ousava questioná-lo; e o médico imaginou que o jovem só estava agindo como agia porque tinha direito. O visconde, portanto, permaneceu na sala observando Christine enquanto ela lentamente retornava à vida, enquanto até mesmo os diretores conjuntos, Debienne e Poligny, que tinham vindo oferecer sua comiseração e seus parabéns, viram-se empurrados para o corredor entre a multidão de dândis. O conde de Chagny, que era um dos que estavam do lado de fora, riu:

— Ah, o tratante, o tratante! — E acrescentou, entredentes: — Esses jovens com seu ar de colegiais! Ele é mesmo um Chagny, no fim das contas!

Virou-se para ir ao camarim de Sorelli, mas encontrou-a no meio do caminho, com sua pequena tropa de dançarinas trêmulas, como vimos.

Nesse ínterim, Christine Daaé soltava um suspiro profundo, que foi respondido por um gemido. Ela virou a cabeça, viu Raoul e agitou-se. Olhou para o médico, a quem deu um sorriso, depois para sua assistente, depois para Raoul novamente.

— *Monsieur* — ela disse, em uma voz que era quase um murmúrio —, quem é você?

— *Mademoiselle* — respondeu o jovem, dobrando um joelho e imprimindo um beijo fervoroso nas mãos da diva: — *Sou o menino que correu para o mar a fim de resgatar seu lenço.*

Christine olhou novamente para o médico e para a assistente; e os três começaram a rir.

Raoul enrubesceu e levantou-se.

— *Mademoiselle* — ele disse —, já que se diverte ao não me reconhecer, gostaria de dizer-lhe algo em particular, algo muito importante.

— Quando eu estiver melhor, se não se importar? — E sua voz estremeceu. — Você tem sido tão bom.

— Sim, você deve ir — disse o médico, com seu sorriso mais amigável. — Deixe-me cuidar de *mademoiselle*.

— Não estou mal agora — Christine disse de súbito, com estranha e inesperada energia.

Ela ergueu-se e passou sua mão sobre as pálpebras.

— Obrigada, doutor. Eu gostaria de ficar sozinha. Por favor, retirem-se, todos vocês. Deixem-me. Sinto-me muito agitada esta noite.

O médico tentou fazer um breve protesto, mas, ao perceber a agitação evidente da jovem, achou que o melhor remédio era não a frustrar. E foi embora, dizendo a Raoul, lá fora:

— Ela está diferente esta noite. É geralmente bem gentil.

Então, disse boa-noite e Raoul ficou sozinho. Toda essa parte do teatro estava deserta naquele momento. A cerimônia de despedida estava, sem dúvida, sendo realizada no *foyer* do balé. Raoul imaginou que Daaé poderia ir até lá e esperou na solidão silenciosa, até mesmo se escondendo na sombra propícia de uma porta. Ele sentiu uma dor terrível em seu coração e foi sobre isso que ele quis falar com Daaé sem demora.

De repente, a porta do camarim se abriu e a assistente saiu sozinha, carregando fardos. Ele a parou e perguntou como estava sua senhora. A mulher riu e disse que ela estava muito bem, mas que ele não deveria perturbá-la, pois queria ficar sozinha. E saiu andando. Só uma ideia tomava conta do cérebro ardente de Raoul: é claro, Daaé queria ser deixada sozinha *por causa dele*! Ele não lhe tinha dito que queria falar com ela em particular?

Mal respirando, ele foi até o camarim e, com o ouvido na porta para captar a resposta dela, preparou-se para bater. Mas deixou a mão cair. Ouvira a *voz de um homem* no camarim, dizendo, em tom curiosamente magistral:

— Christine, você precisa me amar!

E a voz de Christine, infinitamente triste e trêmula, como se acompanhada de lágrimas, respondeu:

— Como pode falar uma coisa dessas? *Se eu canto apenas para você*!

Raoul recostou-se contra a porta para aliviar a dor. Seu coração, que parecia ter desaparecido para sempre, voltou ao peito e latejava alto. Todo o corredor vibrava com suas batidas, e os ouvidos de Raoul ficaram abafados. Por certo, se seu coração continuasse a fazer tal barulho, eles o ouviriam lá dentro, abririam a porta e o jovem seria afastado em desgraça. Que posição para um Chagny! Ser surpreendido ouvindo atrás de uma porta! Ele tocou o coração com as duas mãos para fazê-lo se acalmar.

A voz do homem falou de novo:

— Está muito cansada?

— Ai, esta noite dei-lhe minh'alma e estou morta! — Christine replicou.

— Sua alma é uma coisa bela, minha menina — replicou a voz grave do homem —, e eu lhe sou grato. Nenhum imperador jamais recebeu um presente tão belo. *Os anjos choraram esta noite.*

Raoul não ouviu nada depois disso. No entanto, ele não foi embora, mas, como se temesse ser visto, voltou para seu canto escuro, determinado a esperar que o homem saísse do camarim. Aprendera em simultâneo o que significavam o amor e o ódio. Ele sabia que amava. Queria saber a quem odiava. Para seu grande espanto, a porta se abriu e Christine Daaé apareceu, envolta em peles, com o rosto coberto por um véu de renda, sozinha. Ela fechou a porta atrás de si, mas Raoul observou que não a trancou. Passou por ele. Ele nem a seguiu com os olhos, pois estavam fixos na porta, que não se reabriu.

Quando o corredor estava mais uma vez vazio, atravessou-o, abriu a porta do camarim, entrou e fechou-a. Encontrou-se em absoluta escuridão. O gás tinha sido desligado.

— Tem alguém aqui! — disse Raoul, de costas para a porta fechada, com a voz trêmula. — Por que está se escondendo?

Tudo eram trevas e silêncio. Raoul ouvia apenas o som da própria respiração. Não conseguia perceber que a indiscrição de sua conduta ultrapassava todos os limites.

— Você não sairá daqui até que eu o permita — exclamou. — Se não responder, é um covarde! Mas eu vou expô-lo!

E riscou um fósforo. O fogo iluminou o camarim. Não havia ninguém no cômodo! Raoul primeiro virou a chave na porta, então acendeu as lâmpadas de gás. Entrou no armário, abriu os gabinetes, caçou, apalpou as paredes com as mãos úmidas. Nada!

— Vejam só! — ele disse em voz alta. — Será que estou ficando louco?

Ficou parado em pé por dez minutos ouvindo o gás queimar no silêncio do camarim vazio; embora estivesse apaixonado, nem sequer pensou em roubar uma fita que lhe daria o perfume da mulher a quem amava. Saiu, sem saber o que fazia nem para onde ia. Em dado momento de seu caminhar confuso, uma brisa gelada o atingiu no rosto. Encontrou-se no fim de uma escadaria, na qual, atrás de si, uma procissão de operários carregava uma espécie de maca, coberta com um lençol branco.

— Por favor, onde fica a saída? — perguntou a um dos homens.

— Siga reto em frente, a porta está aberta. Mas deixe a gente passar.

Apontando para a maca, ele indagou mecanicamente:

— O que é isso?

O trabalhador respondeu:

— "Este" é Joseph Buquet, que foi encontrado na terceira catacumba, enforcado entre uma casa de fazenda e uma cena do *Roi de Lahore*.

Tirou o chapéu, recuou para abrir espaço à procissão e saiu.

O motivo misterioso

Enquanto isso, a cerimônia de despedida ocorria. Já disse que esse magnífico evento era dado por ocasião da aposentadoria de *monsieur* Debienne e de *monsieur* Poligny, que haviam decidido "cair atirando", como dizemos hoje. Haviam sido auxiliados na realização de seu programa ideal, embora melancólico, por todos os que importavam no mundo social e artístico de Paris. Todas essas pessoas se encontraram, após a apresentação, no *foyer* do balé, onde Sorelli esperou a chegada dos diretores que se aposentavam com uma taça de champanhe na mão e um discurso pouco preparado na ponta da língua. Atrás dela, os membros do *corps de ballet*, jovens e antigos, discutiam os acontecimentos do dia em sussurros ou trocavam sinais discretos com os amigos, os quais se aglomeravam de maneira ruidosa em torno das mesas de jantar dispostas ao longo do piso inclinado.

Algumas dançarinas já haviam se trocado, vestindo trajes comuns; mas a maioria usava suas saias de algodão fino; e todas acharam melhor apresentar um rosto especial para a ocasião: todas, exceto a pequena Jammes, cujos quinze verões — que idade feliz!

— pareciam já ter esquecido o fantasma e a morte de Joseph Buquet. Ela nunca deixou de rir e tagarelar, de pular e fazer pegadinhas, até que os *messieurs* Debienne e Poligny apareceram nos degraus do saguão, quando ela foi severamente repreendida pela impaciente Sorelli.

Todos comentavam que os diretores que se aposentavam pareciam alegres, assim como se costuma fazer em Paris. Ninguém jamais será um verdadeiro parisiense se não tiver aprendido a usar uma máscara de alegria sobre suas tristezas e uma de tristeza, tédio ou indiferença sobre sua alegria interior. Se você sabe que um de seus amigos está em apuros, não o tente consolar: ele lhe dirá que já está consolado; mas, se ele tiver tido sorte, tenha cuidado com a forma como o parabeniza: ele acha tão natural que se surpreenderá com a menção do fato. Em Paris, nossas vidas são um baile de máscaras; e o *foyer* do balé seria o último lugar em que dois homens tão "entendidos" como *monsieur* Debienne e *monsieur* Poligny teriam cometido o erro de trair sua dor, por mais genuína que fosse. E já sorriam um tanto exageradamente para Sorelli, a qual começara a recitar o seu discurso, quando uma exclamação daquela doidinha Jammes tirou o sorriso da cara dos diretores de modo tão brutal que a expressão de angústia e consternação que se encontrava sob ela se tornou evidente a todos os olhos:

— O Fantasma da Ópera!

Jammes gritou essas palavras em um tom de terror indescritível; e seu dedo apontava para um rosto em meio à multidão de dândis; era tão pálido, tão lúgubre e tão feio, com duas cavidades negras tão profundas sob as sobrancelhas trêmulas, que a cara da morte em questão no mesmo instante obteve enorme sucesso.

— O Fantasma da Ópera! O Fantasma da Ópera!

Todos riram e cotovelavam a pessoa ao lado e quiseram oferecer uma bebida ao Fantasma da Ópera, mas ele sumiu. Havia se esgueirado pela multidão; e os outros o caçavam em vão, enquanto dois velhos cavalheiros tentavam acalmar a pequena Jammes, ao passo que a pequena Giry ficava gritando como um pavão.

Sorelli ficou furiosa; não conseguira terminar o discurso; os diretores a beijaram, agradeceram e fugiram tão rápido quanto o próprio fantasma. Ninguém ficou surpreso com isso, pois sabiam que eles passariam pela mesma cerimônia no andar de cima, no *foyer* dos cantores, e que por fim receberiam seus amigos pessoais, pela última vez, no grande saguão em frente ao escritório dos diretores, onde seria servida uma ceia regular.

Assim encontraram os novos diretores, *monsieur* Armand Moncharmin e *monsieur* Firmin Richard, que mal conheciam; no entanto, foram pródigos em protestos de amizade e receberam mil elogios lisonjeiros em resposta, de modo que aqueles entre os convidados que temiam ter uma noite um tanto tediosa reservada para eles logo exibiram as expressões faciais mais iluminadas. A ceia foi quase alegre e houve um discurso particularmente inteligente do representante do governo, misturando as glórias do passado com os sucessos do futuro, que fez prevalecer a maior cordialidade.

Os diretores que se aposentavam já haviam entregado a seus sucessores as duas minúsculas chaves mestras que abriam todas as portas — as milhares de portas — da Ópera. E aquelas chavezinhas, objeto de curiosidade geral, foram sendo passadas de mão em mão, quando a atenção de alguns convidados foi desviada pela descoberta, na ponta da mesa, daquele rosto estranho, magro e fantástico, com os olhos ocos, que já aparecera no saguão do balé e fora saudado pela exclamação da pequena Jammes:

— O Fantasma da Ópera!

Ali estava sentado o fantasma, da forma mais natural possível, exceto que ele não comia nem bebia. Aqueles que começaram por olhá-lo com um sorriso terminaram por desviar a cabeça, pois a visão dele imediatamente provocou os pensamentos mais fúnebres. Ninguém repetiu a piada do *foyer*, ninguém exclamou:

— Vejam só, o Fantasma da Ópera!

Ele mesmo não proferia uma palavra e os próprios convidados a seu lado não poderiam ter afirmado o exato momento em que se sentara entre eles; mas todos sentiam que, se os mortos viessem e se sentassem à mesa dos vivos, não poderiam exibir uma figura mais medonha. Os amigos de Firmin Richard e Armand Moncharmin pensavam que o tal convidado esbelto e magro era conhecido de Debienne ou Poligny, à medida que os amigos de Debienne e Poligny acreditavam que o indivíduo cadavérico pertencia ao grupo de Firmin Richard e Armand Moncharmin.

O resultado foi que não se fez qualquer pedido de explicação; não houve observação desagradável nem piada de mau gosto que possa ter ofendido esse visitante do túmulo. Alguns dos presentes que conheciam a história do fantasma e a descrição dele feita pelo chefe dos contrarregras — eles não sabiam da morte de Joseph Buquet —, pensaram, em suas próprias mentes, que o homem no fim da mesa poderia facilmente ter se passado por ele; e, no entanto, de acordo com a história, o fantasma não tinha nariz, mas a pessoa em questão tinha. *Monsieur* Moncharmin declara, em suas *Memórias*, que o nariz do convidado era transparente: "longo, fino e transparente" são suas palavras exatas. De minha parte, acrescentarei que isso pode muito bem se aplicar a um nariz falso. *Monsieur* Moncharmin pode ter tomado por transparência o que era apenas brilho. Todo mundo sabe que a ciência das próteses fornece belos narizes falsos àqueles que perderam o nariz naturalmente ou como resultado de uma operação.

Será que o fantasma se sentou mesmo à mesa de jantar dos diretores naquela noite, sem ser convidado? E podemos ter certeza de que a figura era a do próprio Fantasma da Ópera? Quem se arriscaria a afirmar tanto? Menciono o incidente não porque desejo, nem por um segundo, fazer o leitor acreditar — ou mesmo para tentar fazê-lo acreditar — que o fantasma era capaz de insolência tão sublime; mas porque, afinal, a coisa é impossível.

Monsieur Armand Moncharmin, no capítulo onze de suas *Memórias*, diz:

Quando penso nesta primeira noite, não consigo separar o segredo que nos foi confiado pelos *messieurs* Debienne e Poligny em seu escritório e a presença, em nossa ceia, daquela pessoa *fantasmagórica* que nenhum de nós conhecia.

O que aconteceu foi o seguinte: os *messieurs* Debienne e Poligny, sentados no centro da mesa, não tinham visto o homem com cara de morte. De repente, ele começou a falar.

— As jovens bailarinas têm razão. A morte daquele pobre Buquet talvez não seja tão natural quanto as pessoas pensam.

Debienne e Poligny agitaram-se.

— Buquet está morto? — gritaram.

— Sim — respondeu o homem, ou a sombra de um homem, com voz baixa. — Ele foi encontrado, hoje à noite, enforcado na terceira catacumba, entre uma casa de fazenda e uma cena do *Roi de Lahore*.

Os dois diretores, ou melhor, ex-diretores, ergueram-se de imediato e lançaram fixamente um olhar estranho para o homem que falava. Estavam mais agitados do que o necessário, ou seja, mais agitados do que qualquer um precisa estar com o anúncio do suicídio de um contrarregra. Trocaram olhares. Ambos tinham ficado mais brancos do que a toalha de mesa. Por fim, Debienne fez um sinal para os *messieurs* Richard e Moncharmin; Poligny murmurou palavras de desculpa aos convidados; e os quatro foram para o escritório dos diretores. Deixo para *monsieur* Moncharmin completar a história. Em suas *Memórias*, ele diz:

Os *messieurs* Debienne e Poligny pareciam ficar cada vez mais agitados, e pareciam ter algo muito difícil a nos dizer. Primeiro, perguntaram-nos se conhecíamos o homem sentado à ponta da mesa, que lhes falara da morte de Joseph Buquet; e, quando respondemos negativamente, pareceram ainda mais preocupados. Tiraram-nos as chaves mestras das mãos, fitaram-nas por um momento e aconselharam-nos a fazer novas fechaduras, com o maior segredo, para as salas, armários e gabinetes que quiséssemos manter hermeticamente fechadas. Disseram-no de forma tão engraçada que começamos a rir e perguntar se havia ladrões na Ópera. Eles responderam que havia algo pior, que era o *fantasma*. Começamos a rir novamente, com a certeza de que eles estavam se esforçando para pregar uma peça com a intenção de coroar nosso pequeno entretenimento. Então, a pedido deles, ficamos "sérios", resolvendo fazer humor com eles e entrar no espírito do jogo. Disseram-nos que nunca nos teriam falado do fantasma, se não tivessem recebido ordens formais do próprio para nos solicitar que fôssemos gentis com ele e que atendêssemos a qualquer pedido que ele viesse a fazer. No entanto, em seu alívio por deixar um domínio onde aquela sombra tirânica reinava, hesitaram até o último momento em nos contar essa curiosa história, que nossas mentes céticas decerto não estavam preparadas para entender. Mas o anúncio da morte de Joseph Buquet servira-lhes como um lembrete brutal de que, sempre que ignoravam os desejos do fantasma, algum acontecimento fantástico ou desastroso os lembrava de sua situação de submissão.

 Durante tais declarações inesperadas, feitas em um tom da mais secreta e importante confiança, olhei para Richard. Ele, em seus tempos de estudante, havia adquirido grande reputação de pregar peças, e parecia apreciar o prato que lhe era servido, por sua vez. Não perdeu um pedacinho dele, embora o tempero tenha sido um pouco horripilante por causa da morte de Buquet. Acenou com a cabeça tristemente, enquanto os outros falavam, e suas feições assumiram o ar de um homem que se arrependia amargamente de ter assumido a Ópera, agora que sabia haver um fantasma envolvido no negócio. Não consegui pensar em nada melhor para fazer do que lhe oferecer uma imitação servil dessa atitude de desespero. No entanto, apesar de todos os nossos esforços, não conseguimos, no fim, deixar de soltar gargalhadas na cara de *messieurs* Debienne e Poligny, que, vendo-nos passar diretamente do estado de espírito mais sombrio para uma das alegrias mais insolentes, agiam como se pensassem que tínhamos enlouquecido.

A piada tornou-se um pouco tediosa; e Richard perguntou, em tom meio sério e meio jocoso:

— Mas, afinal de contas, o que esse tal fantasma quer?

Monsieur Poligny foi até sua mesa e voltou com um exemplar do livro de apontamentos. O livro de apontamentos começa com as conhecidas palavras, as quais dizem que "a gestão da Ópera dará à atuação da Academia Nacional de Música o esplendor que se torna o primeiro palco lírico na França" e termina com a cláusula nº 98, a qual determina que o privilégio pode ser retirado se o diretor infringir as condições estipuladas no livro de apontamentos. Seguem-se as condições, que são quatro.

A cópia apresentada por *monsieur* Poligny fora escrita em tinta preta e era exatamente idêntica à que possuíamos, exceto que, no final, continha um parágrafo escrito a tinta vermelha e com caligrafia extravagante e difícil, como se o autor tivesse produzido, mergulhando pontas de fósforos na tinta, a escrita de uma criança que nunca passou das primeiras lições e não aprendeu a ligar as letras. Esse parágrafo corria, palavra por palavra, da seguinte forma:

"5. Ou se o diretor, em qualquer mês, atrasar por mais de quinze dias o pagamento da cota que fará ao Fantasma da Ópera, uma cota de 20 mil francos por mês, isto é, duzentos e quarenta mil francos por ano."

Poligny apontou com um dedo hesitante para esta última cláusula, que sem dúvida não esperávamos.

— Isso é tudo? Ele não quer mais nada? — perguntou Richard com a maior frieza.

— Sim, ele quer, sim — replicou Poligny.

E virou as páginas do livro de apontamentos até chegar à cláusula que especificava os dias em que certos camarotes particulares deveriam ser reservados para o livre uso do presidente da República, dos ministros e assim por diante. Ao fim dessa cláusula, fora acrescentada uma linha, também em tinta vermelha:

"O camarote número cinco do nível superior será posto à disposição do Fantasma da Ópera em toda apresentação."

Quando vimos isso, não havia mais nada a fazer a não ser levantar-nos de nossas cadeiras, apertar calorosamente as mãos de nossos dois antecessores e parabenizá-los por pensar nessa pegadinha encantadora, a qual provava que o velho senso de humor francês nunca poderia se extinguir. Richard acrescentou que agora entendia por que *messieurs* Debienne e Poligny estavam se aposentando da direção da Academia Nacional de Música. O negócio era impossível com um fantasma tão pouco razoável.

— Com certeza, pedir duzentos e quarenta mil francos é um despropósito — disse *monsieur* Poligny, sem mover um músculo do rosto. — E já pensou no que a perda do camarote cinco significou para nós? Não o vendemos uma única vez. E não só isso, mas tivemos de devolver a assinatura: ora, é horrível! De fato não podemos trabalhar para manter fantasmas! Preferimos ir embora!

— Sim — acrescentou *monsieur* Debienne. — Preferimos ir embora. Deixem-nos ir.

E ergueu-se. Richard disse:

— Afinal, parece-me que vocês foram muito gentis com o fantasma. Se eu tivesse um fantasma tão problemático como esse, não hesitaria em mandar prendê-lo.

— Mas como? Onde? — gritaram em coro. — Nunca o vimos!

— Ora, quando ele vem ao seu camarote?

— *Nós nunca o vimos em seu camarote.*

— Então venda-o.

— Vender o camarote do Fantasma da Ópera! Bom, cavalheiros, vocês podem tentar.

Nisso, nós quatro saímos do escritório. Richard e eu nunca rimos tanto na vida.

IV

O camarote número cinco

Armand Moncharmin escreveu memórias tão volumosas durante o período bastante longo de sua codireção que podemos muito bem perguntar se ele encontrava tempo para cuidar dos assuntos da Ópera de outra forma que não contando o que se passava lá. *Monsieur* Moncharmin não conhecia uma nota de música, mas chamava o ministro da Educação e Belas-Artes pelo primeiro nome, tinha se envolvido um pouco com o jornalismo da sociedade e desfrutava de uma renda privada considerável. Por fim, era um sujeito encantador e mostrou que não lhe faltava inteligência, pois, assim que decidiu ser um parceiro dormente na Ópera, selecionou o melhor diretor ativo possível e dirigiu-se diretamente para Firmin Richard.

Firmin Richard era um compositor muito reconhecido, que tinha publicado, com sucesso, uma série de peças de todos os tipos e que gostava de quase todas as formas de música e de todo tipo de músico. Nitidamente, portanto, era dever de todo tipo de músico gostar de *monsieur* Firmin Richard. As únicas coisas a serem ditas contra ele eram que era bastante magistral em seus métodos e dotado de um temperamento muito apressado.

Os primeiros dias que os sócios passaram na Ópera foram entregues ao deleite de se verem à frente de tão magnífica empreitada; e tinham se esquecido de tudo sobre aquela curiosa e fantástica história do fantasma, quando ocorreu um incidente que lhes provou que a piada — se piada fosse — não tinha acabado. *Monsieur* Firmin Richard chegou ao seu escritório naquela manhã às onze horas. Seu secretário, *monsieur* Remy, mostrou-lhe meia dúzia de cartas que não havia aberto porque estavam marcadas como "particulares". Uma das cartas tinha atraído imediatamente a atenção de Richard não só porque o envelope estava endereçado em tinta vermelha, mas porque ele parecia ter visto a escrita antes. Logo se lembrou de que era a caligrafia vermelha com que o livro de apontamentos havia recebido seu tão curioso adendo. Ele reconheceu a mão infantil desajeitada. Abriu a carta e leu:

Prezado senhor diretor:

Lamento ter de incomodá-lo em um momento em que deve estar tão ocupado, renovando compromissos importantes, assinando novos e exibindo seu excelente gosto para o amplo público. Sei o que fez por Carlotta, Sorelli, pela pequena Jammes e por alguns outros cujas admiráveis qualidades de talento ou gênio você intuía.

É claro que, quando uso estas palavras, não me refiro a La Carlotta, que canta esganiçadamente e que nunca deveria ter sido autorizada a sair dos Ambassadeurs e do Café Jacquin; nem a La Sorelli, que deve seu sucesso principalmente aos treinadores; nem à pequena Jammes, que dança como um bezerro em um campo. E também não estou falando de Christine Daaé, embora sua genialidade seja certa, enquanto seu ciúme a impede de elaborar qualquer papel importante. No fim das contas, você tem liberdade para conduzir seu pequeno negócio como achar melhor, não é?

De qualquer forma, gostaria de aproveitar o fato de ainda não ter afastado Christine Daaé para ouvi-la hoje à noite no papel de Siebel, uma vez que a de Margarida lhe foi proibida desde o triunfo da outra noite; e peço-lhe que não disponha do meu camarote hoje nem nos dias seguintes, pois não posso terminar esta carta sem lhe dizer o quão desagradável foi ser surpreendido uma ou duas vezes, ao ouvir, chegando à Ópera, que meu camarote tinha sido vendido, na bilheteria, por suas ordens.

Não protestei, a princípio, porque não gosto de escândalo e, em segundo lugar, porque pensei que seus antecessores, messieurs Debienne e Poligny, os quais sempre foram encantadores comigo, haviam se esquecido, antes de partir, de mencionar minhas pequenas extravagâncias a vocês. Recebi agora uma resposta desses senhores à minha carta na qual pedi explicação, e esta resposta prova que vocês sabem tudo sobre o meu livro de apontamentos e, consequentemente, que me estão tratando com um desprezo ultrajante. Se quiserem viver em paz, devem começar por não me tirarem o camarote particular.

Acredite que sou, prezado senhor diretor, sem prejuízo dessas pequenas observações,
Seu Mais Humilde e Obediente Servo,
Fantasma da Ópera

A carta era acompanhada de um recorte da coluna de comentários anônimos da *Revue Theatrale*, que dizia:

F. O. — Não há desculpa para R. e M. Contamos tudo a eles e deixamos seu livro de apontamentos em suas mãos. Atenciosamente.

Monsieur Firmin Richard mal tinha terminado de ler esta carta quando *monsieur* Armand Moncharmin entrou, trazendo uma exatamente semelhante. Eles se olharam e caíram na gargalhada.

— Eles continuam com a piada — disse *monsieur* Richard. — Mas eu não a chamaria de engraçada.

— O que eles querem dizer com tudo isso? — questionou *monsieur* Moncharmin. — Imaginam que, por terem sido diretores da Ópera, vamos deixá-los ter um camarote por tempo indeterminado?

— Não estou a fim de ser objeto de riso por muito tempo — disse Firmin Richard.

— É bem inofensivo — comentou Armand Moncharmin. — O que eles realmente querem? Um camarote para hoje à noite?

Monsieur Firmin Richard disse a seu secretário que enviasse o camarote número cinco no nível superior para *messieurs* Debienne e Poligny, se já não estivesse vendido. Não estava. Foi-lhes mandado. Debienne morava na esquina da Rue Scribe com a Boulevard des Capucines; Poligny, na Rue Auber. As duas cartas do Fantasma da O. haviam sido postadas na agência dos correios do Boulevard des Capucines, como Moncharmin comentou após examinar os envelopes.

— Está vendo! — disse Richard.

Eles encolheram os ombros e lamentaram que dois homens daquela idade se divertissem com truques tão infantis.

— Poderiam ter sido mais civilizados a respeito de tudo isso! — pontuou Moncharmin. — Você notou como eles nos tratam em relação a Carlotta, a Sorelli e à pequena Jammes?

— Ora, meu caro colega, esses dois estão loucos de ciúmes! E pensar que eles foram às raias de publicar um anúncio na *Revue Theatrale*! Não têm nada melhor para fazer?

— A propósito — disse Moncharmin —, eles parecem estar muito interessados naquela pequena Christine Daaé!

— Você sabe tão bem quanto eu que ela tem a reputação de ser muito boa — afirmou Richard.

— Reputações são facilmente obtidas — replicou Moncharmin. — Eu mesmo não tenho fama de saber tudo sobre música? E não sei diferenciar uma clave de outra.

— Não se preocupe: você nunca teve essa reputação — Richard declarou.

Em seguida, mandou que entrassem os artistas que, nas últimas duas horas, andavam para cima e para baixo do lado externo da sala dentro da qual a fama e a fortuna — ou a rejeição — os aguardavam.

O dia inteiro foi dispendido em discutir, negociar, assinar ou cancelar contratos; e os dois diretores sobrecarregados foram para a cama cedo, sem dar uma olhada no camarote cinco para ver se *monsieur* Debienne e *monsieur* Poligny estavam gostando da apresentação.

Na manhã seguinte, os diretores receberam um bilhete de agradecimentos do fantasma.

> *Prezado senhor diretor*
> *Grato. Noite encantadora. Daaé refinada. Os coros precisam acordar. Carlotta, um esplêndido instrumento banal. Escreverei em breve sobre os 240 mil francos, ou 233.424 francos e setenta centavos, para ser mais preciso. Messieurs Debienne e Poligny enviaram-me os 6.575 francos e trinta centavos referentes aos primeiros dez dias de minha cota do ano corrente; o privilégio deles acabou na noite do décimo dia do presente mês.*
> *Atenciosamente. F. da Ó.*

Por outro lado, havia uma carta de *messieurs* Debienne e Poligny.

> *Cavalheiros:*
> *Somos muito gratos pela consideração que mostram a nós, mas vocês facilmente compreenderão que a ideia de ouvir de novo Fausto, por mais agradável que seja para ex-diretores da Ópera, não pode nos fazer esquecer de que não*

temos o direito de ocupar o camarote cinco do nível superior, que é propriedade exclusiva daquele de quem falamos a você quando lemos o livro de apontamentos com vocês pela última vez. Vide cláusula nº 98, parágrafo final.

Aceitem, cavalheiros etc.

— Ai, esses sujeitos estão começando a me aborrecer! — gritou Firmin Richard, agarrando a carta.

E, naquela noite, o camarote cinco foi vendido.

Na manhã seguinte, *messieurs* Richard e Moncharmin, ao chegarem ao escritório, encontraram um relatório do inspetor a respeito de um incidente que havia acontecido, na noite anterior, no camarote cinco. Faço um resumo do conteúdo essencial no relatório:

"Hoje à noite, fui obrigado a chamar um guarda municipal duas vezes para liberar o camarote cinco do nível superior, uma no início e outra no meio do segundo ato. Os ocupantes, que chegaram quando a cortina se levantou no segundo ato, fizeram um repetido escândalo, com risadas e comentários ridículos. Havia gritos de "Psiu!" ao redor deles e toda a casa começava a protestar, quando a fiscal dos camarotes veio me buscar. Entrei no camarote e disse o que achava necessário. As pessoas pareciam estar fora de si; e fizeram comentários estúpidos. Eu disse que, se o barulho se repetisse, eu seria forçado a liberar o camarote. No momento que saí, ouvi a risada novamente, com novos protestos da casa. Voltei com um guarda municipal, que os expulsou. Eles protestaram, ainda rindo, dizendo que não iriam, a menos que tivessem seu dinheiro de volta. Por fim, ficaram quietos e permiti que entrassem no camarote novamente. O riso recomeçou no mesmo instante; e, desta vez, mandei-os embora definitivamente.

— Mande chamar o inspetor — disse Richard a seu secretário, que já havia lido o relatório e o marcado com lápis azul.

Monsieur Remy, o secretário, havia antecipado a ordem e logo chamou o inspetor.

— Diga-nos o que aconteceu — pediu Richard, secamente.

O inspetor começou a esbravejar e referiu-se ao relatório.

— Ora, mas do que aquelas pessoas estava rindo? — perguntou Moncharmin.

— Deviam estar jantando, senhor, e pareciam mais inclinados a gracejar do que a ouvir boa música. No momento que entraram no camarote, saíram novamente e chamaram a fiscal dos camarotes, que perguntou o que queriam. Eles disseram: "Olha no camarote: não tem ninguém lá, não é?". "Não", disse a mulher. "Bem", disseram eles, "quando entramos, ouvimos uma voz dizendo que *o camarote já estava ocupado!*".

Monsieur Moncharmin não pôde deixar de sorrir ao olhar para *monsieur* Richard; mas este não sorriu. Ele próprio aprontara muitas coisas no seu tempo para não reconhecer, na história do inspetor, todas as marcas de uma daquelas pegadinhas que começam por divertir e terminam por enfurecer as vítimas. O inspetor, para agradar *monsieur* Moncharmin, que sorria, achou melhor dar um sorriso também. Um sorriso infeliz! *Monsieur* Richard olhou para seu subordinado, que passou a exibir uma face de total consternação.

— Contudo, quando essas pessoas chegaram — rugiu Richard —, não havia ninguém no camarote, não é?

— Nem uma vivalma, senhor, nem uma vivalma! Nem no camarote à direita nem no camarote à esquerda: nem uma vivalma, senhor, juro! A fiscal dos camarotes me disse isso várias vezes, o que prova que foi tudo uma piada!

— Ah, você concorda, então? — disse Richard. — Você concorda! É uma piada! E você a acha engraçada, sem dúvida?

— Acho que é de muito mau gosto, senhor.

— E o que a fiscal dos camarotes disse?

— Ah, ela só disse que era o Fantasma da Ópera. Só isso que ela disse.

E o inspetor sorriu. Mas logo descobriu que havia cometido um erro ao sorrir, pois as palavras mal haviam saído de sua boca e *monsieur* Richard, transformou-se de sombrio a furioso.

— Mande chamar a fiscal dos camarotes! — ele gritou. — Mande chamá-la! Imediatamente! Imediatamente! E traga-a até mim aqui! E mande todas essas pessoas embora!

O inspetor tentou protestar, mas Richard o fez calar a boca com uma ordem furiosa para morder a língua. Então, quando os lábios do miserável pareciam fechados para sempre, o diretor ordenou-lhe que os abrisse mais uma vez.

— Quem é esse "Fantasma da Ópera"? — rosnou.

Mas o inspetor já era incapaz de falar uma palavra. Conseguiu transmitir, por um gesto desesperado, que nada sabia sobre o assunto, ou melhor, que não queria saber.

— Você já o viu? Você já viu o Fantasma da Ópera?

O inspetor, por meio de um intenso abanar de cabeça, negou ter visto o fantasma em questão.

— Então está bem! — declarou *monsieur* Richard com frieza.

Os olhos do inspetor se esbugalharam, como se perguntassem por que o diretor havia proferido aquele ameaçador "Então está bem!".

— Porque vou mandar embora todos que não o viram! — explicou o diretor. — Já que ele parece estar em todos os lugares, não posso ter pessoas me dizendo que não o veem em lugar algum. Gosto que as pessoas trabalhem para mim quando as emprego!

Tendo dito isso, *monsieur* Richard não deu mais atenção ao inspetor e passou a discutir diversos assuntos relativos ao negócio com seu diretor-assistente, que tinha entrado no escritório nesse meio-tempo. O inspetor achou que estava dispensando e se dirigia suavemente — oh, tão suavemente! — à porta, quando *monsieur* Richard pregou o homem no chão com um trovejo:

— Fique parado aí!

Monsieur Remy havia mandado chamar a fiscal de camarotes na Rue de Provence, perto da Ópera, onde ela se ocupava trabalhando como porteira. Ela logo fez sua aparição.

— Qual é o seu nome?

— *Madame* Giry. O senhor certamente já ouviu falar de mim; sou a mãe da pequena Giry, a pequena Meg, oras!

Isso foi dito em tom tão áspero e solene que, por um momento, *monsieur* Richard ficou impressionado. Ele olhou para *madame* Giry, em seu xale desbotado, seus sapatos gastos, seu velho vestido de tafetá e gorro puído. Ficou bem evidente, pela atitude do diretor, que ele ou não tinha ouvido ou não se lembrava de ter ouvido a respeito da *madame* Giry, nem mesmo da pequena Giry, nem mesmo da "pequena Meg!". Mas o orgulho de Giry era tão grande que a célebre fiscal de camarotes imaginou que todos a conheciam.

— Nunca ouvi falar! — declarou o diretor. — Mas isso não é motivo, *madame* Giry, para que eu não lhe pergunte o que aconteceu ontem à noite para levar a senhora e o inspetor a chamarem um guarda municipal.

— Eu queria mesmo vê-lo, senhor, e falar-lhe sobre isso, para que o senhor não tivesse os mesmos dissabores que *monsieur* Debienne e *monsieur* Poligny. Eles também não me ouviam, no início.

— Não estou lhe perguntando sobre isso. Quero saber o que aconteceu ontem à noite.

Madame Giry ficou roxa de indignação. Ninguém nunca tinha se dirigido a ela daquela forma. Levantou-se como que para se retirar, recolhendo as dobras de sua saia e agitando com dignidade as penas de seu gorro puído, mas, mudando de ideia, sentou-se outra vez e declarou, com voz altiva:

— Vou lhe dizer o que aconteceu: o fantasma foi contrariado de novo!

Nisso, quando *monsieur* Richard estava prestes a explodir, *monsieur* Moncharmin interveio e conduziu o interrogatório, do qual depreendeu-se que *madame* Giry parecia achar natural que se ouvisse uma voz declarando a ocupação do camarote, quando não havia ninguém ali dentro. Ela não conseguiu explicar esse fenômeno, que não lhe era novidade, a não ser pela intervenção do fantasma. Ninguém podia ver o fantasma em seu camarote, mas todos podiam ouvi-lo. Ela o ouvira com frequência; e podiam acreditar nela, pois sempre falava a verdade. Podiam perguntar a *monsieur* Debienne e *monsieur* Poligny, e a qualquer um que a conhecesse; e também *monsieur* Isidoro Saack, que teve uma perna quebrada pelo fantasma!

— É verdade? — interrompeu-a Moncharmin. — O fantasma quebrou a perna do coitado do Isidore Saack?

Madame Giry arregalou os olhos com espanto diante de tamanha ignorância. No entanto, ela consentiu em esclarecer aqueles dois pobres inocentes. A coisa tinha acontecido no tempo de *monsieur* Debienne e *monsieur* Poligny, também no camarote número cinco e também durante uma performance de *Fausto*. *Madame* Giry tossiu, limpou a garganta — parecia que ela estava se preparando para cantar toda a partitura de Gounod — e começou:

— Foi o seguinte, senhor. Naquela noite, *monsieur* Maniera e sua senhora, a família de joalheiros da Rue Mogador, estavam sentados na frente do camarote, com seu grande amigo, *monsieur* Isidore Saack, sentado atrás de *madame* Maniera. Mefistófeles estava cantando. — *Madame* Giry, neste ponto, começou a cantar explosivamente: — "Catarina, enquanto você brinca de dormir", e então *monsieur* Maniera ouviu uma voz em seu ouvido direito (sua esposa estava à sua esquerda) dizendo: "Ha, ha! Julie não está brincando de dormir!". Sua esposa se chamava Julie. Então, *monsieur* Maniera vira para a direita a fim de ver quem estava falando com ele daquele jeito. Não havia ninguém lá! Ele esfrega a orelha e pergunta a si mesmo se está sonhando. Então, Mefistófeles prosseguiu com sua serenata... Mas talvez eu esteja deixando os senhores entediados?

— Não, não, prossiga.

— Os senhores são bondosos demais — com um sorriso. — Bem, então, Mefistófeles continuou com sua serenata. — *Madame* Giry cantou explodindo novamente: — "Santo, abre teus sacros portais e concede, a um humilde mortal, a bem-aventurança de um beijo de perdão." E então *monsieur* Maniera de novo ouve a voz em seu ouvido direito, dizendo, desta vez: "Ha, ha! Julie não ligaria de dar um beijo em Isidore!". Depois, vira-se novamente, mas, desta vez, para a esquerda; e o que os senhores acham que ele vê? Isidore, que pegara a mão de sua dama e a cobria de beijos pelo pequeno buraquinho redondo da luva, assim, senhores. — E beijava arrebatadamente o pedaço de palma deixado nu no meio de suas luvas de fio. — Então eles armaram uma confusão! *Bang! Bang!* Monsieur Maniera, que era grande e forte, como o senhor, *monsieur* Richard, deu dois golpes em *monsieur* Isidore Saack, que era pequeno e fraco como *monsieur* Moncharmin, sem ofensa. Houve um grande alvoroço. As pessoas na casa gritavam: "Já chega! Parem-nos! Ele vai matá-lo!". Então, por fim, *monsieur* Isidoro Saack conseguiu fugir.

— Então o fantasma não quebrou a perna dele? — perguntou *monsieur* Moncharmin, um pouco contrariado que sua figura deixara uma impressão tão fraca em *madame* Giry.

— Ele a quebrou, sim, senhor — respondeu *madame* Giry com altivez. — Quebrou-a na grande escadaria, enquanto o homem a descia correndo demasiado depressa, senhor, e demorará muito até que o pobre cavalheiro possa subi-la de novo!

— O fantasma lhe contou o que ele disse no ouvido direito de *monsieur* Maniera? — perguntou *monsieur* Moncharmin, com uma gravidade que ele achava extremamente engraçada.

— Não, senhor, foi o próprio *monsieur* Maniera. Então...

— Mas então você falou com o fantasma, minha boa senhora?

— Do mesmo jeito que estou falando com você agora, meu bom senhor! — *madame* Giry replicou.

— E, quando o fantasma fala com você, o que ele diz?

— Bom, ele me pede para trazer-lhe uma banqueta para os pés.

Desta vez, Richard caiu na gargalhada, assim como Moncharmin e Remy, o secretário. Apenas o inspetor, que sabia por experiência própria, teve o cuidado de não rir, enquanto *madame* Giry atrevia-se a adotar uma atitude positivamente ameaçadora.

— Em vez de rir — ela gritou com indignação —, seria melhor que os senhores fizessem como *monsieur* Poligny, que descobriu por conta própria.

— Descobriu o quê? — perguntou Moncharmin, que nunca se divertira tanto na vida.

— Sobre o fantasma, é claro...! Veja bem...

Ela subitamente se acalmou, sentindo que aquele era um momento solene em sua vida:

— *Veja bem* — repetiu. — Eles estavam apresentando *La juive*. *Monsieur* Poligny pensou que poderia assistir à apresentação no camarote do fantasma... Bem, quando Leopoldo grita: "Vamos voar!", sabe, e Eleazer os interrompe e diz: "Aonde vais?". Bem, *monsieur* Poligny (eu o observava do fundo do camarote ao lado, que estava vazio), *monsieur* Poligny levantou-se e saiu bastante travado, como uma estátua, e antes que eu tivesse tempo de lhe perguntar: "Aonde vais?", como Eleazer, ele estava descendo a escada, mas sem quebrar a perna.

— Ainda assim, isso não nos revela como o Fantasma da Ópera chegou a pedir uma banqueta a você — insistiu *monsieur* Moncharmin.

— Bem, a partir daquela noite, ninguém mais tentou tirar o camarote particular do fantasma. O diretor deu ordens para que o tivesse em cada apresentação. E, quando ele vinha, pedia uma banqueta para os pés.

— Tsc, tsc! Um fantasma pedindo uma banqueta para os pés! Esse seu fantasma é uma mulher, por acaso?

— Não, o fantasma é homem.

— Como sabe?

— Ele tem voz de homem, oh, uma voz de homem tão adorável! Acontece o seguinte: quando ele vem à ópera, geralmente é no meio do primeiro ato. Ele dá três batidas à porta do camarote número cinco. Na primeira vez que ouvi aqueles três toques, quando soube que não havia ninguém no camarote, você pode imaginar o quão intrigada fiquei! Abri a porta, escutei, olhei; ninguém! E então ouvi uma voz dizer: "*Madame* Jules", o nome do meu pobre marido era Jules; "uma banqueta para os pés, por favor". Falando sério, senhores, fiquei toda arrepiada. Mas a voz continuou: "Não se assuste, *madame* Jules, eu sou o Fantasma da Ópera!". E a voz era tão suave e gentil que quase não me assustei. *A voz estava sentada na cadeira de canto, à direita, na primeira fila.*

— Havia alguém no camarote ao lado do cinco? — perguntou Moncharmin.

— Não; o sete e o três, que é o da esquerda, estavam ambos vazios. A cortina havia acabado de subir.

— E o que você fez?

— Oras, eu trouxe a banqueta. Claro, não era para si mesmo que ele a queria, mas para sua dama. Mas nunca a ouvi nem vi.

— Ahn? Quê? Então agora o fantasma é casado! — Os olhos dos dois diretores passaram de *madame* Giry para o inspetor, que, de pé, atrás da fiscal de camarote, agitava os braços em busca de atrair sua atenção. Ele bateu a testa com um dedo indicador angustiado, para transmitir sua opinião de que a viúva de Jules Giry por certo era louca, uma pantomima que aguçou em *monsieur* Richard a determinação de se livrar de um inspetor que mantinha uma lunática em seu serviço. Enquanto isso, a digna senhora continuava a relatar sobre seu fantasma, agora descrevendo sua generosidade:

— Ao fim da apresentação, ele sempre me dá dois francos, às vezes cinco, às vezes até dez, quando está há muitos dias sem vir. Só que, como as pessoas começaram a irritá-lo de novo, ele parou de me dar.

— Desculpe-me, boa senhora — disse Moncharmin, enquanto Giry agitava as penas em seu chapéu puído, irritada com essa familiaridade persistente —, com licença, como o fantasma consegue lhe dar seus dois francos?

— Ora, ele os deixa na pequena prateleira do camarote, é claro. Encontro-os com o programa, que sempre lhe entrego. Em determinadas noites, encontro flores no camarote, uma rosa que deve ter caído do corpete de sua senhora... porque às vezes traz consigo uma senhora; um dia, deixaram um leque para trás.

— Oh, o fantasma deixou um leque, é mesmo? E o que você fez com ele?

— Bem, eu trouxe de volta ao camarote na noite seguinte.

Nesse ponto, a voz do inspetor se fez ouvir.

— Você quebrou as regras; vou precisar multá-la, *madame* Giry.

— Morda sua língua, seu besta! — resmungou *monsieur* Firmin Richard.

— Você trouxe o leque de volta. E daí?

— Bem, daí eles o levaram consigo, senhor; não estava lá ao fim da apresentação; e em seu lugar me deixaram uma caixa de doces ingleses, dos quais gosto muito. Essa é uma das ideias bonitas do fantasma.

— É o suficiente, *madame* Giry. Pode ir.

Quando *madame* Giry saiu, após se curvar com a dignidade que nunca a abandonou, o diretor disse ao inspetor que eles haviam decidido dispensar os serviços daquela velha louca; e, quando ele se foi, por sua vez, instruíram o diretor-assistente a mandar o inspetor embora. Deixados sozinhos, os diretores contaram um ao outro sobre a ideia que ambos tinham em mente, que era eles mesmos analisarem essa questiúncula do camarote número cinco.

O violino encantado

CHRISTINE DAAÉ, DEVIDO A INTRIGAS ÀS QUAIS VOLTAREI MAIS tarde, não continuou imediatamente seu triunfo na Ópera. Depois da famosa noite de gala, ela cantou uma vez na casa da Duquesa de Zurique; mas foi a última ocasião em que foi ouvida em particular. Ela se recusou, sem desculpas plausíveis, a comparecer a um concerto de caridade, o qual havia prometido ajudar. Agiu como se não fosse mais a senhora de seu próprio destino e como se temesse um novo triunfo.

Ela sabia que o Conde de Chagny, para agradar seu irmão, tinha dado o seu melhor para promovê-la diante de *monsieur* Richard; e ela escreveu para agradecê-lo e também para pedir-lhe que parasse de falar a seu favor. O motivo dessa atitude curiosa nunca foi conhecido. Alguns fingiram que era devido ao orgulho exagerado; outros falavam de sua modéstia celestial. Mas as pessoas do palco não são tão modestas assim; e penso que não estarei longe da verdade se atribuir sua ação simplesmente ao medo. Sim, acredito que Christine Daaé ficou assustada com o que aconteceu com ela. Tenho uma carta de

Christine (que faz parte da coleção do Persa), relativa a esse período, que sugere um sentimento de absoluta consternação.

Não me reconheço quando canto, escreveu a pobre garota.

Ela não dava as caras em lugar algum; e o Visconde de Chagny tentou em vão encontrá-la. Escreveu-lhe, pedindo para chamá-la, mas ficou desesperado ao receber uma resposta quando, certa manhã, ela lhe enviou o seguinte bilhete:

> *Monsieur:*
> *Não me esqueci do menino que correu ao mar para resgatar meu lenço. Sinto que devo escrever-lhe hoje, quando vou a Perros, no cumprimento de um dever sagrado. Amanhã é aniversário de morte do meu pobre pai, que você conhecia e que gostava muito de você. Ele está enterrado ali, com seu violino, no cemitério da igrejinha, no fundo da ladeira onde costumávamos brincar quando crianças, ao lado da estrada onde, quando éramos um pouco maiores, nos despedimos pela última vez.*

O Visconde de Chagny consultou às pressas um guia ferroviário, vestiu-se o mais rápido que pôde, escreveu algumas linhas para que o assistente levasse até seu irmão e pulou em um táxi que o levou à Gare Montparnasse bem a tempo de perder o trem da manhã. Ele passou um dia sombrio na cidade e não recuperou o ânimo até a noite, quando estava sentado em seu compartimento no expresso da Bretanha. Leu o bilhete de Christine repetidas vezes, sorvendo seu perfume, lembrando as doces imagens de sua infância, e passou o restante daquela tediosa jornada noturna em sonhos febris que começavam e terminavam com Christine Daaé. O sol nascia quando ele desembarcou em Lannion. Apressou-se à diligência para Perros-Guirec. Ele era o único passageiro. Perguntou ao motorista e soube que, na noite do dia anterior, uma moça que parecia parisiense tinha ido a Perros e se instalado na pousada conhecida como Sol Poente.

Quanto mais se aproximava dela, mais se lembrava com carinho da história da pequena cantora sueca. A maioria dos detalhes ainda é desconhecida do público.

Era uma vez, em uma cidadezinha interiorana não muito longe de Upsala, um camponês que morava lá com sua família, cavando a terra durante a semana e cantando no coral aos domingos. Esse camponês teve uma filha pequena a quem ensinou o alfabeto musical antes que ela soubesse ler. O pai de Daaé era um grande músico, talvez sem saber. Nenhum violinista, em toda a extensão da Escandinávia, tocava como ele. Sua reputação era generalizada e ele sempre era convidado para fazer com que os casais dançassem em casamentos e outras festividades. Sua esposa morreu quando Christine estava quase completando seis anos. Em seguida, o pai, que cuidava apenas da filha e de sua música, vendeu seu pedaço de chão e foi para Upsala em busca de fama e fortuna. Ele não encontrou nada além de pobreza.

Regressou ao interior, vagando de feira em feira, dedilhando as suas melodias escandinavas, ao passo que a filha, que nunca saía do seu lado, ouvia-o em êxtase ou cantava ao som de seu violino. Um dia, na feira de Ljimby, o professor Valerius ouviu-os e levou-os para Gotemburgo. Argumentava que o pai era o melhor violinista do mundo e que a filha tinha o porte de uma grande artista. Sua educação e instrução foram providenciadas. Ela progrediu rapidamente e encantou a todos com sua beleza, seus modos graciosos e sua genuína vontade de agradar.

Quando Valerius e a esposa foram se estabelecer na França, levaram consigo Daaé e Christine. "Mamãe" Valerius tratou Christine como filha. Quanto a Daaé, começou a sentir saudades da pátria. Nunca saiu de casa em Paris, mas vivia numa espécie de sonho que mantinha com o seu violino. Por horas seguidas, permanecia trancado em seu quarto com a filha, tocando e cantando, muito, muito suavemente. Às vezes, Mamãe Valerius vinha e ouvia atrás da porta, enxugava uma lágrima e descia as escadas de novo na ponta dos pés, suspirando por seus céus escandinavos.

Daaé parecia não recuperar suas forças até o verão, quando toda a família ia ficar em Perros-Guirec, em um canto distante da Bretanha, onde o mar era da mesma cor do de seu país. Muitas vezes ele tocava suas músicas mais tristes na praia e fingia que o mar parava de rugir para ouvi-las. E então ele convenceu Mamãe Valerius a ceder a um capricho extravagante dele. Na época dos "perdões", ou peregrinações bretãs, da festa da aldeia e dos bailes, ele saiu com seu violino, como nos velhos tempos, e pôde levar sua filha consigo por uma semana. Apresentavam música que poderia durar para mais de um ano às aldeias menores e dormiam à noite num celeiro, recusando cama na estalagem, deitados juntos na palha, como quando eram tão pobres na Suécia. Ao mesmo tempo, estavam muito bem-vestidos, não coletavam dinheiro, recusavam os tostões que lhes eram oferecidos; e as pessoas ao redor não conseguiam entender a conduta daquele violinista rústico, que percorria as estradas com aquela linda criança cantando como um anjo do céu. Seguiam-nos de aldeia em aldeia.

Um dia, um menino, que estava com sua governanta, fê-la dar uma caminhada mais longa do que pretendia, pois ele não podia despedir-se da garotinha cuja voz pura e doce parecia prendê-lo a ela. Chegaram à margem de uma enseada que ainda se chama Trestraou, mas que agora, acredito, abriga um cassino ou algo do tipo. Naquela época, não havia nada além de céu e mar e um trecho de praia dourada. Só que também houve um vento forte, que soprou o lenço de Christine para o mar. Christine deu um grito e estendeu os braços, mas o lenço já estava longe nas ondas. Então ouviu uma voz dizer:

— Está tudo bem, eu vou e salvarei seu lenço do mar.

E viu um pequeno menino correndo rápido, apesar dos gritos e dos protestos consternados de uma digna senhora de preto. O menino correu para o mar, vestido como estava, e trouxe-lhe de volta o lenço. Menino e lenço estavam encharcados. A senhora de preto fez um grande alarde, mas Christine riu alegremente e beijou o menino, que era ninguém menos do que o Visconde Raoul de Chagny, hospedado em Lannion com a tia.

Durante a temporada, eles se viam e jogavam juntos quase todos os dias. A pedido da tia, secundada pelo professor Valerius, Daaé consentiu em dar ao jovem visconde aulas de violino. Dessa forma, Raoul aprendeu a amar os mesmos ares que haviam encantado a infância de Christine. Ambos também tinham a mesma calma e sonhadora mente. Encantavam-se com histórias, com velhas lendas bretãs; e seu esporte favorito era ir e pedir para ouvi-las nas portas dos chalés, como mendigos:

— Minha senhora... — ou — Meu senhor... você não conta alguma historinha para nós, por favor?

Era raro que uma não lhes fosse "contada"; pois quase todas as vovozinhas bretãs já viram, pelo menos uma vez na vida, os "korrigans" dançarem à luz do luar na urze.

Mas o seu grande deleite era, ao crepúsculo, no grande silêncio da noite, depois de o sol se ter posto no mar, quando Daaé vinha e se sentava ao lado deles à beira da estrada e, em voz baixa, como que temendo assustar os fantasmas que evocava, contava-lhes as lendas da terra do Norte. E, no momento que ele parava, as crianças pediam mais.

Havia uma história que começava assim:

— Um rei estava sentado em um pequeno barco em um daqueles lagos profundos e parados que se abrem como um olho brilhante em meio às montanhas norueguesas...

E outra:

— A pequena Lotte pensava em tudo e em nada. Seus cabelos eram dourados como os raios do sol, e sua alma, tão clara e azul quanto seus olhos. Adulava a mãe, era gentil com sua boneca, cuidava muito bem do seu vestido, dos seus sapatinhos vermelhos e do seu violino, mas acima de tudo, adorava, quando ia dormir, ouvir o Anjo da Música.

Enquanto o velho contava essa história, Raoul olhava para os olhos azuis e cabelos dourados de Christine; e Christine pensava que Lotte tinha muita sorte de ouvir o Anjo da Música quando ia dormir. O Anjo da Música desempenhava um papel em todos os contos de Papai Daaé; ele acreditava que todo grande músico, todo grande artista recebia a visita do Anjo pelo menos uma vez na vida. Às vezes, o Anjo se inclinava sobre seu berço, como aconteceu com Lotte, e é assim que há pequenos prodígios que tocam violino aos seis anos melhor do que homens aos cinquenta, o que, você deve admitir, é muito maravilhoso. Às vezes, o Anjo vem muito mais tarde, porque as crianças são levadas e não aprendem suas lições ou não praticam suas escalas. E, às vezes, ele não vem de jeito nenhum, porque as crianças têm coração ruim ou consciência ruim.

Ninguém nunca vê o Anjo; mas ele é ouvido por aqueles que devem ouvi-lo. Vem muitas vezes quando menos o esperam, quando estão tristes e desanimados. Então, seus ouvidos de repente percebem harmonias celestiais, uma voz divina, da qual se lembram por toda a vida. Pessoas que são visitadas pelo Anjo tremem com uma emoção desconhecida para o resto da humanidade. E elas não podem tocar em um instrumento, ou abrir a boca para cantar, sem produzir sons que envergonham todos os outros sons humanos. Então, os que não sabem que o Anjo visitou essas pessoas dizem que elas são gênios.

A pequena Christine perguntou ao pai se ele tinha ouvido o Anjo da Música. Mas Papai Daaé balançou a cabeça tristemente; e então seus olhos se iluminaram, quando ele disse:

— Você vai ouvi-lo um dia, minha filha! Quando eu estiver no Céu, eu o enviarei a você!

Papai começou a tossir naquela época.

Três anos depois, Raoul e Christine se encontraram novamente em Perros. O professor Valerius havia morrido, mas sua viúva permaneceu na França com o Papai Daaé e sua filha, que continuaram a tocar violino e a cantar, envolvendo em seu sonho de harmonia sua bondosa padroeira, que parecia doravante viver apenas de música. Ele, que agora era um jovem rapaz, tinha ido a Perros na esperança de encontrá-los e foi direto para a casa em que eles costumavam ficar. Primeiro viu o velho; e então Christine entrou, carregando a bandeja de chá. Ela corou ao se deparar com Raoul, que foi até ela e a beijou. Ela lhe fez algumas perguntas, exerceu lindamente suas funções como anfitriã, pegou a bandeja outra vez e saiu da sala. Em seguida, correu para o jardim e se refugiou em um banco, vítima de sentimentos que mexeram com seu jovem coração pela primeira vez. Raoul a seguiu e eles conversaram até a noite, de modo muito tímido. Estavam bastante alterados, cautelosos como dois diplomatas, e contaram um ao outro coisas que não tinham nada a ver com seus sentimentos que desabrochavam. Quando se despediram à beira da estrada, Raoul, imprimindo um beijo na mão trêmula de Christine, disse:

— *Mademoiselle*, eu jamais a esquecerei!

E foi-se, arrependido das palavras que proferira, pois sabia que Christine não poderia ser a esposa do Visconde de Chagny.

Quanto a Christine, ela tentou não pensar nele e dedicou-se inteiramente à sua arte. Fez um progresso maravilhoso e aqueles que a ouviram profetizaram que seria a maior cantora do mundo. Nesse entrementes, o pai morreu; e, de repente, ela parecia ter perdido, com ele, sua voz, sua alma e seu gênio. Manteve apenas um pouco, apenas o suficiente para entrar no *conservatório*, onde não se destacou de maneira alguma, frequentando as aulas sem entusiasmo e ganhando um prêmio apenas para agradar à velha Mamãe Valerius, com quem continuou a viver.

Na primeira vez que Raoul viu Christine na Ópera, ficou encantado com a beleza da jovem e com as imagens doces do passado que ela evocava, mas ficou bastante surpreso com o lado negativo de sua arte. Retornou para ouvi-la. Seguiu-a nas alas. Esperou-a atrás da escada de madeira. Tentou atrair sua atenção. Mais de uma vez, caminhou atrás dela até a porta de seu camarote, mas a garota não o viu. Parecia, aliás, não ver ninguém. Ela era toda indiferente. Raoul sofreu, pois ela era muito bonita e ele era tímido e não ousava confessar seu amor, nem mesmo a si próprio. E então veio o relâmpago da apresentação de gala: os céus rasgados e a voz de um anjo ouvida na Terra para o deleite da humanidade e a captura total de seu coração.

E então... e então havia a voz daquele homem atrás da porta: "Você precisa me amar!"; e ninguém no cômodo...

Por que ela riu quando ele a lembrara do incidente do lenço? Por que ela não o reconhecera? E por que havia escrito para ele...?

Raoul enfim chegou a Perros. Entrou na sala esfumaçada do Sol Poente e no mesmo instante viu Christine de pé diante dele, sorrindo e não mostrando espanto.

— Então, você veio — ela disse. — Eu sentia que o encontraria aqui, quando voltei da missa. Uma pessoa na igreja me disse que isso aconteceria.

— Quem? — perguntou Raoul, tomando a pequena mão dela na sua.

— Ora, meu pobre pai, que está morto.

Houve um silêncio; e então Raoul perguntou:

— Por acaso seu pai contou-lhe que eu a amo, Christine, e que não posso viver sem você?

Christine enrubesceu até os olhos e virou o rosto. Com voz trêmula, ela disse:

— Eu? Você está sonhando, meu amigo! — E pôs-se a rir, para recompor a tez.

— Não ria, Christine; estou falando sério — Raoul respondeu.

E ela respondeu com seriedade:

— Não o fiz vir aqui para me dizer coisas assim.

— Você "me fez vir", Christine; você sabia que sua carta não me deixaria indignado e que eu provavelmente me apressaria para vir a Perros. Como pode ter concebido esse plano, se não pensa que eu a amo?

— Pensei que se lembraria de nossas brincadeiras aqui, da nossa infância, das quais meu pai tantas vezes participou. Na verdade não sei o que pensei... Talvez eu tenha errado ao escrever-lhe... Este aniversário e a sua súbita aparição no meu quarto na Ópera, na outra noite, lembraram-me do tempo passado e fizeram-me escrever-lhe como a menina que eu era naquela época...

Havia algo na atitude de Christine que não parecia natural a Raoul. Ele não sentia nela qualquer hostilidade; longe disso: o afeto angustiado que brilhava em seus olhos lhe informava isso. Mas por que esse afeto causava angústia? Era isso que ele queria saber e o que o irritava.

— Quando me viu no camarim, foi a primeira vez que você me notou, Christine?

Ela era incapaz de mentir.

— Não — respondeu. — Eu o havia visto várias vezes no camarote de seu irmão. E também no palco.

— Eu já suspeitava disso! — declarou Raoul, comprimindo os lábios. — Mas então por que, quando me viu em seu quarto, a seus pés, lembrando-lhe de que eu havia resgatado seu lenço do mar, por que respondeu como se não me conhecesse, e também por que riu?

O tom dessas perguntas era tão áspero que Christine olhou para Raoul sem responder. O próprio jovem ficou horrorizado com o súbito conflito que ousou causar no exato momento que decidira falar palavras de gentileza, amor e submissão a Christine. Um marido, um amante com todos os direitos, não falaria diferente com uma esposa, uma amante que o ofendera. Mas ele tinha ido longe demais e não via outra saída para a posição ridícula em que estava a não ser se comportar odiosamente.

— Você não responde! — disse irritado e infeliz. — Bem, vou responder por você. Era porque havia alguém na sala que era um obstáculo para você, Christine, alguém que você não queria que soubesse do seu interesse por mais ninguém!

— Se alguém era um obstáculo para mim, meu amigo — Christine por fim falou, friamente —, se alguém era um obstáculo para mim, naquela noite, esse alguém era você, pois eu lhe disse para sair do camarim!

— Sim, para que você pudesse ficar com o outro!

— O que quer dizer, *monsieur*? — a jovem questionou com agitação. — E a que outro você se refere?

— Ao homem para o qual você disse "Eu canto apenas para você... Esta noite, dei-lhe minh'alma e estou morta!".

Christine agarrou o braço de Raoul e comprimiu-o com uma força que ninguém suspeitaria em uma criatura tão frágil.

— Então você estava ouvindo atrás da porta?

— Sim, porque a amo em tudo... E ouvi tudo...

— Ouviu o quê?

E a jovem, ficando estranhamente calma, soltou o braço de Raoul.

— Ele lhe disse: "Christine, você precisa me amar!".

Com tais palavras, uma palidez mortal se espalhou pelo rosto de Christine, anéis escuros se formaram ao redor de seus olhos, ela cambaleou e parecia a ponto de desmaiar. Raoul avançou, com os braços estendidos, mas Christine havia superado seu desmaio passageiro e disse, em voz baixa:

— Vá em frente! Vá em frente! Conte-me tudo que ouviu!

Sem conseguir entender nada, Raoul respondeu:

— Eu o ouvi responder, quando você disse que lhe dera sua alma: "Sua alma é uma coisa bela, minha menina, e eu lhe sou grato. Nenhum imperador jamais recebeu um presente tão belo. Os anjos choraram esta noite".

Christine levou a mão ao coração, vítima de uma emoção indescritível. Seus olhos encaravam o vazio como os de uma louca. Raoul estava aterrorizado. Mas, de repente, os olhos de Christine umedeceram e duas grandes lágrimas escorreram, como duas pérolas, por suas bochechas de marfim.

— Christine!

— Raoul!

O jovem tentou tomá-la nos braços, mas ela escapou e fugiu, profundamente transtornada.

Conforme Christine permanecia trancada em seu quarto, Raoul não sabia o que fazer. Recusou-se a tomar café da manhã. Estava terrivelmente preocupado e amargamente entristecido ao ver as horas, que ele esperava que fossem tão doces, passarem desprovidas da presença da jovem sueca. Por que ela não veio passear com ele pela região onde tinham tantas lembranças em comum? Ele ouviu dizer que, naquela manhã, ela tinha oferecido uma missa para o repouso da alma de seu pai e passara muito tempo rezando na igrejinha e no túmulo do violinista. Então, como ela parecia não ter mais nada para fazer em Perros e, de fato, não estava fazendo nada lá, por que ela não voltou para Paris de uma vez por todas?

Raoul saiu caminhando, abatido, em direção ao cemitério no qual ficava a igreja e estava de fato sozinho entre os túmulos, lendo as inscrições; porém, quando deu a volta por trás da abside, foi subitamente tocado pelo tom deslumbrante das flores que pairavam sobre o chão branco. Eram maravilhosas rosas-vermelhas que haviam desabrochado pela manhã, na neve, dando um vislumbre da vida entre os mortos, pois a morte estava ao seu redor. Também ela, como as flores, saía do chão, cuspindo de volta vários de seus cadáveres. Centenas de esqueletos e crânios se amontoavam contra a parede da igreja, mantidos em posição por um arame que deixava toda a pilha horrível à vista. Ossos de homens mortos, dispostos em filas, como tijolos, para formar a primeira linha sobre a qual as paredes da sacristia haviam sido construídas. A porta da sacristia abria-se no meio daquela estrutura óssea, como se vê com frequência nas antigas igrejas bretãs.

Raoul fez uma oração para Daaé e, em seguida, dolorosamente impressionado com todos aqueles sorrisos eternos na boca de caveiras, subiu a encosta e sentou-se à beira da charneca com vista para o mar. O vento caiu com a noite. Raoul estava cercado pela escuridão gelada, mas não sentiu o frio. Era aqui, lembrou, que costumava vir com a pequena Christine ver os *korrigans* dançarem ao nascer da lua. Ele nunca tinha visto nenhum, embora seus olhos fossem bons, enquanto Christine, que era um pouco míope, fingiu que vira muitos. Ele sorriu ao pensar nisso e, de repente, teve um sobressalto. Uma voz atrás dele disse:

— Acha que os *korrigans* virão esta noite?

Era Christine. Ele tentou falar. Ela pôs sua mão enluvada sobre a boca dele.

— Ouça, Raoul. Decidi contar-lhe algo sério, muito sério... Você se lembra da lenda do Anjo da Música?

— De fato, lembro-me — ele disse. — Creio que foi aqui que seu pai nos contou essa história pela primeira vez.

— E foi aqui que ele disse: "Quando eu estiver no Céu, minha filha, eu o enviarei a você". Bem, Raoul, meu pai está no Céu, e fui visitada pelo Anjo da Música.

— Não tenho dúvida disso — respondeu o jovem, sério, pois lhe parecia que a amiga, em obediência a um pensamento religioso, estava ligando a recordação de seu pai ao brilho de seu último triunfo.

Christine parecia surpresa com a frieza do Visconde de Chagny.

— Como você entende isso? — perguntou ela, trazendo seu rosto pálido tão perto de Raoul que ele poderia ter pensado que Christine lhe daria um beijo; mas ela só queria ler seus olhos no escuro.

— Eu entendo — disse ele — que nenhum ser humano pode cantar como você cantou na outra noite sem a intervenção de algum milagre. Nenhum professor na Terra pode ensinar-lhe cadências como aquelas. Você ouviu o Anjo da Música, Christine.

— Sim — ela disse de modo solene —, *no meu camarim*. É lá que ele vem me dar suas lições diariamente.

— No seu camarim? — ele repetiu, como bobo.

— Sim, e foi lá também que o ouvi; e não fui a única a ouvi-lo.

— Quem mais o ouviu, Christine?

— Você, meu amigo.

— Eu? Eu ouvi o Anjo da Música?

— Sim, na outra noite, era ele que estava falando enquanto você ouvia atrás da porta. Foi ele quem disse: "Você precisa me amar". Naquele momento, eu pensava ser a única a ouvir sua voz. Imagine o meu espanto quando você me disse, hoje de manhã, que podia ouvi-lo também.

Raoul caiu na gargalhada. Os primeiros raios da lua vieram e envolveram os dois jovens em sua luz. Christine virou-se contra Raoul com ar hostil. Seus olhos, em geral tão gentis, brilhavam como fogo.

— Do que está rindo? *Você* acha que ouviu a voz de um homem, suponho?

— Bem...! — respondeu o jovem, cujas ideias começaram a ficar confusas diante da atitude obstinada de Christine.

— É você, Raoul, que diz isso? Você, meu velho amigo de brincadeiras! Um amigo do meu pai! Mas você mudou desde aqueles dias. O que está pensando? Sou uma garota honesta, *monsieur* Visconde de Chagny, e não me tranco no meu camarim com vozes masculinas. Se você tivesse aberto a porta, teria visto que não havia ninguém no cômodo!

— Isso é verdade! Eu de fato abri a porta quando você saiu, e não achei ninguém no camarim.

— Nesse caso, você entende...! Então?

O visconde evocou toda a sua coragem.

— Então, Christine, acho que alguém está pregando uma peça em você.

Ela deu um grito e saiu correndo. O visconde correu atrás dela, mas, em tom de raiva feroz, ela gritou: "Deixe-me! Deixe-me!". E desapareceu.

Raoul voltou à pousada sentindo-se bastante cansado, abatido e muito triste. Informaram-lhe que Christine tinha ido ao seu quarto, dizendo que não jantaria. Raoul jantou sozinho, num clima muito sombrio. Depois foi para o quarto e tentou ler, foi para a cama e tentou dormir. Não havia som no quarto ao lado.

As horas passavam devagar. Era cerca de onze e meia quando ouviu nitidamente alguém se mexendo, com um passo leve e furtivo, no quarto ao lado do seu. Então Christine não tinha ido para a cama!

Sem se preocupar com um subterfúgio, Raoul se vestiu, tomando cuidado para não fazer barulho, e esperou. Esperou o quê? Como ele poderia dizer? Mas seu coração bateu em seu peito quando ouviu a porta de Christine girar lentamente em suas dobradiças. Para onde ela poderia ir, a essa hora, quando todos dormiam profundamente em Perros? Ao abrir com suavidade a porta, ele viu a forma branca de Christine, ao luar, esgueirando-se ao longo do corredor. Ela desceu as escadas e ele se debruçou sobre o balaústre acima dela. De repente, ouviu duas vozes em rápida conversa. Ele captou uma frase: "Não perca a chave".

Era a voz da senhoria. A porta de frente para o mar foi aberta e trancada novamente. Depois, tudo ficou em silêncio.

Raoul correu de volta para seu quarto e abriu a janela. A forma branca de Christine estava de pé no cais deserto.

O primeiro andar do Sol Poente não era muito alto e uma árvore que crescia contra a parede estendia seus galhos para os braços impacientes de Raoul e permitiu-lhe descer sem o conhecimento da senhoria. O espanto dela, portanto, foi ainda maior quando, na manhã seguinte, o jovem foi trazido de volta a ela semicongelado, mais morto do que vivo. Quando foi informada de que ele havia sido encontrado completamente estendido nos degraus do altar-mor da igrejinha, correu imediatamente para contar a Christine, que se apressou e, com a ajuda da proprietária, fez o possível para reanimá-lo. Ele logo abriu os olhos e não demorou a se recuperar quando viu o rosto encantador da amiga se inclinando sobre ele.

Semanas depois, quando a tragédia na Ópera motivou a intervenção do promotor público, *monsieur* Mifroid, o delegado da polícia, interrogou Visconde de Chagny a respeito dos acontecimentos da noite em Perros. Cito as perguntas e respostas dadas no relatório oficial, a partir da página 150:

P: *Mademoiselle* Daaé não o viu descer de seu quarto pela curiosa via que escolheu?

R: Não, *monsieur*, não, embora, ao caminhar atrás dela, eu não me esforçasse para abafar o som dos meus passos. Na verdade, eu queria que ela se virasse e me visse. Percebi que não tinha desculpa para segui-la e que essa forma de espioná-la era indigna de mim. Mas ela parecia não me ouvir e agia exatamente como se eu não estivesse lá. Ela saiu tranquilamente do cais e, de repente, caminhou apressadamente pela estrada. O relógio da igreja tinha batido onze e quarenta e cinco e pensei que isso deve tê-la feito se apressar, pois quase começou a correr e continuou mais rápido até chegar à igreja.

P: O portão estava aberto?

R: Sim, *monsieur*, e isso me surpreendeu, mas não pareceu surpreender *mademoiselle* Daaé.

P: Não havia ninguém no entorno da igreja?

R: Não vi ninguém; e, se houvesse alguém, eu certamente teria visto. A lua estava brilhando sobre a neve e deixava a noite bem iluminada.

P: É possível que alguém estivesse escondido atrás das lápides?

R: Não, *monsieur*. Eram lápides muito pequenas, pobres, parcialmente escondidas sob a neve, com suas cruzes logo acima do nível do solo. As únicas sombras eram as das cruzes e as nossas. A igreja se destacava brilhantemente. Nunca vi uma noite tão iluminada. Estava muito boa, muito fria e podia-se ver tudo.

P: Você é supersticioso?

R: Não, *monsieur*, sou um católico praticante.

P: Qual era sua condição mental naquele momento?

R: Muito sã e tranquila, garanto-lhe. A curiosa ação de *mademoiselle* Daaé ao sair àquela hora me preocupou no início; mas, assim que a vi ir para o adro da igreja, pensei que pretendia cumprir algum dever religioso no túmulo de seu pai e considerei isso tão natural que recuperei toda a minha calma. Só fiquei surpreso que não tivesse me ouvido andando atrás dela, pois meus passos eram bastante ruidosos na neve dura. Mas deve ter sido arrebatada por suas intenções e resolvi não a perturbar. Ajoelhou-se junto à sepultura do pai, fez o sinal da cruz e começou a rezar. Naquele momento, bateu meia-noite. No último toque, vi *mademoiselle* Daaé erguer os olhos para o céu e estender os braços como se em êxtase. Fiquei me perguntando qual poderia ser o motivo, quando eu mesmo levantei a cabeça e tudo dentro de mim pareceu ser atraído para o invisível, *que estava tocando a música mais perfeita!* Christine e eu conhecíamos essa música; tínhamos a ouvido quando crianças. Mas nunca tinha sido executada com uma arte tão divina, nem mesmo por *monsieur* Daaé. Lembrei-me de tudo o que Christine me tinha dito sobre o Anjo da Música. Era a ária de "A ressurreição de Lázaro", que o velho *monsieur* Daaé costumava tocar para nós em suas horas de melancolia e de fé. Se o Anjo de Christine tivesse existido, ele não poderia ter tocado melhor, naquela noite, no violino do falecido músico. Quando a música parou, eu parecia ouvir um barulho dos crânios no monte de ossos; era como se estivessem rindo e não pude deixar de estremecer.

P: Não lhe ocorreu que o músico poderia estar oculto atrás da própria pilha de ossos?

R: Foi, de fato, o único pensamento que me ocorreu, *monsieur*, tanto que me abstive de seguir *mademoiselle* Daaé, quando ela se ergueu e andou lentamente para o portão. Estava tão absorta naquele momento que não me surpreendi por ela não me ter visto.

P: E então, o que ocorreu que você foi achado de manhã, caído semimorto nos degraus do altar-mor?

R: Primeiro uma caveira rolou até os meus pés... depois outra... depois outra... Era como se eu fosse um pino daquele jogo horrível de boliche. E tive a ideia de que um passo em falso deve ter destruído o equilíbrio da estrutura por trás da qual nosso músico estava escondido. Essa suposição pareceu ser confirmada quando vi uma sombra esgueirar-se repentinamente ao longo da parede da sacristia. Corri. A sombra já havia aberto a porta e entrado na igreja. Mas fui mais rápido do que a sombra e agarrei um canto da sua capa. Naquele momento, estávamos em frente ao altar-mor; e os raios da lua caíram diretamente sobre nós através dos vitrais da abside. Como não soltei a capa, a sombra virou-se; e vi uma terrível cara de morte, que me fitou com um par de olhos ardentes. Senti-me como se estivesse cara a cara com Satanás; e, na presença dessa aparição sobrenatural, meu coração cedeu, a coragem faltou-me... e não me lembro de mais nada até recobrar a consciência no Sol Poente.

VI

Uma visita ao camarote número cinco

Deixamos *monsieur* Firmin Richard e *monsieur* Armand Moncharmin no momento que decidiram "analisar essa questiúncula do camarote cinco".

Deixando para trás a ampla escadaria que leva do saguão dos escritórios dos diretores ao palco e às suas dependências, eles atravessaram o palco, saíram pela porta dos assinantes e entraram na plateia por meio da primeira passagenzinha à esquerda. Então, seguiram seu caminho através das primeiras fileiras de nichos e olharam para o camarote cinco no nível superior. Não podiam vê-lo bem, porque estava parcialmente escuro e porque grandes coberturas foram arremessadas sobre o veludo vermelho das bordas de todos os camarotes.

Estavam quase sozinhos no enorme e sombrio espaço da plateia; e um vasto silêncio os cercava. Era a hora em que a maioria dos ajudantes de palco saía para beber. A equipe havia abandonado as tábuas por um momento, deixando uma cena meio montada. Alguns raios de luz, uma iluminação minguante, sinistra, que parecia roubada de uma luminária que expirava, caíra por uma ou outra abertura sobre uma velha torre que erguia suas ameias de papelão no palco; tudo, sob essa luz enganosa, adotava uma forma fantástica. Nas bancas da orquestra, o tecido grosseiro que as cobria parecia um mar revolto, cujas ondas glaucas tinham sido subitamente congeladas por uma ordem secreta do fantasma da tempestade, que, como todos sabem, se chama Adamastor. *Messieurs* Moncharmin e Richard eram os marinheiros naufragados em meio a esse tumulto imóvel de um mar calicô. Foram para os camarotes da esquerda, arando o caminho como marinheiros que saem de seu navio e tentam lutar para chegar à costa. As oito grandes colunas polidas erguiam-se à meia-luz como tantos pilares enormes que sustentavam os penhascos ameaçadores, esfacelados, de barriga grande, cujas camadas eram representadas pelas linhas circulares, paralelas e ondulantes das sacadas das grandes primeira e segunda camadas de camarotes. No topo, bem no topo do penhasco, perdidas no teto de cobre de *monsieur* Lenepveu, figuras sorriam e faziam caretas, riam e zombavam da aflição de *messieurs* Richard e Moncharmin. E, no entanto, essas figuras eram geralmente muito sérias. Seus nomes eram Ísis, Anfitrite, Hebe, Pandora, Psiquê, Tétis, Pomona, Dafne, Clície, Galatea e Aretusa. Sim, a própria Aretusa, e Pandora, que todos conhecemos pela sua caixa, desprezavam os dois novos diretores da Ópera, que acabaram por agarrar-se a algum pedaço de destroços e de lá olharam em silêncio para o camarote número cinco no nível superior.

Eu disse que eles estavam aflitos. Pelo menos, presumo que estavam. *Monsieur* Moncharmin, de qualquer forma, admite que estava impressionado. Para citar suas próprias palavras, de suas *Memórias*:

> Este luar em torno do Fantasma da Ópera, em que, desde que assumimos pela primeira vez as funções de *messieurs* Poligny e Debienne, estávamos tão bem mergulhados, [O ESTILO DE MONCHARMIN NEM SEMPRE É IRREPREENSÍVEL] sem dúvida terminou por cegar as minhas faculdades imaginativas e também visuais. Pode ser que o ambiente excepcional em que nos encontrávamos, em meio a um silêncio incrível,

tenha nos impressionado de maneira inusitada. Pode ser que tenhamos sido afetados por uma espécie de alucinação provocada pela semiescuridão do teatro e pela melancolia parcial que enchia o camarote número cinco. De qualquer forma, vi, e Richard também viu, uma forma no camarote. Richard não disse nada, e eu tampouco o fiz. Mas espontaneamente pegamos na mão um do outro. Ficamos assim por alguns minutos, sem nos mexer, com os olhos fixos no mesmo ponto; mas a figura havia desaparecido. Depois saímos e, no saguão, comunicamos nossas impressões um ao outro e conversamos sobre "a forma". O infortúnio foi que minha forma não era nem um pouco parecida com a de Richard. Eu tinha visto uma coisa como a cara de uma morte apoiada na borda do camarote, enquanto Richard via a forma de uma velha que se parecia com *madame* Giry. Logo descobrimos que tínhamos mesmo sido vítimas de uma ilusão, então, sem mais demora e rindo como loucos, corremos para o camarote número cinco no nível superior, entramos e não encontramos nenhum tipo de forma.

O camarote número cinco é como todos os outros camarotes do nível superior. Não há nada que o distinga de nenhum dos outros. *Monsieur* Moncharmin e *monsieur* Richard, abertamente muito entretidos e rindo um do outro, moveram os móveis do camarote, levantaram os panos e as cadeiras e examinaram em particular a poltrona em que "a voz do homem" costumava se sentar. Mas viram que era uma poltrona respeitável, sem mágica. Ao todo, o camarote era o camarote mais comum do mundo, com seus penduricalhos vermelhos, suas cadeiras, seu tapete e sua borda coberta de veludo vermelho. Depois, apalpando o carpete da maneira mais séria possível, e sem descobrir mais nada aqui ou em qualquer outro lugar, desceram para o camarote correspondente no nível inferior. No camarote número cinco do nível inferior, que fica logo dentro da primeira saída das bancas à esquerda, eles também não encontraram nada digno de menção.

— Essas pessoas estão nos fazendo de idiotas! — Firmin Richard acabou exclamando. — Será a apresentação de *Fausto* no sábado: vamos nós dois vê-la do camarote número cinco no nível superior!

VII

Fausto e o que se sucedeu

No sábado de manhã, ao chegarem a seu escritório, os diretores conjuntos encontraram uma carta de F. da Ó. redigida nos seguintes termos:

> Prezados diretores:
> Então é guerra entre nós?
> Se ainda se importam com a paz, eis meu ultimato. Consiste nas quatro seguintes condições:
> 1. Vocês devem me devolver meu camarote particular; e desejo tê-lo livre à minha disposição de agora em diante.
> 2. O papel de Margarida será cantado hoje à noite por Christine Daaé. Esqueçam-se de Carlotta; ela estará doente.
> 3. Absolutamente insisto nos bons e leais serviços de madame Giry, minha fiscal de camarote, que vocês recontratarão para seu cargo imediatamente.
> 4. Confirmem para mim, por meio de uma carta entregue por madame Giry (a qual cuidará para que eu

a receba), que vocês aceitam, tais quais seus antecessores, as condições em meu livro de apontamentos no que toca à minha cota mensal. Eu lhes informarei posteriormente a respeito de como deverão pagá-la a mim.

Se recusarem, apresentarão Fausto hoje à noite em uma casa amaldiçoada.

Aceitem meu conselho e estejam cientes a tempo.
F. da Ó.

— Olhe aqui, estou ficando farto dele! — gritou Richard, batendo sobre a escrivaninha com os punhos.

Nisso, Mercier, o diretor-assistente, entrou.

— Lachenel gostaria de falar com um dos senhores, cavalheiros — proferiu. — Ele afirma que se trata de negócio urgente e parece bastante aborrecido.

— Quem é Lachenel? — perguntou Richard.

— Ele é o chefe dos cavalariços de vocês.

— O que isso significa? Nosso chefe dos cavalariços?

— Sim, senhor — explicou Mercier. — Há vários cavalariços na Ópera e *monsieur* Lachenel é o chefe deles.

— E o que esse cavalariço faz?

— Ele é responsável por administrar o estábulo.

— Que estábulo?

— Ora, o dos senhores, o estábulo da Ópera.

— Há um estábulo na Ópera? Juro que não sabia. Onde fica?

— Nas catacumbas, no lado da Rotunda. É um departamento muito importante; temos doze cavalos.

— Doze cavalos! Pelos céus, para que isso?

— Ora, precisamos de cavalos treinados para as procissões na apresentação de *La juive*, d'*O profeta* e assim por diante; cavalos "acostumados com as tábuas". Cabe aos cavalariços treiná-los. *Monsieur* Lachenel é muito bom nisso. Costumava administrar os estábulos de Franconi.

— Está bem... mas o que ele quer?

— Não sei; nunca o vi em tal estado.

— Mande-o entrar.

Monsieur Lachenel entrou, trazendo um chicote de cavalo, com o qual batia na bota direita de modo irritadiço.

— Bom dia, *monsieur* Lachenel — cumprimentou Richard, meio impressionado. — A que devemos a honra de sua visita?

— Senhor diretor, venho lhe pedir que se livre de todo o estábulo.

— O quê? Você quer se livrar dos nossos cavalos?

— Não estou falando dos cavalos, e sim dos cavalariços.

— Quantos cavalariços você tem, *monsieur* Lachenel?

— Seis cavalariços! É pelo menos dois a mais do que o necessário.

— Há "posições" — Mercier interpôs-se. — Criadas e impostas a nós pelo subsecretário de belas-artes. São preenchidas por protegidos do governo, e, se me permitem...

— Estou pouco me lixando para o governo! — rugiu Richard. — Não precisamos de mais que quatro cavalariços para nossos doze cavalos.

— Onze — corrigiu-o o chefe dos cavalariços.

— Doze — repetiu Richard.

— Onze — repetiu Lachenel.

— Oh, o diretor-assistente me disse que você tinha doze cavalos!

— Eu tinha doze, mas agora só tenho onze, desde que César foi roubado.

E *monsieur* Lachenel bateu na bota com seu chicote.

— César foi roubado? — gritou o diretor-assistente. — César, o cavalo branco em *O profeta*?

— Não há dois Césares — disse o chefe dos cavalariços secamente. — Trabalhei por dez anos nos estábulos de Franconi e vi vários cavalos no meu tempo. Bem, não há dois Césares. E ele foi roubado.

— Como?

— Não sei. Ninguém sabe. É por isso que vim solicitar-lhe que demita todo o estábulo.

— O que os seus cavalariços dizem?

— Todo o tipo de besteira. Alguns acusam os figurantes. Outros fingem que é o fiscal do diretor-assistente...

— Meu fiscal? Coloco a mão no fogo por ele, como por mim mesmo! — protestou Mercier.

— Mas, no fim das contas, *monsieur* Lachenel — gritou Richard —, você deve ter alguma suspeita.

— Tenho, sim — *monsieur* Lachenel declarou. — Tenho minhas suspeitas e lhe direi quais são. Para mim, não resta dúvida! — Ele aproximou-se dos dois diretores e sussurrou: — Foi o fantasma que fez o truque.

Richard deu um salto.

— Quê? Você também! Você também!

— Como assim "eu também"? Não é natural, depois do que vi?

— O que você viu?

— Eu vi, tão nitidamente quanto estou vendo-o agora, uma sombra cavalgando um cavalo branco que era tão semelhante a César quanto uma cópia!

— E você correu atrás deles?

— Corri e gritei, mas eram rápidos demais para mim e desapareceram nas trevas da galeria subterrânea.

Monsieur Richard ergueu-se.

— É o suficiente, *monsieur* Lachenel. Pode ir... Vamos registrar uma reclamação formal contra *o fantasma*.

— E demitir meu estábulo?

— Oh, naturalmente! Tenha um bom-dia!

Monsieur Lachenel curvou-se e retirou-se. Richard espumava pela boca.

— Mande este idiota embora agora mesmo, por favor.

— Ele é amigo do representante do governo! — Mercier se atreveu a dizer.

— E bebe seu vermute no Tortoni, com Lagrene, Scholl e Pertuiset, o caçador de leões — acrescentou Moncharmin. — A imprensa toda se voltará contra nós! Ele contará a história do fantasma; e todos vão rir às nossas custas! Morreremos com tanto ridículo!

— Está bem, não quero mais ouvir falar nisso.

Naquele momento, a porta abriu-se. Deve ter sido abandonada por seu Cérbero de costume, pois *madame* Giry entrou sem cerimônia, segurando uma carta na mão e dizendo, com pressa:

— Peço perdão aos senhores, com licença, cavalheiros, mas hoje de manhã recebi uma carta do Fantasma da Ópera. Ele mandou-me vir aos senhores, porque tinham algo a... — Ela não completou a frase. Viu o rosto de Firmin Richard; e foi uma visão horripilante. Parecia pronto para explodir. Não disse nada, não conseguia falar. Mas, de repente, agiu. Primeiro, seu braço esquerdo agarrou a figura pitoresca de *madame* Giry e a fez descrever um semicírculo tão inesperado que ela soltou um grito desesperado. Em seguida, seu pé direito imprimiu sua sola no tafetá preto de uma saia que certamente nunca havia sofrido um ultraje semelhante em lugar semelhante. A cena aconteceu tão rapidamente que *madame* Giry, quando chegou ao corredor, ainda estava bastante desnorteada e parecia não entender o ocorrido. Mas, de repente, ela entendeu; e a Ópera vibrou com seus gritos indignados, seus protestos violentos e suas ameaças.

Por volta da mesma hora, Carlotta, que tinha uma pequena casa própria na Rue du Faubourg St. Honore, tocou o sino para chamar sua criada, que lhe trouxe suas cartas na cama. Em meio à correspondência, havia uma missiva anônima, escrita em tinta vermelha com caligrafia hesitante e desajeitada, que dizia:

Se você aparecer hoje, deve estar preparada para uma grande desgraça no momento que abrir sua boca para cantar... Uma desgraça pior do que a morte.

A carta tirou o apetite de Carlotta para o café da manhã. Ela empurrou seu chocolate para longe, sentou-se ereta na cama e refletiu bastante. Não era a primeira carta do tipo que recebia, mas nunca vira uma assim, formulada em termos tão ameaçadores.

Ela se considerou, na época, vítima de mil tentativas de ciúmes e passou a afirmar que tinha um inimigo secreto que jurara arruiná-la. Fingiu que um complô perverso estava sendo arquitetado contra ela, um conluio que viria à tona a qualquer momento; mas ela acrescentou que não era mulher a ser intimidada.

A verdade é que, se havia um conluio, era liderado pela própria Carlotta contra a pobre Christine, que não tinha suspeita alguma disso. Carlotta nunca perdoou Christine pelo triunfo que ela conquistara ao assumir seu lugar em cima da hora. Quando Carlotta soube da surpreendente recepção concedida à sua substituta, foi imediatamente curada de um ataque incipiente de bronquite e de um surto de mau humor contra a administração e perdeu até a mais remota vontade de se esquivar de seus deveres. A partir daí, trabalhou com todas as suas forças para "sufocar" sua rival, contando com os serviços de amigos influentes para persuadir os diretores a não dar a Christine oportunidade de um novo triunfo. Certos jornais, que haviam começado a exaltar o talento de Christine, agora se interessavam apenas pela fama de Carlotta. Por fim, no próprio teatro, a diva célebre, mas sem coração nem alma, fez os comentários mais escandalosos contra Christine e tentou causar-lhe intermináveis pequenos dissabores.

Quando Carlota acabou de refletir sobre a ameaça contida na estranha carta, ergueu-se.

— Veremos — disse, acrescentando juramentos em seu idioma nativo, o espanhol, com ar muito determinado.

A primeira coisa que viu, ao olhar pela janela, foi um carro funerário. Era muito supersticiosa; e o carro funerário e a carta convenceram-na de que corria os mais sérios perigos naquela noite. Reuniu todos os seus apoiadores, disse-lhes que fora ameaçada para a apresentação daquela noite com uma trama organizada por Christine Daaé e declarou que deveriam pregar uma peça naquela pirralha, enchendo a casa com admiradores dela mesma, Carlotta. Não eram poucos, não é mesmo? Confiava neles para se manterem preparados para qualquer eventualidade e silenciarem os adversários, se, como ela temia, criassem uma perturbação.

O secretário particular de Richard passou pela casa a fim de perguntar sobre o estado de saúde da diva e voltou com a garantia de que ela estava perfeitamente bem e que, "mesmo se estivesse morrendo", cantaria a parte de Margarida naquela noite. O secretário lhe pediu, em nome de seu chefe, que não cometesse imprudência, que ficasse em casa o dia todo e que tivesse cuidado com as brisas; e Carlotta não pôde evitar, após ele ter ido embora, de relacionar esse conselho inusitado e inesperado com as ameaças contidas na carta.

Eram cinco horas quando o correio trouxe uma segunda carta anônima na mesma caligrafia da primeira. Era curto e dizia simplesmente:

Você tem um resfriado forte. Se for esperta, verá que é loucura tentar cantar hoje à noite.

Carlotta fez pouco caso, encolheu os belos ombros e cantou duas ou três notas para se tranquilizar.

Seus amigos foram fiéis à promessa. Estavam todos na Ópera naquela noite, mas procuraram em vão os ferozes conspiradores que foram instruídos a reprimir. A única coisa inusitada foi a presença de *monsieur* Richard e *monsieur* Moncharmin no camarote número cinco. Os amigos de Carlotta achavam que, talvez, os diretores tivessem tomado conhecimento da perturbação armada e tinham decidido estar na Ópera, de modo a interrompê-la de uma vez por todas; mas essa era uma suposição injustificável, como o leitor sabe. *Monsieur* Richard e *monsieur* Moncharmin não pensavam em nada além de seu fantasma.

— Em vão! Em vão chamo, ao longo de minha vigília cansada, pela Criação e seu Senhor! Nenhuma resposta quebrará o silêncio triste! Nenhum sinal! Nem uma única palavra!

O famoso barítono, Carolus Fonta, mal havia terminado o primeiro apelo do Doutor Fausto aos poderes das trevas, quando *monsieur* Firmin Richard, que estava sentado na própria cadeira do fantasma, a cadeira da frente à direita, inclinou-se para seu parceiro e perguntou-lhe em tom de brincadeira:

— Bem, acaso o fantasma já murmurou algo no seu ouvido?

— Calma, não se apresse — respondeu *monsieur* Armand Moncharmin, no mesmo tom jocoso. — A apresentação mal começou e você sabe que o fantasma não costuma aparecer antes do meio do primeiro ato.

O primeiro ato transcorreu sem incidentes, o que não surpreendeu os amigos de Carlotta, pois Margarida não canta nesse ato. Quanto aos diretores, entreolharam-se quando a cortina caiu.

— Foi-se um! — anunciou Moncharmin.

— É, o fantasma está atrasado — proferiu Firmin Richard.

— Nada mal o público — observou Moncharmin. — Para "uma casa amaldiçoada".

Monsieur Richard sorriu e apontou para uma mulher gorda, bastante vulgar, vestida de preto, sentada em um nicho no meio do auditório e com um homem de casaca de lã de cada um de seus lados.

— Quem diabos são aqueles? — perguntou Moncharmin.

— Aqueles, meu caro colega, são minha concierge, seu marido e seu irmão.

— Você lhes deu ingressos?

— Dei... Minha concierge nunca tinha vindo à Ópera, esta é a primeira vez; e, como ela agora virá todas as noites, eu queria que tivesse um bom assento, antes de passar seu tempo levando outras pessoas para os delas.

Moncharmin perguntou o que ele queria dizer com aquilo e Richard respondeu que havia convencido sua concierge, em quem ele tinha a maior confiança, a vir e tomar o lugar de *madame* Giry. Sim, ele gostaria de ver se, com aquela mulher em vez da velha lunática, o camarote número cinco continuaria a surpreender os habitantes locais.

— A propósito — disse Moncharmin —, você sabia que Mamãe Giry vai registrar queixa contra você?

— Com quem? Com o fantasma?

O fantasma! Moncharmin quase o esquecera. No entanto, essa pessoa misteriosa não fez nada para lembrar os diretores dele; e eles estavam apenas dizendo isso um para o outro pela segunda vez, quando a porta do camarote de repente se abriu para admitir o diretor de cena assustado.

— Qual é o problema? — ambos perguntaram, surpresos de vê-lo àquela hora.

— Parece que há uma trama armada pelos amigos de Christine Daaé contra Carlotta. Carlotta está furiosa.

— Que diabos...? — disse Richard, franzindo o cenho.

Mas a cortina se levantou na cena da festa popular e Richard fez um sinal para que o diretor de palco fosse embora. Quando os dois estavam sozinhos de novo, Moncharmin inclinou-se para Richard:

— Então Daaé tem amigos? — ele perguntou.

— Sim, ela tem.

— Quem?

Richard dirigiu seu olhar para um camarote do outro lado do nível superior, o qual continha não um, mas dois homens.

— O Conde de Chagny?

— Sim, ele me falou favoravelmente dela com tanto fervor que, se eu não soubesse que ele era amigo de Sorelli...

— É mesmo? É mesmo? — questionou Moncharmin. — E quem é o jovem rapaz pálido ao lado dele?

— É seu irmão, o visconde.

— Deveria estar na cama. Parece doente.

O palco vibrava com uma canção alegre:

"Licor branco ou tinto
Espesso ou fininho!
Que diferença faz
Se nós temos vinho?"

Estudantes, cidadãos, soldados, meninas e matronas rodopiavam alegremente diante da pousada com a figura de Baco numa placa. Siebel fez sua entrada. Christine Daaé parecia encantadora nas roupas de menino; e os partidários de Carlotta esperavam ouvi-la ser saudada com uma ovação que os teria esclarecido quanto às intenções de seus amigos. Mas nada aconteceu.

Por outro lado, quando Margarida atravessou o palco e cantou as duas únicas falas destinadas a ela neste segundo ato:

"Não, meu senhor, dama não sou, nem inda beldade,
E não careço de braço a ajudar-me pelo caminho"

Carlotta foi recebida com aplausos entusiasmados. Foi tão inesperado e tão desnecessário que aqueles que não sabiam nada sobre os rumores olharam uns para os outros e perguntaram o que estava acontecendo. E esse ato também foi concluído sem incidentes.

Então todos disseram: "É claro, será no próximo ato".

Alguns, que pareciam estar mais bem informados do que os demais, declararam que a algazarra começaria com a balada "O Rei de Thule" e correram para a entrada dos assinantes a fim de avisar Carlotta. Os diretores deixaram o camarote no entreato para saber mais sobre o conluio que o diretor de cena havia mencionado; mas logo voltaram aos seus lugares, dando de ombros e tratando todo o caso como tolice.

A primeira coisa que viram, ao entrarem no camarote, foi uma caixa de doces ingleses na pequena prateleira da borda. Quem tinha colocado aquilo lá? Perguntaram aos fiscais de camarote, mas nenhum deles sabia. Em seguida, voltaram à prateleira e, ao lado da caixa de doces, encontraram um par de óculos de ópera. Entreolharam-se. Não se sentiam inclinados a rir. Tudo o que *madame* Giry lhes tinha dito voltou à sua memória… e depois… e depois… pareciam sentir uma espécie de sopro estranho ao seu redor… Sentaram-se em silêncio.

A cena representava o jardim de Margarida:

"Flores gentis d'orvalho
Sede mensagem de mim"

Enquanto cantava essas duas primeiras linhas, com seu buquê de rosas e lilases na mão, Christine, ao erguer a cabeça, viu o Visconde de Chagny em seu camarote; e, a partir daquele momento, sua voz parecia menos segura, menos cristalina do que de costume. Algo parecia amortecer e entorpecer seu canto…

— Que menina estranha é essa! — comentou um dos amigos de Carlotta nos nichos, quase em voz alta. — Outro dia ela era divina; e esta noite ela está simplesmente mugindo. Ela não tem experiência, não tem formação.

"Flores gentis, jazei lá
Dai-lhe novas de mim…"

O visconde colocou a cabeça sob as mãos e chorou. O conde, atrás dele, mordeu com violência o bigode, encolheu os ombros e franziu a testa. Para ele, geralmente tão frio e correto, trair seus sentimentos internos assim, por sinais exteriores, devia estar muito zangado. Ele estava. Tinha visto seu irmão retornar de uma viagem rápida e misteriosa em estado alarmante de saúde. A explicação que se seguiu foi insatisfatória e o conde pediu uma visita a Christine Daaé. Ela teve a audácia de responder que não podia ver nem a ele nem ao irmão…

"Será que ela se dignaria a me ouvir?

E com um sorriso para me animar..."

— Que pequena vagabunda — rosnou o conde.

E perguntou-se o que ela queria. O que ela esperava... Era uma menina virtuosa, dizia-se que não tinha amigos, não tinha protetor de nenhum tipo... Aquele anjo do Norte deve ser muito habilidoso!

Raoul, por trás da cortina de suas mãos que velavam suas lágrimas de menino, só pensou na carta que recebera em seu retorno a Paris, aonde Christine, fugindo de Perros como um ladrão na noite, chegara antes dele:

Meu querido amiguinho de brincadeiras:
Você deve ter a coragem de não me ver novamente, de não falar de mim novamente. Se me ama um pouco, faça isso por mim, por mim que nunca o esquecerei, meu querido Raoul. Minha vida depende disso. Sua vida depende disso.
Sua pequena Christine.

Trovoadas de aplauso. Carlotta fazia sua entrada.

"Quem dera eu soubesse quem é
Aquele que a mim se dirigiu,
Se nobre era, ou, ao menos, qual seu nome..."

Quando Margarida terminou de cantar a balada "O Rei de Thule", foi muito aplaudida e, outra vez, quando chegou ao final da canção da joia:

"Ah, as alegrias passadas comparar
Estas joias, tão brilhante, portar...!"

A partir daí, certa de si, certa de seus amigos na casa, certa de sua voz e de seu sucesso, nada temendo, Carlotta lançou-se ao seu papel sem contenção de modéstia... Ela não era mais Margarida, e sim Carmen. Foi aplaudida ainda mais; e sua estreia com *Fausto* parecia prestes a lhe trazer um novo sucesso, quando, de repente... aconteceu uma coisa terrível.

Fausto havia dobrado um joelho:

"Deixa-me ver sob mim a forma cara,
Enquanto, ao longe, o éter azul
Olha a estrela vésper, tenra e clara,
Sobre mim a brilhar
Para tua beleza também amar!"

E Margarida replicou:

"Oh, que estranho isso
Como encanto a noite a atar-me!
E um lânguido, fundo feitiço
Sinto sem alarme
Sua melodia me envolve
E todo o meu coração revolve."

Naquele momento, naquele exato momento, a coisa terrível aconteceu... Carlotta coaxou como um sapo:

— *Créc*!

Havia consternação no rosto de Carlotta e consternação no rosto de toda a plateia. Os dois diretores em seu camarote não conseguiram suprimir uma exclamação de horror. Todos achavam que a coisa não era natural, que havia bruxaria por trás dela. Aquele sapo cheirava a enxofre. Pobre, miserável, desesperada, Carlotta esmagada!

O alvoroço na casa era indescritível. Se a coisa tivesse acontecido com qualquer uma que não fosse Carlotta, teria sido vaiada.

Mas todos sabiam o quão perfeito era o instrumento de sua voz; e não houve demonstração de raiva, apenas de horror e consternação, o tipo de consternação que os homens teriam sentido se tivessem testemunhado a catástrofe que quebrou os braços da Vênus de Milo... E pelo menos, nesse caso, teriam visto... e entendido...

Mas aqui aquele sapo era incompreensível! Assim, após segundos de reflexão se ela havia mesmo ouvido aquela nota, aquele som, aquele som infernal sair de sua garganta, ela tentou se convencer que não era verdade, que fora vítima de uma ilusão, uma ilusão auditiva, e não de um ato de traição por parte de sua voz...

Enquanto isso, no camarote número cinco, Moncharmin e Richard ficaram muito pálidos. Esse incidente extraordinário e inexplicável os encheu de um pavor que era tanto mais misterioso quanto o fato de, por algum tempo, eles terem caído sob a influência direta do fantasma. Tinham sentido a sua respiração. Os pelos de Moncharmin arrepiaram-se. Richard limpou a transpiração da testa. Sim, o fantasma estava lá, ao redor deles, atrás deles, ao lado deles; sentiram a sua presença sem vê-lo, ouviram a sua respiração, perto, perto, perto deles...! Eles tinham certeza de que havia três pessoas no camarote... Eles tremeram... Pensaram em fugir... Não ousaram... Não ousaram fazer um movimento ou trocar uma palavra que denunciasse ao fantasma que eles sabiam de sua presença ali...! O que ia acontecer?

Aconteceu o seguinte.

— *Créc*!

Sua exclamação conjunta de horror foi ouvida por toda a casa. *Eles sentiram que estavam sendo afligidos pelos ataques do fantasma.* Debruçados sobre a borda de seu camarote, olharam para Carlotta como se não a reconhecessem. Aquela menina infernal deve ter dado o sinal para alguma catástrofe. Ah, estavam esperando a catástrofe! O fantasma dissera-lhes que viria! A casa estava amaldiçoada! Os dois diretores ofegavam e engasgavam sob o peso da catástrofe. Ouviu-se a voz abafada de Richard chamando Carlotta:

— Bem, siga em frente!

Não, Carlotta não seguira em frente... Brava e heroicamente, ela recomeçou a linha fatal ao fim da qual o sapo havia aparecido.

Um silêncio terrível seguiu-se ao alvoroço. A voz de Carlotta novamente preencheu a casa, vibrando:

"Sinto sem alarme..."

O público também sentiu, mas não sem alarme...

"Sinto sem alarme...
Sinto sem alarme... *Créc*!
Sua melodia me envolve... *Créc*!
E todo meu coração revol... *Créc*!"

O sapo também começara de novo!

Iniciou-se um tumulto selvagem na casa. Os dois diretores desabaram em suas cadeiras e nem ousaram se virar; não tinham força; o fantasma estava rindo pelas suas costas! E, por fim, ouviram nitidamente a sua voz nos ouvidos direitos, a voz impossível, a voz sem boca, dizendo:

— *Ela está cantando para derrubar o lustre!*

Ao mesmo tempo, ergueram os olhos para o teto e soltaram um grito terrível. O lustre, a imensa massa do lustre escorregava, vindo em sua direção, ao chamado daquela voz diabólica. Liberado de seu gancho, ele despencou do teto e veio se chocar bem em cima dos nichos, em meio a mil gritos de terror. Seguiu-se uma correria desenfreada pelas portas.

Os jornais do dia afirmaram que houve inúmeros feridos e um morto. O lustre havia caído sobre a cabeça da infeliz mulher que viera à Ópera pela primeira vez em sua vida, aquela que *monsieur* Richard nomeara para assumir as funções de *madame* Giry, a fiscal de camarotes do fantasma. Ela morreu no local e, na manhã seguinte, apareceu uma edição de jornal com a seguinte manchete:

Duzentos quilos sobre a cabeça de uma concierge

Foi seu único epitáfio!

VIII

A carruagem misteriosa

Aquela noite trágica foi ruim para todos. Carlotta adoeceu. Quanto a Christine Daaé, ela desapareceu após a apresentação. Decorreu uma quinzena durante a qual não foi vista nem na Ópera nem fora dela.

Raoul, é claro, foi o primeiro a se surpreender com a ausência da prima-dona. Escreveu-lhe no apartamento de *madame* Valerius e não recebeu resposta. Sua dor aumentou e ele acabou ficando seriamente preocupado por não mais ter visto seu nome no programa. *Fausto* foi apresentado sem ela.

Certa tarde, foi ao escritório dos diretores para perguntar o motivo do desaparecimento de Christine. Encontrou os dois parecendo extremamente preocupados. Os próprios amigos não os reconheciam: tinham perdido toda a sua alegria e o seu espírito. Foram vistos cruzando o palco com cabeças abaixadas, sobrancelhas desgastadas de preocupação, bochechas pálidas, como se perseguidos por algum pensamento abominável ou vítimas de alguma alucinação persistente do destino.

A queda do lustre envolveu-os em enorme responsabilidade; mas era difícil fazê-los falar a respeito. O inquérito havia terminado em um veredicto de morte acidental, causada pelo desgaste das correntes pelas quais o lustre era pendurado no teto; mas era dever tanto dos antigos quanto dos novos gestores ter descoberto esse desgaste e tê-lo remediado a tempo. E me sinto obrigado a dizer que *messieurs* Richard e Moncharmin naquele momento pareciam tão alterados, tão distraídos, tão misteriosos, tão incompreensíveis que muitos dos assinantes pensaram que algum evento ainda mais horrível do que a queda do lustre devia ter afetado seu estado de espírito.

Em suas conversas diárias, mostravam-se muito impacientes, exceto com *madame* Giry, que havia sido readmitida em suas funções. E a recepção que fizeram ao Visconde de Chagny, quando este veio perguntar sobre Christine, foi tudo menos cordial. Apenas lhe disseram que ela estava de férias. O rapaz perguntou quanto tempo durariam essas férias, e responderam que era por um período ilimitado, já que *mademoiselle* Daaé havia pedido licença por motivos de saúde.

— Então ela está doente! — ele gritou. — O que há de errado com ela?

— Não sabemos.

— Não enviaram o médico da Ópera para vê-la?

— Ela não o solicitou; e, como confiamos nela, acreditamos em suas palavras.

Raoul deixou o prédio acometido pelos pensamentos mais sombrios. Resolveu, acontecesse o que acontecesse, ir perguntar para Mamãe Valerius. Lembrou-se das frases fortes da carta de Christine, proibindo-o de fazer qualquer tentativa de vê-la. Mas o que vira em Perros, o que ouvira atrás da porta do camarim, a conversa com Christine à beira da charneca, fizeram-no suspeitar de alguma maquinação que, por mais diabólica que fosse, não deixava de ser humana. A imaginação altamente afetada da menina, sua mente afetuosa e crédula, a educação primitiva que cercara sua infância com um círculo de lendas, a constante cisma sobre o pai morto e, acima de tudo, o estado de êxtase sublime em que a música a jogou a partir do momento em que essa arte se lhe manifestou em certas condições excepcionais, como no adro da igreja de Perros; tudo isso lhe parecia constituir terreno moral muito favorável aos desígnios malévolos de alguma pessoa misteriosa e sem escrúpulos. Christine Daaé fora vítima de quem? Esta foi a pergunta muito razoável que Raoul colocou a si mesmo quando correu para Mamãe Valerius.

Ele tremia quando soou a campainha no pequeno apartamento na Rue Notre-Dame-des-Victoires. A porta foi aberta pela empregada que ele tinha visto saindo do camarim de Christine certa noite. Perguntou se podia falar com *madame* Valerius. Foi informado de que ela estava acamada e não estava recebendo visitas.

— Leve meu cartão, por favor — ele disse.

A empregada logo voltou e o conduziu a uma sala de estar pequena e escassamente mobiliada, na qual retratos do professor Valerius e do velho Daaé estavam pendurados em paredes opostas.

— *Madame* implora que *monsieur* visconde a desculpe — disse a serva. — Ela só pode recebê-lo em seu quarto, porque não consegue mais se erguer em suas pobres pernas.

Cinco minutos depois, Raoul foi levado para um quarto mal iluminado, onde reconheceu de imediato o rosto bom e gentil da benfeitora de Christine na semiescuridão de uma alcova. Os cabelos de Mamãe Valerius agora eram bastante brancos, mas seus olhos não tinham envelhecido nem um pouco; nunca, pelo contrário, a sua expressão tinha sido tão brilhante, tão pura, tão infantil.

— *Monsieur* de Chagny! — ela exclamou com alegria, colocando ambas as mãos sobre o visitante. — Ah, são os Céus que o enviam para cá!... Nós podemos falar sobre *ela*.

Essa última frase soou muito sombria aos ouvidos do jovem rapaz. Ele perguntou no mesmo instante:

— *Madame*... onde está Christine?

E a velha senhora respondeu com calma:

— Ela está com seu bom gênio.

— Que bom gênio? — exclamou o pobre Raoul.

— Ora, o Anjo da Música!

O visconde jogou-se em uma cadeira. Era verdade? Christine estava com o Anjo da Música? E lá estava Mamãe Valerius na cama, sorrindo-lhe e colocando o dedo em seus lábios, para avisá-lo que ficasse em silêncio! E acrescentou:

— Você não deve contar a ninguém!

— A senhora pode confiar em mim — disse Raoul.

Ele mal sabia o que estava dizendo, pois suas ideias sobre Christine, já muito confusas, estavam cada vez mais e mais emaranhadas; e parecia que tudo começava a girar em torno dele, ao redor da sala, em torno daquela extraordinária boa dama de cabelos brancos e olhos azuis como não-me-esqueças.

— Eu sei! Eu sei que posso! — disse ela, com uma risada feliz. — Mas por que não chega perto de mim, como costumava fazer quando era pequeno? Dê-me as suas mãos, como quando me contou a história da pequena Lotte, que Papai Daaé lhe contara. Gosto muito de você, *monsieur* Raoul, você sabe. E Christine também!

— Ela gosta de mim! — suspirou o jovem. Encontrou dificuldade em organizar os pensamentos e, com eles, de chegar a uma conclusão sobre o "bom gênio" de Mamãe Valerius, sobre o Anjo da Música de quem Christine lhe falara tão estranhamente, sobre a cara da morte que vira numa espécie de pesadelo no altar-mor de Perros e também sobre o Fantasma da Ópera, cuja fama chegara aos seus ouvidos certa noite, quando estava nos bastidores, ouvindo um grupo de contrarregras que repetiam a terrível descrição que o enforcado, Joseph Buquet, havia dado do fantasma antes de sua morte misteriosa.

Ele perguntou, baixinho:

— O que leva a senhora a pensar que Christine gosta de mim, *madame*?

— Ela costumava falar de você todo dia.

— É verdade...? E o que ela contava à senhora?

— Ela me contou que você lhe propôs casamento.

E a boa velhinha começou a rir de todo o coração. Raoul saltou de sua cadeira, enrubescendo até as têmporas e agonizando.

— O que é isto? Aonde vai? Sente-se de uma vez, por favor…? Acha que vou deixá-lo ir assim…? Se está com raiva de mim por rir, peço perdão… Afinal, o que aconteceu não é culpa sua… Não sabia…? Você achou que Christine estava desimpedida…?

— Christine está noiva para se casar? — perguntou o miserável Raoul, com a voz embargada.

— Ora, não! Não…! Você sabe tão bem quanto eu que Christine não poderia se casar, mesmo se quisesse!

— Mas não sei nada a respeito disso…! E por que Christine não pode se casar?

— Por causa do Anjo da Música, é claro…!

— Não estou entendendo…

— Sim, ele a proíbe…!

— Ele a proíbe…! O Anjo da Música a proíbe de casar-se!

— Ah, ele a proíbe… sem proibi-la. É assim: ele diz a ela que, se ela se casasse, nunca mais o ouviria. Só isso…! E que ele iria embora para sempre…! Então, você entende, ela não pode deixar o Anjo da Música ir. É muito natural.

— Sim, sim — repetiu Raoul em prostração. — É bem natural.

— Além disso, pensei que Christine tivesse lhe contado tudo isso quando o encontrou em Perros, para onde ela foi com seu bom gênio.

— Oh, ela foi a Perros com seu bom gênio, não foi?

— Quer dizer, ele combinou de encontrá-la lá, no adro da igreja de Perros, no túmulo de Daaé. Ele prometeu tocar-lhe "A ressurreição de Lázaro" no violino de seu pai!

Raoul de Chagny ergueu-se e, com uma ar muito autoritário, pronunciou estas palavras peremptórias:

— *Madame*, a senhora me fará a bondade de me dizer onde esse tal gênio vive.

A velha senhora não parecia surpresa com a ordem indiscreta. Ela ergueu os olhos e disse:

— No Céu!

A simplicidade da resposta o deixou perplexo. Ele não sabia o que dizer na presença dessa fé, cândida e perfeita, em um gênio que descia todas as noites do Céu para assombrar os camarins da Ópera.

Ele agora percebia o possível estado de espírito de uma garota criada entre um violinista supersticioso e uma velha cheia de visões, e estremeceu quando pensou nas consequências de tudo isso.

— Christine ainda é uma boa menina? — ele perguntou de súbito, a despeito de si mesmo.

— Eu juro, como espero ser salva! — exclamou a velha mulher, que parecia arder dessa vez. — E se duvida disso, senhor, não sei o que veio fazer aqui!

Raoul puxou as luvas.

— Há quanto tempo ela conheceu esse gênio?

— Há cerca de três meses... Sim. Faz bem três meses que ele começou a dar-lhe aulas.

O visconde jogou os braços para cima em um gesto de exasperação.

— E o gênio dava-lhe lições...! E onde, por favor?

— Agora que ela foi embora com ele, não saberia dizer; mas, até quinze dias atrás, era no camarim de Christine. Seria impossível neste pequeno apartamento. A casa inteira os ouviria. Ao passo que, na Ópera, às oito horas da manhã, não tem ninguém, entende?

— Sim, entendo! Entendo! — exclamou o visconde.

E despediu-se apressadamente de *madame* Valerius, que se perguntou se o jovem nobre não estava um pouco fora de si.

Raoul voltou para a casa do irmão em estado lastimável. Ele poderia ter batido, batido a cabeça contra as paredes! Pensar que acreditara na inocência dela, na pureza dela! O Anjo da Música! Ele o conhecia agora! Ele o viu! Era sem dúvida algum tenor qualquer, um fanfarrão de boa aparência, que falava e gritava enquanto cantava!

Considerava-se tão absurdo e miserável quanto poderia ser. *Oh, que jovem infeliz, pequeno, insignificante e bobo era monsieur Visconde de Chagny!*, pensou Raoul, furioso. *E ela, que criatura ardilosa, atrevida e condenável!*

Seu irmão o esperava e Raoul caiu em seus braços, tal qual uma criança. O conde consolou-o sem pedir explicações; e Raoul certamente teria hesitado muito antes de lhe contar a história do Anjo da Música. O irmão sugeriu levá-lo para jantar. Tomado pelo desespero, Raoul provavelmente teria recusado qualquer convite naquela noite, se o conde não lhe tivesse dito, para convencê-lo, que a senhora de seus pensamentos havia sido vista, na noite anterior, em companhia de um indivíduo do sexo oposto, nos Bois. A princípio, o visconde se recusou a acreditar; mas recebeu detalhes tão exatos que parou de protestar. Ela fora vista, ao que parecia, andando em uma carruagem, com a janela abaixada. Parecia estar absorvendo devagar o ar gelado da noite. Havia uma lua gloriosa brilhando. Foi identificada, sem sombra de dúvidas. Quanto ao companheiro, apenas seu contorno sombrio se distinguia, inclinando-se para trás no escuro. A carruagem seguia em ritmo de caminhada em um passeio solitário atrás da grande arquibancada em Longchamp.

Raoul vestiu-se com pressa frenética, preparado para esquecer sua angústia, lançando-se, como se diz, no "vórtice do prazer". Infelizmente, era um convidado muito triste e, deixando seu irmão cedo, encontrou-se, por volta das dez horas da noite, em uma carruagem de aluguel, atrás do hipódromo de Longchamp.

Estava muito frio. A estrada parecia deserta e muito brilhante sob a luz do luar. Ele disse ao cocheiro para esperá-lo pacientemente na curva de uma esquina próxima e, escondendo-se o melhor que podia, ficou batendo os pés à procura de se aquecer. Dedicava-se a esse exercício saudável por cerca de meia hora, quando uma carruagem virou a esquina da estrada e veio silenciosamente em sua direção, em ritmo de caminhada.

Ao se aproximar, viu que uma mulher estava encostando a cabeça na janela. E, de repente, a lua derramou um brilho pálido sobre suas feições.

— Christine!

O nome sagrado de seu amor havia brotado de seu coração e de seus lábios. Ele não conseguiu segurar... Teria dado qualquer coisa para retirá-lo, pois aquele nome, proclamado na quietude da noite, agira como se fosse o sinal pré-combinado para uma aceleração furiosa por parte de toda a equipagem, que passou por ele antes que pudesse colocar em execução seu plano de saltar na cabeça dos cavalos. A janela da carruagem tinha sido fechada e o rosto da jovem tinha desaparecido. E o veículo, atrás do qual ele agora corria, não passava de uma mancha preta na estrada branca.

Ele gritou de novo:
— Christine!

Nenhuma resposta. E ele parou em meio ao silêncio.

Com um olhar sem brilho, mirou a estrada fria e desolada e a noite pálida e morta. Nada era mais frio do que seu coração, nada estava tão semimorto: ele amara um anjo e agora desprezava uma mulher!

Raoul, como aquela fadinha do Norte tratou você como trapo! Era mesmo necessário, verdadeiramente necessário ter um rosto tão pleno de vigor e jovem, uma testa tão tímida e sempre pronta a cobrir-se com o cor-de-rosa da modéstia a fim de passar na noite solitária, numa carruagem de dois cavalos, acompanhada por um amante misterioso? Decerto deveria haver limite para a hipocrisia e a mentira...!

Ela tinha passado sem responder ao chamado dele... e ele pensava em morrer; e tinha vinte anos...!

Seu assistente o encontrou pela manhã, sentado em sua cama. Não havia se despido e o empregado temia, ao ver seu rosto, que algum desastre tivesse ocorrido. Raoul arrebatou as cartas das mãos do homem. Ele havia reconhecido o papel e a caligrafia de Christine. Ela dizia:

> *Querido:*
> *Vá ao baile de máscaras na Ópera na noite depois de amanhã. Às doze horas, esteja na saleta atrás da chaminé do foyer. Fique perto da porta que leva à Rotunda. Não mencione esse encontro a ninguém na Terra. Use uma máscara branca e mantenha a face cuidadosamente coberta. Como você me ama, não se deixe reconhecer. Christine.*

IX

No baile de máscaras

O ENVELOPE ESTAVA SUJO DE LAMA E SEM CARIMBO. TRAZIA as palavras "A ser entregue a *monsieur* Visconde Raoul de Chagny", com o endereço a lápis. Deve ter sido arremessado para fora na esperança de que um transeunte pegasse o bilhete e o entregasse, o que realmente aconteceu. O bilhete havia sido recolhido na calçada da Place de l'Opera.

Raoul releu-o com os olhos febris. Não foi preciso mais para reavivar sua esperança. O cenário sombrio que ele imaginara por um momento, de uma Christine esquecendo seu dever para consigo, deu lugar para sua concepção original de uma menina sem sorte, inocente, vítima de imprudência e sensibilidade exagerada. Até que ponto, nessa época, ela foi realmente uma vítima? De quem era prisioneira? Em que redemoinho ela havia sido arrastada? Ele fez tais perguntas para si com uma angústia cruel; mas mesmo essa dor parecia mais suportável do que o frenesi em que ele fora atirado ao pensar em uma Christine mentirosa e enganadora. O que tinha acontecido? Que influência ela sofreu? Que monstro a levara e por quais meios…?

Por quais meios, senão os da música? Ele conhecia a história de Christine. Após a morte do pai, ela adquiriu uma aversão a tudo na vida, incluindo à sua arte. Passou pelo *conservatório* como uma pobre máquina de cantar sem alma. E, de repente, acordou como que pela intervenção de um deus. O Anjo da Música apareceu em cena! Ela cantou como Margarida em *Fausto* e triunfou…!

O Anjo da Música…! Há três meses que o Anjo da Música dava aulas a Christine… Ah, ele era um mestre de canto pontual…! E agora ele a levava para passear nos Bois…!

Os dedos de Raoul agarravam-se à sua carne, acima do seu coração ciumento. Em sua inexperiência, ele agora se perguntava com terror qual jogo a garota estava jogando? Até que ponto uma cantora de ópera poderia fazer de tolo um jovem de natureza dócil, um iniciante no amor? Ó miséria…!

Assim os pensamentos de Raoul passavam de um extremo ao outro. Ele não sabia mais se deveria ter pena de Christine ou amaldiçoá-la; e ele teve pena e amaldiçoou-a, de novo e de novo. De qualquer forma, comprou uma máscara branca.

A hora do encontro por fim chegou. Com o rosto coberto por uma máscara aparada com rendas longas e grossas, parecendo um pierrô em seu envoltório branco, o visconde se achava muito ridículo. Homens do mundo não vão ao baile da Ópera vestidos de fantasia! Era um absurdo. Um pensamento, porém, consolou o visconde: ele por certo nunca seria reconhecido!

Este baile foi um caso excepcional, dado algum tempo antes do Domingo de Carnaval, em homenagem ao aniversário do nascimento de um famoso cenógrafo; e esperava-se que fosse muito mais alegre, mais barulhento, mais boêmio do que o baile de máscaras comum. Numerosos artistas tinham combinado de ir, acompanhados por toda uma corte de modelos e alunos, que, à meia-noite, começaram a criar uma tremenda algazarra. Raoul subiu a grande escadaria às cinco para meia-noite, não se deteve a olhar para os vestidos incongruentes exibidos até os degraus de mármore, um dos cenários mais ricos do mundo, não permitiu que máscara alguma o atraísse para uma guerra de sutilezas, não respondeu a brincadeiras e desvencilhou-se da familiaridade ousada de vários casais que já tinham ficado alegres demais. Atravessando o grande *foyer* e escapando de um turbilhão louco de dançarinos em que foi pego por um momento, ele finalmente entrou na sala mencionada pela carta de Christine. Achou-a lotada; pois este pequeno espaço era o ponto onde todos os que iam jantar na Rotunda cruzavam os que voltavam de tomar uma taça de champanhe. A diversão, aqui, era rápida e furiosa.

Raoul recostou-se em um batente da porta e aguardou. Não esperou muito. Uma máscara preta passou e deu um rápido aperto nas pontas dos dedos dele, que entendeu se tratar de Christine e a seguiu:

— É você, Christine? — ele perguntou entredentes.

A máscara preta virou-se de pronto e ergueu o dedo aos lábios, sem dúvida a fim de avisá-lo que não mencionasse seu nome de novo. Raoul continuou a segui-la em silêncio.

Ele tinha medo de perdê-la, depois de reencontrá-la em circunstâncias tão estranhas. Seu rancor contra ela se fora. Já não duvidava que ela não tinha "nada com que se recriminar", por mais peculiar e inexplicável que sua conduta parecesse. Ele estava pronto para fazer qualquer demonstração de clemência, perdão ou covardia. Estava apaixonado. E, sem dúvida, logo receberia uma explicação muito natural da estranha ausência dela.

A máscara preta volta-se de tempos em tempos para ver se a máscara branca ainda a seguia.

Quando Raoul mais uma vez passou pelo grande *foyer*, desta vez na esteira de sua guia, não pôde deixar de notar a aglomeração de um grupo em torno de uma pessoa cujo disfarce, ar excêntrico e aparência horrível estavam causando uma comoção. Era um homem vestido todo de escarlate, com enorme chapéu e penas no topo de uma maravilhosa cabeça com aspecto de morte. De seus ombros pendia um imenso manto de veludo vermelho, que seguia pelo chão como a barra do manto de um rei; e sobre esse manto havia um bordado, em letras douradas, que cada um lia e repetia em voz alta: "Não me toque! Eu sou a Morte Rubra, caçando a todos!".

Então um convidado, com muita ousadia, tentou tocá-lo… mas uma mão de esqueleto saiu de uma manga carmesim e agarrou violentamente o pulso do imprudente; e ele, sentindo o aperto dos ossos da mão, o aperto furioso da Morte, proferiu um grito de dor e terror. Quando a Morte Rubra enfim o libertou, ele fugiu como um louco, perseguido pelas vaias dos espectadores.

Foi nesse momento que Raoul passou na frente do mascarado funéreo, que acabara de virar em sua direção. E quase exclamou:

— A cara de morte de Perros-Guirec!

Ele o reconhecera…! Quis lançar-se para a frente, esquecendo-se de Christine; mas a máscara preta, que também parecia acometida por alguma agitação estranha, pegou-o pelo braço e arrastou-o para fora do *foyer*, longe da multidão louca através da qual a Morte Rubra estava à caça…

A máscara preta continuou voltando-se para trás e, ao que parece, em duas ocasiões vislumbrou algo que a espantou, pois apressou seu ritmo e o de Raoul como se estivessem sendo perseguidos.

Subiram dois andares. Aqui, as escadas e corredores estavam quase desertos. A máscara preta abriu a porta de um camarote privado e acenou para que a máscara branca a seguisse. Então Christine, que ele reconheceu pelo som da voz, fechou a porta atrás deles e o advertiu, em um sussurro, para que permanecesse no fundo do camarote e, sob hipótese alguma, deixar-se ver. Raoul tirou a máscara. Christine manteve a dela. E, quando Raoul estava prestes a pedir-lhe que a removesse, ficou surpreso ao vê-la colocar o ouvido na divisória e ouvir ansiosamente um som do lado de fora. Então ela abriu a porta entreaberta, olhou para o corredor e, em voz baixa, disse:

— Ele deve ter ido mais para cima. — De repente, ela exclamou: — Está descendo novamente!

Ela tentou fechar a porta, mas Raoul a impediu; pois tinha visto, no degrau superior da escadaria que levava ao andar de cima, *um pé vermelho*, seguido de outro... e lentamente, majestosamente, toda a vestimenta escarlate da Morte Rubra encontrou seus olhos. E mais uma vez deparou-se com a cara de morte de Perros-Guirec.

— É ele — exclamou. — Desta vez, ele não me escapará...!

Mas Christine bateu a porta no momento que Raoul estava prestes a sair correndo. Ele tentou tirá-la do caminho.

— "Ele"? De quem você está falando? — ela perguntou, com voz alterada. — Quem não escapará de você?

Raoul tentou vencer a resistência da garota à força, mas Christine o repeliu com uma força que ele não imaginaria nela. Ele entendeu, ou pensou que entendera, e imediatamente perdeu a paciência.

— Quem? — repetiu, irritado. — Ora, ele, o homem que se esconde atrás daquela máscara hedionda da morte...! O gênio maligno do adro da igreja em Perros...! Morte Rubra...! Numa palavra, senhora, seu amigo... seu Anjo da Música...! Mas arrancarei a sua máscara, assim como arrancarei a minha; e, desta vez, vamos nos olhar um ao outro na cara, ele e eu, sem véu nem mentiras entre nós; e saberei quem você ama e quem a ama!

Ele caiu em uma risada louca, enquanto Christine deu um gemido desconsolado atrás de sua máscara de veludo. Com um gesto trágico, a jovem abriu seus braços, que fixaram uma barreira de carne branca contra a porta.

— Em nome de nosso amor, Raoul, você não passará...!

Ele parou. O que ela dissera...? Em nome do seu amor...? Nunca antes Christine havia confessado que o amava. E teve oportunidades o suficiente... Uff, seu único objetivo era ganhar alguns segundos...! Ela queria dar tempo para a Morte Rubra escapar... E, com tons de ódio infantil, Raoul disse:

— Você mente, senhora, porque não me ama e nunca me amou! Que coitado devo ser para deixá-la zombar de mim e me desprezar como fez! Por que você me deu todos os motivos de esperança, em Perros... de esperança honesta, senhora, pois sou homem honesto e acreditei que você fosse uma mulher honesta, quando sua única intenção era me enganar! Infelizmente, enganou-nos a todos! Aproveitou-se vergonhosamente do carinho sincero de sua própria benfeitora, que continua a acreditar em sua sinceridade enquanto você vai ao baile da Ópera com a Morte Rubra...! Eu a desprezo...!

E então ele caiu no choro. Christine permitiu que ele a insultasse. Ela só pensava em uma coisa: evitar que ele saísse do camarote.

— Você vai implorar meu perdão, um dia, por todas essas palavras horrorosas, Raoul, e quando o fizer, eu o perdoarei!

Ele balançou a cabeça.

— Não, não, você me levou à loucura! Quando penso que eu só tinha um objetivo na vida: dar o meu sobrenome a uma meretriz de ópera!

— Raoul...! Como pode?

— Morrerei de vergonha!

— Não, meu querido, viva! — disse Christine, com uma voz séria e diferente. — E... adeus. Adeus, Raoul...

O garoto deu um passo à frente, cambaleando à medida que andava. Arriscou mais um sarcasmo:

— Oh, você deve permitir-me vir e aplaudi-la de tempos em tempos!

— Nunca mais cantarei novamente, Raoul...

— É sério? — ele replicou, de maneira ainda mais satírica. — Então ele vai tirá-la dessa vida de palcos: eu a parabenizo...! Mas nos veremos nos Bois, em uma noite qualquer dessas!

— Nem nos Bois nem em lugar algum, Raoul: você nunca me verá outra vez...

— Seria lícito perguntar, ao menos, a que escuridão você está voltando...? Para qual inferno está indo, senhora misteriosa... ou para qual paraíso?

— Vim dizer-lhe, meu querido, mas não posso fazê-lo agora... Você não acreditaria em mim! Você perdeu a fé em mim, Raoul; acabou!

Christine falava com a voz tão desesperada que o rapaz começou a sentir remorso por sua crueldade.

— Mas veja bem! — ele gritou. — Você não pode me dizer o que tudo isso significa...? Você é livre, não há ninguém para impedi-la... Você dá voltas por Paris... Coloca uma máscara para vir ao baile... Por que não vai para casa...? O que tem feito na última quinzena...? Que história é essa sobre o Anjo da Música, que você tem contado a Mamãe Valerius? Alguém pode tê-la acolhido, brincado com sua inocência. Eu mesmo fui testemunha disso, em Perros... Mas você sabe no que acreditar agora! Você me parece bastante sensata, Christine. Sabe o que está fazendo... E, enquanto isso, Mamãe Valerius espera por você em casa e apelando para o seu "bom gênio!"... Explique-se, Christine, imploro a você! Qualquer um poderia ter sido enganado como eu. Que farsa é esta?

Christine simplesmente tirou a máscara e disse:

— Querido, é uma tragédia!

Raoul agora via seu rosto e não conseguiu conter uma exclamação de surpresa e terror. A tez fresca de outrora se fora. Uma palidez mortal cobria aquelas feições, que ele conhecera tão encantadoras e tão gentis, e a tristeza as sulcara com linhas impiedosas e traçara sombras escuras e indizivelmente tristes sob seus olhos.

— Minha querida! Minha querida! — ele gemeu, estendendo os braços. — Você prometeu me perdoar....

— Talvez...! Algum dia, talvez! — ela disse, recolocando a máscara; e foi-se, proibindo-o, com um gesto, de segui-la.

Raoul tentou desobedecê-la; mas a jovem voltou-se e repetiu o gesto de adeus com tanta autoridade que ele não ousou dar um passo.

Ficou observando-a até que ela estivesse fora de vista. Então, ele também desceu no meio da multidão, mal sabendo o que fazia, com têmporas latejantes e coração dolorido; e, ao atravessar a pista de dança, perguntou se alguém tinha visto a Morte Rubra. Sim, todos tinham visto a Morte Rubra; mas Raoul não conseguiu encontrá-la; e, às duas horas da manhã, ele desceu pelo corredor, nos bastidores, que levava ao camarim de Christine Daaé.

Seus passos o levaram àquela sala onde encontrara o sofrimento pela primeira vez. Bateu à porta. Não houve resposta. Entrou como entrara quando procurava em todos os lugares "a voz do homem". O cômodo estava vazio. Um jato de gás queimava baixo. Raoul avistou um papel escrito em uma escrivaninha. Pensou em escrever para Christine, mas ouviu passos no corredor. Só teve tempo de se esconder na parte mais interna, separada do camarim por uma cortina.

Christine entrou, tirou a máscara com um movimento cansado e a jogou sobre a mesa. Suspirou e deixou sua bela cabeça cair em suas mãos. Em que ela estava pensando? Em Raoul? Não, pois Raoul ouviu seu murmúrio:

— Pobre Erik!

No início, ele pensou que deveria estar enganado. Num primeiro momento, ele estava convencido de que, se alguém deveria ser lamentado, era ele, Raoul. Teria sido natural que ela dissesse "Pobre Raoul", depois do que aconteceu entre eles. Mas, balançando a cabeça, ela repetiu:

— Pobre Erik!

O que esse Erik tinha a ver com os suspiros de Christine e por que ela estava com pena de Erik quando Raoul estava tão infeliz?

Christine começou a escrever, deliberada, calma e tão placidamente que Raoul, ainda trêmulo com os efeitos da tragédia que os separou, ficou dolorosamente impressionado.

— Que frieza! — disse a si mesmo.

Ela escrevia, preenchendo duas, três, quatro folhas. De repente, levantou a cabeça e escondeu as folhas em seu corpete... Parecia estar ouvindo… Raoul também ouviu… De onde veio aquele som estranho, aquele ritmo distante…? Um canto fraco parecia sair das paredes… Sim, era como se as próprias paredes estivessem cantando…! A música ficou mais simples… as palavras eram agora distinguíveis… ele ouviu uma voz, uma voz muito bonita, muito suave, muito cativante… mas, apesar de toda a sua suavidade, continuava a ser uma voz masculina… A voz se aproximou cada vez mais… Veio através da parede… aproximou-se… e agora a voz estava *no ambiente*, na frente de Christine. Christine levantou-se e dirigiu-se à voz, como se falasse com alguém:

— Estou aqui, Erik — ela disse. — Estou pronta. Mas você está atrasado.

Raoul, espreitando por trás da cortina, não podia acreditar no que tinha diante dos olhos, que era nada. O rosto de Christine iluminou-se. Um sorriso de felicidade apareceu em seus lábios sem sangue, um sorriso como o dos doentes quando recebem a primeira esperança de recuperação.

A voz sem corpo continuou a cantar; e decerto Raoul nunca ouvira na vida algo mais absoluto e heroicamente doce, mais gloriosamente sutil, mais delicado, mais poderoso, enfim, mais irresistivelmente triunfante. Ouviu-a em febre e começou a compreender como Christine Daaé fora capaz de aparecer certa noite, ante a plateia estupefata, com cadências de uma beleza até então desconhecida, de uma exaltação sobre-humana, enquanto sem dúvida ainda estava sob a influência do misterioso e invisível mestre.

A voz cantava a Canção das Núpcias de Romeu e Julieta. Raoul viu Christine estender os braços à voz como fizera, no adro da igreja de Perros, ao violino invisível que tocava "A ressurreição de Lázaro". E nada poderia descrever a paixão com que a voz cantava: "O destino ata-me a ti por todo o sempre e mais um dia!".

A tensão atravessava o coração de Raoul. Lutando contra o encanto que parecia privá-lo de toda a vontade, de toda a energia e de quase toda a lucidez no momento de que mais precisava delas, ele conseguiu abrir a cortina que o escondia e caminhou até onde Christine estava. Ela mesma se movia para o fundo da sala, cuja parede inteira era ocupada por um grande espelho que refletia sua imagem, mas não a dele, pois estava logo atrás de Christine e inteiramente coberto por ela.

"O destino ata-me a ti por todo o sempre e mais um dia!"

Christine caminhou em direção à sua imagem no vidro e a imagem veio ao seu encontro. As duas Christines — a verdadeira e a refletida — terminaram por tocar-se; e Raoul estendeu os braços para apertar ambas em um só abraço. Entretanto, por uma espécie de milagre deslumbrante que o fez cambalear, Raoul foi de súbito arremessado para trás, ao passo que uma onda gelada perpassava seu rosto; ele viu, não duas, mas quatro, oito, vinte Christines girando em torno dele, rindo dele e fugindo com tanta rapidez que ele não podia tocar nenhuma delas. Enfim, tudo parou de novo; e viu-se no espelho. Mas Christine tinha desaparecido.

Raoul correu para o vidro. Bateu nas paredes. Ninguém! E, nesse ínterim, a sala ainda vibrava com um canto distante e apaixonado:

"O destino ata-me a ti por todo o sempre e mais um dia!"

Para onde, para onde Christine tinha ido...? Por onde voltaria...?

Por acaso voltaria? Aliás, ela não havia lhe declarado que tudo acabara? E por acaso a voz não repetia:

"O destino ata-me a ti por todo o sempre e mais um dia!"

"Ata-me"? A quem?

Então, desgastado, abatido, com o cérebro vazio, sentou-se na cadeira que Christine acabara de deixar. Assim como ela, deixou a cabeça cair nas mãos. Quando o jovem a levantou, as lágrimas escorriam pelas bochechas jovens, lágrimas reais e pesadas como aquelas que as crianças ciumentas derramavam, lágrimas que choravam por uma tristeza que não era de modo algum fantasiosa, mas que é comum a todos os amantes da Terra e que ele expressou em voz alta:

— Quem é esse Erik? — ele indagou.

Esqueça o nome da "voz do homem"

Um dia depois de Christine ter desaparecido diante de seus olhos, numa espécie de deslumbramento que ainda o fazia duvidar da evidência de seus sentidos, *monsieur* Visconde de Chagny passou a perguntar por Mamãe Valerius. Deparou-se com uma imagem encantadora. A própria Christine estava sentada ao lado da cama da idosa, que estava recostada contra os travesseiros, tricotando. O rosa e o branco voltaram às bochechas da jovem. Os anéis escuros ao redor de seus olhos haviam desaparecido. Raoul já não reconhecia a face trágica do dia anterior. Se o véu de melancolia sobre aqueles traços adoráveis ainda não tivesse aparecido para o jovem como o último vestígio do estranho drama cujos tormentos aquela menina misteriosa estava enfrentando, ele poderia ter acreditado que Christine não era sua heroína.

Levantou-se, sem demonstrar qualquer emoção, e ofereceu-lhe a mão. Mas a estupefação de Raoul foi tão grande que ele ficou ali boquiaberto, sem gesto, sem palavra.

— Bem, *monsieur* de Chagny — exclamou Mamãe Valerius —, não reconhece nossa Christine? Seu bom gênio a mandou de volta para nós!

— Mamãe! — a menina soltou de pronto, enquanto uma vermelhidão profunda subiu-lhe até os olhos. — Pensei, mamãe, que não falaríamos mais a respeito disso...! Você sabe que não existe o Anjo da Música!

— Mas, menina, ele deu-lhe lições por três meses!

— Mamãe, prometi explicar-lhe tudo em outra ocasião; e espero fazê-lo, mas você me prometeu, até esse dia, ficar em silêncio e não me fazer mais perguntas!

— Desde que me prometesse nunca mais me deixar novamente! Mas você prometeu isso, Christine?

— Mamãe, nada disso pode interessar ao *monsieur* de Chagny.

— Pelo contrário, *mademoiselle* — respondeu o jovem numa voz que tentou tornar firme e corajosa, mas que ainda tremia. — Tudo o que lhe diz respeito interessa-me a um ponto que talvez um dia você compreenda. Não nego que minha surpresa é igual ao meu prazer em encontrá-la com sua mãe adotiva e que, depois do que aconteceu entre nós ontem, depois do que você disse e do que eu pude adivinhar, eu mal esperava vê-la aqui tão cedo. Eu deveria ser o primeiro a me deliciar com seu retorno, se não estivesse tão empenhada em preservar um segredo que lhe pode ser fatal... e sou seu amigo há muito tempo para não me alarmar, junto à *madame* Valerius, em relação a uma aventura desastrosa que permanecerá perigosa enquanto não desvendarmos suas tramas, aventura da qual você por certo terminará como vítima, Christine.

Com tais palavras, Mamãe Valerius agitou-se na cama.

— O que isso significa? — ela gritou. — Christine está em perigo?

— Sim, *madame* — disse Raoul, a despeito dos sinais que Christine lhe fazia.

— Meu Deus! — exclamou a boa senhora, com respiração ofegante. — Você deve me contar tudo, Christine! Por que tentou me tranquilizar? E que perigo é esse, *monsieur* de Chagny?

— Um impostor está abusando de sua boa-fé.

— O Anjo da Música é um impostor?

— Ela mesma lhe disse que não há Anjo da Música algum.

— Mas o que é, então, pelos céus? Você vai acabar me matando!

— Há um terrível mistério que nos ronda, *madame*, à senhora e a Christine, um mistério que deve ser muito mais temido que um sem-número de fantasmas ou de gênios!

Mamãe Valerius voltou seu rosto aterrorizado para Christine, que já havia corrido para sua mãe adotiva e apertava-a com os braços.

— Não acredite nele, mamãe, não acredite nele — ela repetia.

— Então diga-me que nunca mais vai me deixar de novo — implorou a viúva.

Christine permaneceu calada e Raoul continuou:

— É isso que deve prometer, Christine. É a única coisa que pode tranquilizar sua mãe e a mim. Comprometemo-nos a não lhe fazer uma única pergunta sobre o passado, se nos prometer permanecer sob nossa proteção no futuro.

— Esse é um compromisso que não lhe pedi e uma promessa que me recuso a lhe fazer! — retrucou a jovem com altivez. — Sou senhora de minhas próprias ações, *monsieur* de Chagny: você não tem o direito de as controlar, e imploro que se abstenha de fazê-lo de agora em diante. Quanto ao que fiz durante a última quinzena, só há um homem no mundo que tem o direito de exigir prestação de contas de mim: meu marido! Bem, eu não tenho marido e nunca pretendo me casar!

Ela gesticulou para enfatizar suas palavras e Raoul ficou pálido, não apenas por causa da fala que ouvira, mas porque avistara um anel de ouro simples no dedo de Christine.

— Você não tem marido e, mesmo assim, está usando um anel de casamento.

Ele tentou pegar sua mão, mas a jovem rapidamente a retirou.

— É um presente! — ela disse, enrubescendo outra vez e lutando, em vão, para esconder seu constrangimento.

— Christine! Como você não tem marido, esse anel só pode ter sido dado por alguém que espera fazer de você sua esposa! Por que continuar nos enganando? Por que me torturar ainda mais? Este anel é uma promessa; e essa promessa foi aceita!

— Foi o que eu disse! — exclamou a velha senhora.

— E o que ela respondeu, *madame*?

— O que escolhi — disse Christine, levada à exasperação. — Não acha, *monsieur*, que esse interrogatório já durou o bastante? No que me diz respeito...

Raoul teve medo de deixá-la terminar sua fala. Interrompeu-a:

— Peço perdão por falar como falei, *mademoiselle*. Você conhece as boas intenções que me levaram a intrometer-me, há pouco, em assuntos que, sem dúvida, não têm nada a ver comigo. Mas permita-me dizer-lhe o que vi (e vi mais do que você suspeita, Christine), ou o que pensei ter visto, pois, para dizer a verdade, às vezes estive inclinado a duvidar da evidência de meus olhos.

— Bem, o que o senhor viu, ou acredita ter visto?

— Vi o seu êxtase *ao som da voz*, Christine: a voz que vinha da parede ou do camarim ao lado do seu... Isso mesmo, *seu êxtase*! E é isso que me deixa preocupado a seu respeito. Você está sob um feitiço muito perigoso. E, no entanto, parece que está ciente da impostura, porque diz hoje *que não há anjo da música*! Nesse caso, Christine, por que o seguiu daquela vez? Por que se levantou, com feições radiantes, como se de fato ouvisse anjos...? Ah, é uma voz muito perigosa, Christine, pois eu mesmo, quando a ouvi, fiquei tão fascinado por ela que você desapareceu diante dos meus olhos sem que eu visse por onde você passou! Christine, Christine, pelos céus, pelo seu pai que está no Céu agora e que a amou com tanto carinho e que me amou também, Christine, diga-nos, diga à sua benfeitora e a mim, a quem pertence essa voz? Se fizer isso, nós a salvaremos apesar de você mesma. Vamos, Christine, qual é o nome do homem? O nome do homem que teve a ousadia de colocar um anel no seu dedo!

— *Monsieur* de Chagny — declarou friamente a jovem —, o senhor nunca saberá!

Nisso, vendo a hostilidade com que sua protegida se dirigia ao visconde, Mamãe Valerius de repente tomou as dores de Christine.

— E, se ela ama esse homem, *monsieur* Visconde, isso não é da sua conta!

— Ai, *madame* — respondeu Raoul humildemente, incapaz de conter as lágrimas. — Infelizmente, acredito que Christine o ama de verdade...! Mas não é só isso que me leva ao desespero; pois o que não sei ao certo, *madame*, é se o homem que Christine ama é digno de seu amor!

— Eu é que decidirei isso, *monsieur*! — rebateu Christine, encarando Raoul com raiva.

— Quando um homem — continuou Raoul — adota tais métodos românticos para aliciar a afeição de uma jovem...

— O homem deve ser um vilão, ou a jovem uma tola: é isso?

— Christine!

— Raoul, por que condena um homem que você nunca viu, que ninguém conhece e sobre o qual você mesmo não sabe nada?

— Sim, Christine... Sim... Pelo menos sei o nome que você pensou em esconder de mim para sempre... O nome do seu Anjo da Música, *mademoiselle*, é Erik!

No mesmo instante, Christine denunciou a si mesma. Ficou branca como um lençol e gaguejou:

— Quem lhe disse?

— Você mesma!

— Como assim?

— Quando você o lamentava na outra noite, na noite do baile de máscaras. Quando foi para o seu camarim, você não disse: "Pobre Erik"? Bem, Christine, havia um pobre Raoul que a ouvia.

— Esta é a segunda vez que você ficou bisbilhotando por trás da porta, *monsieur* de Chagny!

— Não foi atrás da porta... Eu estava dentro do camarim, na parte mais interna, *mademoiselle*.

— Oh, homem infeliz! — gemeu a jovem, mostrando todos os sinais de terror indescritível. — Homem infeliz! Você quer ser morto?

— Talvez.

Raoul pronunciou esse "talvez" com tanto amor e desespero na voz que Christine não conseguiu conter um soluço. Ela pegou as mãos dele e fitou-o com o mais puro carinho de que era capaz:

— Raoul — disse ela. — Esqueça *a voz do homem* e não se lembre nem do nome... Você nunca deve tentar sondar o mistério da *voz do homem*.

— Esse mistério é tão horrendo assim?

— Não há mistério mais horrendo nesta Terra. Jure que não tentará desvendá-lo — ela insistiu. — Jure-me que nunca virá a meu camarim, a menos que eu o mande chamar.

— Então prometa que vai mandar chamar-me algumas vezes, Christine?

— Prometo.

— Quando?

— Amanhã.

— Então juro proceder como você pediu.

Ele beijou suas mãos e foi-se, amaldiçoando Erik e decidido a ser paciente.

XI

Acima dos alçapões

No dia seguinte, ele a viu na Ópera. Christine ainda usava o anel de ouro simples. Foi gentil e educada com ele. Perguntou-lhe sobre seus planos, sobre o seu futuro, sobre a sua carreira.

Raoul lhe disse que a data da expedição polar havia sido adiantada e que ele deixaria a França em três semanas, ou no máximo em um mês. Ela sugeriu, quase de modo alegre, que ele deveria encarar a viagem com prazer, como um palco para sua fama vindoura. E quando ele respondeu que a fama sem amor não era atraente aos seus olhos, ela o tratou como uma criança cujas tristezas duram pouco.

— Como pode falar tão levianamente de temas tão sérios? — ele questionou. — Talvez nunca mais nos vejamos! Posso morrer durante essa expedição.

— Ou eu — ela disse, com simplicidade.

Ela já não sorria nem brincava mais. Parecia pensar em alguma coisa nova que havia passado por sua mente pela primeira vez. Seus olhos estavam completamente brilhantes com aquilo.

— Em que está pensando, Christine?

— Estou pensando que não nos veremos mais.

— E isso a faz ficar tão radiante?

— E que, em um mês, diremos adeus para sempre!

— A menos, Christine, que juremos fidelidade e esperemos para sempre um pelo outro.

A jovem pôs a mão sobre a boca dele.

— Psiu, Raoul...! Você sabe que isso está fora de questão... E nós nunca nos casaremos: isso é certo!

Ela parecia de repente quase incapaz de conter uma alegria avassaladora. Bateu palmas com alegria infantil. Raoul fitou-a com espanto.

— Mas... mas — continuou ela, estendendo ambas as mãos a Raoul, ou melhor, dando-as a ele, como se de repente tivesse resolvido presenteá-lo —, mas, se não pudermos nos casar, podemos... podemos estar em noivado! Ninguém saberá além de nós mesmos, Raoul. Houve muitos casamentos secretos: por que não um noivado secreto...? Estamos noivos, querido, por um mês! Em um mês, você vai embora, e posso ser feliz com o pensamento desse mês durante toda a minha vida!

Ela ficou encantada com sua inspiração. Depois, voltou a ficar séria.

— Isso — disse ela — *é uma felicidade que não vai ferir ninguém.*

Raoul saltou diante da proposta. Ele curvou-se para Christine e disse:

— *Mademoiselle*, tenho a honra de pedir-lhe a mão.

— Ora, você já tem as duas, meu querido noivo...! Oh, Raoul, como seremos felizes...! Temos de brincar de estar em noivado o dia todo.

Era a brincadeira mais bonita do mundo e eles a aproveitaram como as crianças que eram. Ah, os discursos maravilhosos que fizeram um para o outro e os votos eternos que trocaram! Brincavam com os corações como outras crianças brincavam de bola; só que, como eram mesmo seus corações que eles arremessavam para lá e para cá, tinham de ser muito, muito habilidosos para pegá-los, todas as vezes, sem machucá-los.

Um dia, cerca de uma semana após o início da brincadeira, o coração de Raoul estava muito ferido e ele parou de brincar e proferiu estas palavras descontroladas:

— Não irei ao Polo Norte!

Christine, que, em sua inocência, não sonhara com tal possibilidade, de repente descobriu o perigo da brincadeira e censurou-se com amargor. Ela não disse uma palavra em resposta ao comentário de Raoul e foi direto para casa.

Isso aconteceu à tarde, no camarim da cantora, onde se encontravam todos os dias e onde se divertiam jantando com três biscoitos, dois copos de vinho do Porto e um punhado de violetas. À noite, Christine não cantou; e Raoul não recebeu sua carta habitual, embora tivessem combinado de escrever um para o outro todos os dias durante aquele mês. Na manhã seguinte, ele correu para Mamãe Valerius, que lhe disse que Christine tinha ido embora por dois dias. Ela havia saído às cinco horas do dia anterior.

Raoul ficou furioso. Teve raiva de Mamãe Valerius por lhe dar notícias como aquelas com uma calma tão estupefata. Tentou sondá-la, mas a velha senhora obviamente não sabia de nada.

Christine voltou no dia seguinte. Estava triunfante. Ela repetiu seu extraordinário sucesso da apresentação de gala. Desde a aventura do "sapo", Carlotta não conseguia aparecer no palco. O terror de um novo *créc* dominou-lhe o coração e privou-a de todo o seu poder de cantar; e o teatro que testemunhara sua incompreensível desgraça tornara-se odioso para ela. Tentou cancelar seu contrato. À Daaé foi oferecida a vaga por enquanto. Ela recebeu uma trovoada de aplausos em *La juive*.

O visconde, que, claro, estava presente, foi o único a sofrer ao ouvir os mil ecos desse novo triunfo; pois Christine ainda usava seu anel de ouro simples. Uma voz distante sussurrou no ouvido do jovem:

— Ela está usando o anel de novo hoje à noite; e não foi você que o deu a ela. Christine entregou sua alma novamente hoje à noite, mas não a você... Se ela não contar o que tem feito nos últimos dois dias... você deve ir e perguntar a Erik!

Ele correu para os bastidores e se colocou no caminho por onde ela passaria. A jovem o viu, pois seus olhos o procuravam. Ela disse:

— Rápido! Rápido...! Venha! — E arrastou-o para seu camarim.

De imediato, Raoul se empostou de joelhos diante dela. Jurou-lhe que partiria e pediu que nunca mais o privasse de uma única hora que fosse da felicidade ideal que ela lhe prometera. Christine deixou as lágrimas fluírem. Eles se beijaram como um irmão e uma irmã desesperados que foram atingidos por uma perda comum e que se encontram para chorar um pai morto.

De repente, ela se afastou do abraço suave e tímido do jovem, pareceu ouvir algo e, com um gesto rápido, apontou para a porta. Quando ele estava saindo, ela disse, com uma voz tão baixa que o visconde mais adivinhou do que ouviu suas palavras:

— Até amanhã, meu querido noivo! E seja feliz, Raoul: cantei para você esta noite!

Ele voltou no dia seguinte. Mas aqueles dois dias de ausência haviam quebrado o encanto de seu delicioso faz de conta. Fitavam-se, no camarim, com os olhos tristes, sem trocar palavra. Raoul teve de se conter para não gritar:

— Estou com ciúmes! Estou com ciúmes! Estou com ciúmes!

Mas Christine o ouviu, de qualquer forma. Então, ela disse:

— Vamos dar uma volta, querido. O ar lhe fará bem.

Raoul pensou que ela ia propor um passeio no campo, longe daquele edifício que ele detestava como uma prisão cujo carcereiro ele podia sentir andando dentro dos muros... o carcereiro Erik... Mas ela o levou ao palco e o fez sentar na borda de madeira de um poço, na paz e frieza duvidosas de uma primeira cena montada para a apresentação da noite.

Em outro dia, ela vagou com ele, de mãos dadas, pelos caminhos desertos de um jardim cujas trepadeiras haviam sido cortadas pelas mãos hábeis de um decorador. Era como se o céu real, as flores reais, a terra real fossem proibidas para sempre, e ela condenada a respirar nenhum outro ar senão o do teatro. Um bombeiro passou ocasionalmente, vigiando de longe seu idílio melancólico. E ela o arrastava para cima das nuvens, na magnífica desordem da grade, onde adorava deixá-lo tonto correndo à sua frente pelas pontes frágeis, entre os milhares de cordas presas às roldanas, às molinetes, aos rolos, no meio de uma floresta comum de vergas e mastros. Se ele hesitasse, ela dizia, com um biquinho adorável nos lábios:

— Você, um marinheiro!

E depois voltavam à terra firme, isto é, a algum corredor que os levasse à escola de dança das meninas, onde pirralhas entre seis e dez anos praticavam seus passos, na esperança de um dia se tornarem grandes dançarinas, "cobertas de diamantes"... Enquanto isso, Christine lhes dava doces.

Levava-o para a sala de figurinos e para os almoxarifados, levava-o por todo o seu império, que era artificial, mas imenso, cobrindo dezessete andares desde o rés do chão até o telhado, e habitado por um exército de súditos. Christine se movia entre eles como uma rainha popular, encorajando-os em seus trabalhos, sentando-se nas oficinas, oferecendo palavras de conselho aos artesãos cujas mãos hesitavam em cortar os materiais refinados que deveriam vestir os heróis. Havia habitantes daquele país que praticavam todos os ofícios. Havia sapateiros, havia ourives. Todos aprenderam a conhecê-la e amá-la, pois ela sempre se interessava por todos os seus problemas e todas as suas pequenas ocupações.

Ela conhecia cantos insuspeitos que eram secretamente ocupados por pequenos casais de velhos. Ela batia à porta deles e lhes apresentou Raoul como um príncipe encantado que havia pedido sua mão; e os dois, sentados em alguma "propriedade" consumida por vermes, ouviam as lendas da Ópera, assim como, na infância, ouviam os velhos contos bretões. Aqueles velhos não se lembravam de nada de fora da Ópera. Moravam lá há incontáveis anos. As gestões passadas esqueceram-nos; as revoluções palacianas não tinham tomado conhecimento deles; a história da França tinha percorrido o seu curso desconhecido para eles; e ninguém se lembrava de sua existência.

Os dias preciosos se aceleravam assim; e Raoul e Christine, ao fingir interesse excessivo por assuntos externos, esforçavam-se desajeitadamente para esconder um do outro o pensamento único de seus corações. Um fato era certo: que Christine, a qual até então se mostrava a mais forte dos dois, ficara subitamente nervosa de forma indescritível. Em suas expedições, começava a correr sem razão ou então parava de repente; e sua mão, gelada em um instante, segurava o jovem. Às vezes, seus olhos pareciam perseguir sombras imaginárias. Ela gritava: "por aqui", "por aqui" e "por aqui", rindo uma risada sem fôlego que muitas vezes terminava em lágrimas. Então Raoul tentava falar, questioná-la, apesar de suas promessas. Mas, antes mesmo que ele formulasse sua pergunta, ela respondia de modo febril:

— Nada... Juro que não é nada.

Certa vez, quando passavam diante de um alçapão aberto no palco, Raoul parou sobre a cavidade escura.

— Você me mostrou a parte superior de seu império, Christine, mas há histórias estranhas contadas da parte inferior. Vamos descer?

Ela o pegou nos braços, como se temesse vê-lo desaparecer pelo buraco negro, e, com uma voz trêmula, sussurrou:

— Nunca...! Não permitirei que você vá lá...! Além disso, não é meu... *Tudo o que é subterrâneo pertence a ele!*

Raoul encarou-a nos olhos e declarou de maneira áspera:

— Então ele vive lá embaixo, não vive?

— Eu nunca disse isso... Quem lhe disse uma coisa dessas? Vamos embora! Às vezes me pergunto se você está mesmo bem da cabeça, Raoul... Você sempre complica tanto as coisas... Venha comigo! Venha!

E ela literalmente o arrastou para longe, pois ele estava obstinado e queria permanecer ao lado do alçapão; aquele buraco o atraía.

De repente, o alçapão foi fechado, e tão rapidamente que nem viram a mão que o fizera; e ficaram bastante atordoados.

— Talvez *ele* estivesse lá — disse Raoul, por fim.

Ela deu de ombros, mas não parecia tranquila.

— Não, não, foram os "batentes-de-alçapão". Eles têm que fazer alguma coisa, você sabe... Abrem e batem os alçapões sem exatamente um motivo... É como os "batentes-de-portas": eles precisam ocupar seu tempo de alguma forma.

— Mas suponhamos que seja *ele*, Christine?

— Não, não! Ele se fechou, está trabalhando.

— Ah, é mesmo? Ele está trabalhando, não está?

— Sim, ele não pode abrir e fechar os alçapões e trabalhar ao mesmo tempo. — Ela tremia.

— Em que ele está trabalhando?

— Ah, em uma coisa horrível...! Mas é melhor para nós... Quando ele está trabalhando nessa coisa, não vê nada; não come, não bebe, nem respira por dias e noites a fio... Torna-se um morto-vivo e não tem tempo para se divertir com os alçapões. — Ela tremia de novo. Ainda o segurava pelos braços. Então, ela suspirou e disse, por sua vez: — Suponhamos que fosse *ele*.

— Tem medo dele?

— Não, não, é claro que não — ela respondeu.

Por causa daquilo, um dia depois e nos dias seguintes, Christine teve o cuidado de evitar os alçapões. Sua agitação só aumentava com o passar das horas. Por fim, uma tarde, ela atrasou-se muito, com o rosto tão desesperadamente pálido e os olhos tão desesperadamente vermelhos, que Raoul resolveu recorrer a todos os meios, incluindo o que prenunciou quando desabafou que não iria à expedição do Polo Norte, a menos que ela lhe contasse antes o segredo da voz do homem.

— Psiu! Psiu, pelos céus! Suponha que *ele* o tenha ouvido, pobre Raoul!

E os olhos de Christine olharam descontroladamente para tudo ao seu redor.

— Vou tirá-la do poder dele, Christine, juro. E não vai mais precisar pensar nele.

— Será possível?

Ela se permitiu essa dúvida, que foi um alento, enquanto arrastava o jovem até o último andar do teatro, muito, muito longe dos alçapões.

— Vou escondê-la em algum canto desconhecido do mundo, onde *ele* não pode vir procurá-la. Você estará segura; e depois irei embora... pois você jurou nunca se casar.

Christine agarrou as mãos de Raoul e apertou-as com incrível arrebatamento. Mas, de repente, ficando alarmada de novo, desviou a cabeça.

— Mais alto! — foi tudo o que ela disse. — Mais alto ainda!

Então o arrastou para a cúpula.

Raoul teve dificuldade de segui-la. Logo estavam sob o teto, no labirinto de madeirame. Esgueiravam-se por entre os pilares, pelas vigas, pelos caibros; corriam de trave a trave como poderiam ter corrido de árvore em árvore em uma floresta.

Apesar do cuidado que Christine teve de olhar para trás a cada momento, não conseguiu enxergar uma sombra que a seguia como a sua própria, que parava quando ela parava, que recomeçava quando ela o fazia e que não soltava um ruído, como uma sombra bem-comportada. Quanto a Raoul, também não via nada; pois, quando tinha Christine à sua frente, nada lhe interessava que acontecesse atrás.

XIII

A lira de Apolo

Seguindo por esse caminho, chegaram ao telhado. Christine pisava nele tão levemente quanto uma andorinha. Seus olhos varreram o espaço vazio entre as três cúpulas e o frontão triangular. Ela respirava livremente sobre Paris, cujo vale inteiro era visto trabalhando abaixo. Chamou Raoul para se aproximar mais dela e caminharam lado a lado pelas ruas de zinco, nas avenidas de chumbo; olhavam para suas formas gêmeas nos enormes tanques, cheios de água estagnada, onde, no tempo quente, os meninos do balé, mais ou menos vinte, aprendem a nadar e mergulhar.

A sombra seguia atrás deles, agarrada aos seus passos; e as duas crianças pouco suspeitaram de sua presença quando enfim se sentaram, confiantes, sob a poderosa proteção de Apolo, que, com um grande gesto de bronze, erguia sua enorme lira ao coração de um céu carmesim.

Era uma linda noite de primavera. As nuvens, que tinham acabado de receber seu manto delicado, nas cores de ouro e púrpura do sol poente, passavam lentamente; e Christine disse a Raoul:

— Em breve iremos mais longe e mais rápido do que as nuvens, até o fim do mundo, e então você me deixará, Raoul. Mas, se quando chegar o momento de você me levar, eu me recusar a ir com você... bem, você deve me levar à força!

— Tem medo de mudar de ideia, Christine?

— Não sei — replicou ela, balançando a cabeça de forma estranha. — Ele é um demônio! — E ela tremeu e aninhou-se em seus braços com um gemido. — Tenho medo agora de voltar a morar com ele... no subterrâneo!

— O que a obriga a voltar, Christine?

— Se eu não voltar para ele, terríveis infortúnios podem acontecer...! Mas não consigo, não consigo...! Sei que se deve ter pena das pessoas que vivem nas sombras... mas ele é horrível demais! No entanto, a hora está chegando; só me resta um dia; e, se eu não for, ele virá buscar-me com a sua voz. E me arrastará consigo para o subsolo, e se ajoelhará diante de mim, com a cara da morte. E vai me dizer que me ama! E vai chorar! Ah, aquelas lágrimas, Raoul, aquelas lágrimas nas duas órbitas negras da cara da morte! Não consigo ver essas lágrimas fluírem novamente!

Ela apertava as mãos, angustiada, conforme Raoul a pressionava em seu coração.

— Não, não, você nunca mais o ouvirá dizer que a ama! Não verá as suas lágrimas! Vamos fugir, Christine, vamos fugir de uma vez!

E ele tentou arrastá-la para longe imediatamente. Mas ela o impediu.

— Não, não — disse ela, balançando a cabeça com tristeza. — Agora não...! Seria cruel demais... deixe-o ouvir-me cantar amanhã à noite... e depois iremos embora. Você deve vir me buscar no meu camarim à meia-noite exatamente. Ele então estará me esperando na sala de jantar à beira do lago... seremos livres e você me levará embora... Você deve me prometer isso, Raoul, mesmo que eu recuse; pois sinto que, se voltar desta vez, talvez nunca mais retornarei. — E ela deu um suspiro ao qual lhe pareceu que outro suspiro, atrás dela, respondia. — Você ouviu isso?

Os dentes dela rangiam.

— Não — disse Raoul. — Não ouvi nada.

— É ruim demais — confessou — estar sempre tremendo assim...! E, no entanto, não corremos perigo aqui; estamos em casa, no céu, ao ar livre, na luz. O sol está brilhando; e os pássaros noturnos não suportam olhar para o sol. Nunca o vi à luz do dia... deve ser horrível...! Ah, a primeira vez que o vi...! Pensei que ele ia morrer.

— Por quê? — perguntou Raoul, realmente assustado com o aspecto que essa estranha confissão estava tomando.

— *Porque eu o havia visto!*

Desta vez, Raoul e Christine voltaram-se para trás ao mesmo tempo:

— Alguém está sentindo dor — disse Raoul. — Talvez alguém tenha se ferido. Você ouviu?

— Não sei dizer — Christine confessou. — Mesmo quando ele não está por perto, meus ouvidos estão repletos de seus suspiros. De qualquer forma, se você ouviu...

Levantaram-se e observaram à sua volta. Estavam completamente sozinhos no imenso telhado de chumbo. Sentaram-se novamente e Raoul disse:

— Diga-me como você o viu primeiro.

— Eu o ouvia há três meses sem vê-lo. A primeira vez que ouvi, pensei, como você, que aquela voz adorável estava cantando em outra sala. Saí e olhei para todos os lados; porém, como sabe, Raoul, o meu camarim é bem isolado; e eu não conseguia encontrar a voz do lado de fora dele, enquanto ela continuava firme lá dentro. E não só cantava, como também falava comigo e respondia às minhas perguntas, como a voz de um homem de verdade, com uma diferença: era tão bonita quanto a voz de um anjo. Eu nunca tinha conseguido ver o Anjo da Música que meu pobre pai havia prometido me enviar assim que morresse. Acho mesmo que Mamãe Valerius foi um pouco culpada. Contei-lhe sobre isso; e ela respondeu de imediato: "Deve ser o Anjo; de qualquer forma, não faria mal se você perguntasse a ele". Perguntei; e a voz do homem respondeu que, sim, era a voz do Anjo, a voz que eu esperava e que meu pai havia me prometido. A partir daí, eu e a voz nos tornamos grandes amigos. Pediu licença para me dar aulas todos os dias. Concordei e nunca deixei de estar presente na aula que me dava no meu camarim. Você não faz ideia, embora tenha ouvido a voz, de como foram essas lições.

— Não, não faço ideia — disse Raoul. — Qual era seu acompanhamento?

— Éramos acompanhados por uma música que não conheço: estava atrás da parede e era maravilhosamente precisa. A voz parecia entender exatamente a minha voz, saber exatamente onde meu pai havia parado de me ensinar. Em poucas semanas, mal me reconhecia quando cantava. Fiquei até assustada. Temia que houvesse uma espécie de bruxaria por trás disso; mas Mamãe Valerius me tranquilizou. Disse que sabia que eu era uma garota simples demais para me deixar seduzir pelo diabo... Meu progresso, por ordem da própria voz, foi mantido em segredo entre a voz, Mamãe Valerius e eu. Foi uma coisa curiosa, mas, do lado de fora do camarim, eu cantava com a minha voz comum, do dia a dia, e ninguém notava nada. Fiz tudo o que a voz pediu. Dizia: "Espere e veja: vamos surpreender Paris!". E esperei e vivi numa espécie de sonho extático. Foi então que vi você pela primeira vez numa noite, na plateia. Fiquei tão feliz que nunca pensei em esconder minha alegria quando cheguei ao meu camarim. Infelizmente, a voz estava ali diante de mim e logo percebeu, pelo meu ar, que algo havia acontecido. Perguntou qual era o assunto e não vi razão para manter nossa história em segredo ou esconder o lugar que você preencheu em meu coração. Em seguida, a voz ficou em silêncio. Chamei, mas ela não respondeu; implorei e pedi, mas em vão. Fiquei apavorada, pensando que tinha sumido para sempre. Pelos céus, gostaria que tivesse...! Naquela noite, fui para casa desesperada. Contei a Mamãe Valerius, que disse: "Ora, é claro, a voz está com ciúmes!". E isso, querido, me revelou pela primeira vez que eu amava você.

Christine parou e deitou a cabeça no ombro de Raoul. Sentaram-se assim por um momento, em silêncio, e não viram, não perceberam o movimento, a poucos passos deles, da sombra rasteira com duas grandes asas negras, uma sombra que vinha ao longo do telhado tão perto, tão perto deles que poderia tê-los sufocado ao se fechar sobre eles.

— No dia seguinte — continuou Christine, com um suspiro —, voltei para o meu camarim em um estado de espírito muito pensativo. A voz estava lá, falou-me com grande tristeza e disse-me com nitidez que, se eu tivesse de doar o meu coração à terra, não havia nada para a voz fazer senão voltar para o Céu. E dizia isso com tal cadência de tristeza *humana* que eu deveria então ter suspeitado e começado a acreditar que eu era vítima dos meus sentidos iludidos. Mas minha fé na voz, com a qual a memória de meu pai estava tão intimamente entrelaçada, permaneceu intacta. Não temia nada quanto nunca mais a ouvir; eu tinha pensado no meu amor por você e percebi todo o perigo inútil dele; e eu nem sabia se você se lembrava de mim. De qualquer forma, sua posição na sociedade me proibia de contemplar a possibilidade de me casar com você; e jurei à voz que você não era mais do que um irmão para mim, e nunca seria mais, e que o meu coração era incapaz de qualquer amor terreno. E foi por isso, querido, que me recusei a reconhecê-lo ou vê-lo quando o encontrei no palco ou nos corredores. Enquanto isso, as horas durante as quais a voz me ensinou foram passadas em frenesi divino, até que, enfim, a voz me disse: "Você pode agora, Christine Daaé, dar aos homens um pouco da música do Céu". Não sei como foi que Carlotta não veio ao teatro naquela noite nem por que fui chamada para cantar em seu lugar; todavia cantei com um arrebatamento que nunca tinha sentido antes e senti, por um momento, como se minha alma estivesse deixando meu corpo!

— Oh, Christine — disse Raoul. — Meu coração tremeu naquela noite a cada cadência de sua voz. Vi as lágrimas escorrerem por suas bochechas e chorei com você. Como você poderia cantar, cantar assim enquanto chorava?

— Senti que ia desmaiar — disse Christine. — Fechei os olhos. Quando os abri, você estava ao meu lado. Mas a voz também estava lá, Raoul! Fiquei com medo por você e novamente não o reconheci e comecei a rir quando você me lembrou que tinha pegado meu lenço no mar...! Infelizmente, não há como enganar a voz...! A voz o reconheceu e a voz ficou com ciúmes...! Dizia que, se eu não o amasse, não o evitaria, mas o trataria como qualquer outro velho amigo. Fez cenas e cenas. Por fim, eu disse à voz: "Basta! Vou a Perros amanhã, para rezar no túmulo de meu pai, e pedirei a *monsieur* Raoul de Chagny que vá comigo". "Faça como quiser", respondeu a voz, "mas também estarei em Perros, porque estou onde quer que você esteja, Christine; e, se ainda é digna de mim, se não mentiu para mim, eu lhe tocarei 'A ressurreição de Lázaro', no toque da meia-noite, no túmulo de seu pai e no violino de seu pai". Foi assim, querido, que vim a escrever-lhe a carta que o levou a Perros. Como eu poderia ter sido tão tola? Como foi possível, quando vi o ponto de vista pessoal, egoísta da voz, que não desconfiei de algum impostor? Infelizmente, eu não era mais senhora de mim mesma: eu tinha me tornado uma coisa dele!

— Mas, afinal — exclamou Raoul —, você logo veio a saber a verdade! Por que não se livrou imediatamente daquele pesadelo abominável?

— Saber a verdade, Raoul? Livrar-me desse pesadelo? Mas, meu pobre menino, não fui presa no pesadelo até o dia em que soube a verdade...! Pobre de mim, Raoul, pobre de mim...! Lembra-se da terrível noite em que Carlotta pensou que tinha sido transformada num sapo sobre o palco e quando a casa foi subitamente mergulhada na escuridão por causa do lustre que caiu no chão? Havia mortos e feridos naquela noite e todo o teatro vibrou com gritos aterrorizados.

Meu primeiro pensamento foi por você e pela voz. Logo fiquei tranquila quanto a você, pois eu o tinha visto no camarote do seu irmão e sabia que você não estava em perigo. Mas a voz me disse que estaria na apresentação e eu estava com muito medo por isso, como se ela fosse uma pessoa comum que fosse capaz de morrer. Pensei comigo mesma: "O lustre pode ter caído sobre a voz". Eu estava então no palco e quase correndo para a plateia, para procurar a voz entre os mortos e feridos, quando pensei que, se a voz estivesse segura, com certeza estaria no meu camarim e corri para lá. A voz não estava ali. Tranquei a porta e, com lágrimas nos olhos, pedi que ela, se ainda estivesse viva, se manifestasse a mim. A voz não respondeu, mas, de repente, ouvi um longo e belo gemido que conhecia bem. É o grito de Lázaro quando, ao som da voz do Redentor, começa a abrir os olhos e vislumbrar a luz do dia. Era a música que eu e você, Raoul, ouvimos em Perros. E então a voz começou a cantar a frase principal: "Venha! E acredite em mim! Quem crê em mim viverá! Anda! Quem acreditou em mim jamais morrerá...!". Não sei dizer o efeito que aquela música teve sobre mim. Parecia ordenar-me, pessoalmente, que viesse, que me levantasse e viesse até ele. Ele afastava-se e eu seguia. "Venha! E acredite em mim!" Acreditei, vim... Cheguei e (essa foi a coisa extraordinária) meu camarim, à medida que eu me movia, parecia se alongar... se alongar... Evidentemente, deve ter sido um efeito de espelhos... pois eu tinha o espelho na minha frente... E, de repente, eu estava do lado de fora do camarim, sem saber como!

— O quê! Sem saber como? Christine, Christine, você deve realmente parar de sonhar!

— Eu não estava sonhando, querido, estava do lado de fora do meu camarim, sem saber como. Você, que me viu desaparecer do meu camarim certa noite, pode ser capaz de explicá-lo; mas eu não posso. Só sei dizer que, de repente, não havia espelho diante de mim, nem camarim. Eu estava em um corredor escuro, fiquei assustada e chorei. Era bastante escuro, exceto por um leve brilho vermelho em um canto distante da parede. Eu testei. Minha voz era o único som, pois o canto e o violino tinham parado. E, de repente, uma mão foi colocada sobre a minha... ou melhor, uma coisa fria e óssea que me agarrou o pulso e não largou. Gritei de novo. Um braço me pegou na cintura e me ergueu. Lutei um pouco e depois desisti da tentativa. Fui levada em direção ao pequeno sinal vermelho e então vi que estava nas mãos de um homem envolto em um grande manto e usando uma máscara que escondia todo o seu rosto. Fiz um último esforço; meus membros endureceram, minha boca se abriu para gritar, mas uma mão a fechou, uma mão que senti nos lábios, na pele... uma mão que cheirava à morte. Aí desmaiei.

— Quando abri os olhos, ainda estávamos cercados pela escuridão. Uma lanterna, de pé no chão, mostrava um poço borbulhante. A água que respingava do poço desapareceu, quase de uma vez, sob o chão em que eu estava deitada, com a cabeça no joelho do homem de capa preta e máscara negra. Ele banhava minhas têmporas e suas mãos cheiravam a morte. Tentei afastá-las e perguntei: "Quem é você? Onde está a voz?". Sua única resposta foi um suspiro. De repente, um hálito quente passou sobre meu rosto e percebi uma forma branca, ao lado da forma preta do homem, na escuridão. A forma preta me elevou para cima da forma branca, um alegre suspiro cumprimentou minhas orelhas atônitas e murmurei: "César!". O animal tremeu. Raoul, eu estava deitada meio de costas em uma sela e reconheci o cavalo branco do *profeta*, que tantas vezes eu havia alimentado com açúcar e doces. Lembrei-me de que, certa noite, correra um boato no teatro de que o cavalo tinha desaparecido e que havia sido roubado pelo Fantasma da Ópera. Eu acreditava na voz, mas nunca tinha acreditado no fantasma. Agora, no entanto, comecei a me perguntar, com um arrepio, se eu era prisioneira do fantasma. Chamei a voz para me ajudar, pois jamais imaginaria que a voz e o fantasma fossem um só. Você já ouviu falar do Fantasma da Ópera, não é, Raoul?

— Sim, mas conte-me o que aconteceu enquanto você estava em cima do cavalo branco do Profeta?

— Não fiz nenhum movimento e me deixei levar. A forma preta me segurava, e eu não fazia nenhum esforço para escapar. Um curioso sentimento de tranquilidade tomou conta de mim e pensei que deveria estar sob a influência de algum calmante. Eu tinha o pleno domínio dos meus sentidos; e meus olhos se acostumaram com a escuridão, que era iluminada, aqui e ali, por clarões fortes. Calculei que estávamos em uma galeria circular estreita, provavelmente correndo por toda a Ópera, que é imensa, no subterrâneo. Eu já tinha descido naquelas catacumbas, mas tinha parado no terceiro andar, embora houvesse dois mais fundos ainda, grandes o suficiente para abrigar uma cidade. Mas as figuras que avistei fizeram-me fugir. Há demônios lá embaixo, bastante sombrios, parados em frente a caldeiras, que empunham pás e forcados e atiçam fogueiras e atiçam chamas. Se você chegar muito perto deles, eles o assustam abrindo de repente as bocas vermelhas de suas fornalhas... Bem, enquanto César me carregava silenciosamente nas costas, vi aqueles demônios sombrios ao longe, parecendo bem pequenos, diante das fogueiras vermelhas de suas fornalhas: eles apareciam à vista, desapareciam e voltavam à vista, enquanto seguimos nosso caminho sinuoso. Enfim, desapareceram por completo. A forma ainda me segurava e César seguia em frente, sem fio condutor e com os pés certeiros. Não saberia lhe dizer, aproximadamente, quanto tempo durou esse passeio; só sei que parecíamos virar e virar, e muitas vezes descíamos uma escada em espiral até o coração da terra. Mesmo assim, pode ser que minha cabeça estivesse girando, mas acho que não: não, minha mente estava bem clara. Por fim, César levantou as narinas, cheirou o ar e acelerou um pouco o ritmo. Senti uma umidade no ar e César parou. A escuridão havia se levantado. Uma espécie de luz azulada nos cercava. Estávamos à beira de um lago, cujas águas de chumbo se estendiam ao longe, na escuridão; mas a luz azul iluminou a margem e avistei um barquinho preso a um anel de ferro no cais!

— Um barco!

— Sim, mas eu sabia que tudo isso existia e que não havia nada de sobrenatural naquele lago subterrâneo e no barco. Mas pense nas condições excepcionais em que cheguei àquela margem! Não sei se os efeitos do calmante cessaram quando a forma do homem me levou para dentro do barco, mas meu terror recomeçou. Minha escolta horrível deve ter percebido, pois ele mandou César de volta e ouvi seus cascos pisoteando uma escada enquanto o homem pulava no barco, desamarrava a corda que o segurava e agarrava os remos. Ele remava com golpes rápidos e poderosos; e seus olhos, sob a máscara, nunca me abandonaram. Deslizamos pela água sem ruído, sob a luz azulada de que lhe falei; então estávamos no escuro novamente e tocamos a margem. E fui mais uma vez suspensa nos braços do homem. Chorei alto. E então, de repente, fiquei em silêncio, atordoada pela luz... Sim, uma luz deslumbrante no meio da qual eu tinha sido abaixada. Fiquei de pé. Estava no meio de uma sala de estar que me parecia decorada, adornada e mobilada com nada além de flores, flores magníficas e impressionantes, por causa das fitas de seda que as amarravam a cestos, como as que se vendem nas lojas das avenidas. Eram flores civilizadas demais, como as que eu costumava encontrar no meu camarim depois de uma primeira noite. E, no meio de todas essas flores, ergueu-se a forma negra do homem de máscara, de braços cruzados, e ele disse: "Não tenha medo, Christine; você não corre perigo". *Era a voz!*

— Minha raiva se igualava ao meu espanto. Corri para a máscara e tentei tirá-la, para ver o rosto da voz. O homem disse: 'Você não corre perigo, desde que não toque na máscara'. E, tomando-me gentilmente pelos pulsos, me forçou a sentar em uma cadeira e depois se ajoelhou diante de mim e não disse mais nada! Sua humildade me devolveu um pouco da minha coragem; e a luz me restaurou às realidades da vida. Por mais extraordinária que fosse a aventura, eu estava agora cercada de coisas mortais, visíveis, tangíveis. Os móveis, os penduricalhos, as velas, os vasos e as próprias flores em seus cestos, dos quais eu quase poderia ter dito de onde vinham e quanto custavam, estavam fadados a confinar minha imaginação aos limites de uma sala de estar tão comum quanto qualquer outra que, pelo menos, tivesse a desculpa de não estar nas catacumbas da Ópera. Eu estava lidando, sem dúvida, com uma pessoa terrível, excêntrica, que, de alguma forma misteriosa, conseguira tomar sua morada ali, sob a Ópera, cinco andares abaixo do nível do chão. E a voz, a voz que eu havia reconhecido sob a máscara, estava de joelhos diante de mim, *era um homem*! E eu comecei a chorar... O homem, ainda ajoelhado, deve ter entendido a causa das minhas lágrimas, pois disse: 'É verdade, Christine...! Não sou um Anjo, nem um gênio, nem um fantasma... Sou o Erik!'.

A narração de Christine foi novamente interrompida. Um eco atrás deles parecia repetir a palavra depois dela.

— Erik!

Que eco...? Ambos voltaram-se para trás e viram que a noite havia caído. Raoul fez menção de erguer-se, mas Christine o manteve ao seu lado.

— Não vá — disse ela. — Quero que você saiba tudo *aqui*!

— Mas por que aqui, Christine? Tenho medo de que você pegue um resfriado.

— Não temos nada a temer a não ser os alçapões, querido, e aqui estamos a quilômetros de distância dos alçapões... e não me é permitido vê-lo fora do teatro. Não é hora de incomodá-lo. Não devemos levantar as suspeitas dele.

— Christine! Christine! Algo me diz que é um equívoco esperar até a noite de amanhã e que devemos fugir agora mesmo.

— Digo-lhe que, se ele não me ouvir cantar amanhã, isso lhe causará uma dor infinita.

— É difícil não lhe causar dor e ainda assim fugir dele para sempre.

— Você tem razão nisso, Raoul, pois ele por certo vai morrer com minha fuga. — E acrescentou com a voz embargada: — Mas isso vale para os dois lados... pois corremos o risco de ele nos matar.

— Acaso ele a ama tanto assim?

— Ele poderia cometer assassinato por mim.

— Mas podemos descobrir onde ele mora. Podemos ir em busca dele. Agora que sabemos que Erik não é um fantasma, podemos falar com ele e forçá-lo a responder!

Christine balançou a cabeça.

— Não, não! Não há nada a se fazer com Erik exceto fugir!

— Então por que, depois que conseguiu escapar, você voltou a ele?

— Porque eu precisava. E você entenderá quando eu lhe contar como o deixei.

— Oh, eu o odeio! — gritou. — E você, Christine, diga-me, você o odeia também?

— Não — ela disse, com simplicidade.

— Não, claro que não... Ora, você o ama! Seu medo, seu terror, tudo isso é apenas amor, e amor do tipo mais requintado, do tipo que as pessoas não admitem nem para si mesmas — anunciou Raoul com amargor. — O tipo que lhe dá um arrepio ao pensar na pessoa... Imagine: um homem que vive num palácio subterrâneo! — E lançou um olhar cruel.

— Então quer que eu volte para lá? — perguntou a jovem com crueldade. — Cuide-se, Raoul; eu avisei: nunca mais voltarei!

Havia um silêncio terrível entre os três: os dois que falavam e a sombra que ouvia atrás deles.

— Antes de responder a isso — disse Raoul, por fim, falando bem devagar —, eu gostaria de saber que sentimento ele lhe inspira, já que você não o odeia.

— É horror! — disse ela. — Isso é o pior de tudo. Ele me enche de horror e não o odeio. Como posso odiá-lo, Raoul? Pense em Erik aos meus pés, na casa do lago, no subsolo. Ele se acusa, se xinga, implora meu perdão...! Ele confessa sua traição. Ele me ama! Ele coloca aos meus pés um amor imenso e trágico... Ele me carregou por amor...! Ele me aprisionou com ele, no subsolo, por amor...!

Mas ele me respeita: rasteja, geme, chora...! E, quando me levantei, Raoul, e lhe disse que só poderia desprezá-lo se ele não me desse minha liberdade imediatamente... Ele a ofereceu... Ofereceu-se para me mostrar a misteriosa estrada... Só que... só que ele se levantou também... e fui levada a lembrar que, embora ele não fosse um anjo, nem um fantasma, nem um gênio, ele continuava sendo a voz... pois ele cantava. E eu escutei... e fiquei...! Naquela noite, não trocamos outra palavra. Ele cantou até que eu dormisse.

— Quando acordei, estava sozinha, deitada em um sofá em um pequeno quarto mobiliado de forma simples, com uma cama de mogno comum, iluminada por uma lâmpada de pé no tampo de mármore de uma velha cômoda Louis-Philippe. Logo descobri que era prisioneira e que a única saída do meu quarto levava a um banheiro muito confortável. Ao voltar para o quarto, vi na cômoda um bilhete, em tinta vermelha, que dizia: 'Minha querida Christine, você não precisa se preocupar com seu destino. Você não tem melhor nem mais respeitoso amigo no mundo do que eu. Você está sozinha, no momento, nesta casa que é sua. Vou às compras buscar todas as coisas de que você pode precisar'. Tive a certeza de que tinha caído nas mãos de um louco. Corri pelo meu pequeno apartamento, procurando uma forma de fuga que não consegui encontrar. Revoltei-me com minha superstição absurda, que me fez cair na armadilha. Eu sentia vontade de rir e chorar ao mesmo tempo.

— Este foi o estado de espírito em que Erik me encontrou. Depois de dar três batidas na parede, ele entrou tranquilamente por uma porta que eu não tinha notado e que deixara aberta. Estava com os braços cheios de caixas e encomendas e as arrumava na cama, de forma descontraída, enquanto eu o soterrava com xingamentos e pedia que tirasse a máscara, se ela cobria o rosto de um homem honesto. Ele respondeu com serenidade: 'Você nunca verá o rosto de Erik'. E me recriminou por não ter terminado de me vestir àquela hora do dia: ele era bom o suficiente para me dizer que eram duas horas da tarde. Disse que me daria meia hora e, enquanto falava, deu corda no meu relógio e acertou-o para mim. Depois, pediu-me que fosse à sala de jantar, onde um belo almoço estava à nossa espera.

— Fiquei com muita raiva, bati a porta na cara dele e fui para o banheiro... Quando saí de novo, sentindo-me muito revigorada, Erik disse que me amava, mas que nunca me diria isso, exceto quando eu permitisse e que o restante do tempo seria dedicado à música. 'O que você quer dizer com o restante do tempo?', perguntei. 'Cinco dias', disse, com autoridade. Perguntei-lhe se então deveria ser livre e ele disse: 'Você será livre, Christine, porque, quando esses cinco dias passarem, você terá aprendido a não me ver; e então, de vez em quando, você virá ver seu pobre Erik!'. Ele apontou para uma cadeira à sua frente, do outro lado de uma pequena mesa, e eu me sentei, me sentindo muito perturbada. No entanto, comi alguns camarões e a asa de uma galinha e bebi meio copo de vinho que, ele mesmo me contou, trouxe das adegas de Konigsberg. Erik não comia nem bebia. Perguntei-lhe qual era a sua nacionalidade e se esse nome, Erik, não apontava para sua origem escandinava. Ele disse que não tinha nome nem país e que havia tomado o nome Erik por acaso.

— Depois do almoço, ele se levantou e me deu as pontas dos dedos, dizendo que gostaria de me mostrar seu apartamento; mas retirei minha mão e dei um grito. O que eu tinha tocado era frio e, ao mesmo tempo, ósseo; e lembrei-me de que suas mãos cheiravam a morte. 'Ah, me perdoe!', ele gemeu. E abriu uma porta diante de mim. 'Este é o meu quarto, se você quiser vê-lo. É bastante curioso.' Seus modos, suas palavras, sua atitude me deram confiança e entrei sem hesitar. Senti como se estivesse entrando no quarto de uma pessoa morta. As paredes estavam todas cobertas com preto, mas, em vez das guarnições brancas que costumam realçar aquele estofado funéreo, havia uma enorme faixa de pauta musical com as notas de 'Dies Irae', muitas vezes repetidas. No meio do quarto havia um dossel, do qual pendiam cortinas de material brocado vermelho e, sob o dossel, um caixão aberto. 'É onde eu durmo', disse Erik. 'É preciso se acostumar com tudo na vida, até com a eternidade.' A visão me incomodou tanto que afastei a cabeça.

"Então vi o teclado de um órgão que preenchia um lado inteiro das paredes. Sobre a mesa havia um livro de música coberto de notas vermelhas. Pedi licença para olhar e ler: *Don Juan triunfante*. 'Sim', disse ele, 'eu componho às vezes. Comecei esse trabalho há vinte anos. Quando terminar, vou levá-lo comigo naquele caixão e nunca mais acordar.' 'Você deve trabalhar nele o mais raramente que puder', eu disse. Ele respondeu: 'Às vezes trabalho nele por quatorze dias e noites seguidos, durante os quais vivo apenas de música, e depois descanso por anos a fio'. 'Você vai me interpretar algo do seu *Don Juan triunfante*?', perguntei, pensando em agradá-lo. 'Você nunca deve me pedir isso', disse ele, com uma voz sombria. 'Vou tocar-lhe Mozart, se quiser, que só lhe fará chorar; mas meu *Don Juan*, Christine, queima; e, no entanto, ele não é tocado pelo fogo do céu.' Daí voltamos para a sala de estar. Notei que não havia espelho em todo o apartamento. Eu ia comentar isso, mas Erik já tinha se sentado ao piano. Ele disse: 'Veja, Christine, há uma música que é tão terrível a ponto de consumir todos aqueles que se aproximam dela. Felizmente, você ainda não chegou a essa música, pois perderia toda a sua coloração bonita e ninguém a reconheceria quando voltasse a Paris. Vamos cantar algo da Ópera, Christine Daaé'. Ele falou essas últimas palavras como se estivesse me insultando.

— O que você fez?

— Não tive tempo de pensar no significado que ele colocara em suas palavras. Começamos logo o dueto em *Otelo* e já a catástrofe se avizinhava. Cantei Desdêmona com um desespero, um terror que eu nunca tinha mostrado antes. Quanto a ele, sua voz fazia trovejar sua alma vingativa a cada nota. O amor, o ciúme e o ódio irromperam ao nosso redor em gritos angustiantes. A máscara negra de Erik me fez pensar na máscara natural do mouro de Veneza. Era o próprio Otelo. De repente, senti necessidade de ver por baixo da máscara. Eu queria conhecer o *rosto* da voz e, com um movimento que eu era totalmente incapaz de controlar, rapidamente meus dedos arrancaram a máscara. Oh, horror, horror, horror!

Christine parou, ao pensar na visão que a assustara, enquanto os ecos da noite, que repetiram o nome de Erik, agora gemiam três vezes o grito:

— Horror...! Horror...! Horror!

Raoul e Christine, apertando-se mais perto, ergueram os olhos para as estrelas que brilhavam em um céu iluminado e pacífico. Raoul disse:

— Estranho, Christine, que esta noite calma e suave seja tão cheia de sons chorosos. É como se ela estivesse sofrendo com a gente.

— Quando você souber o segredo, Raoul, seus ouvidos, assim como os meus, estarão cheios de lamentações.

Ela pegou as mãos protetoras de Raoul nas dela e, com um longo arrepio, continuou:

— Sim, se eu vivesse até os cem anos, sempre ouviria o grito sobre-humano de tristeza e raiva que ele proferiu quando a terrível visão apareceu diante dos meus olhos... Raoul, você viu as caras da morte, quando elas foram secas e murchadas pelos séculos, e, quem sabe, se você não foi vítima de um pesadelo, viu a cara de morte *dele* em Perros. E então viu a Morte Rubra caçando no último baile de máscaras. Mas todas as cabeças daquelas mortes estavam imóveis, e seu horror estúpido não estava vivo. Mas imagine, se puder, a máscara da Morte Rubra de repente ganhando vida para expressar, com os quatro buracos negros de seus olhos, seu nariz e sua boca, a raiva extrema, a poderosa fúria de um demônio; *e nem um raio de luz nas cavidades*, pois, como descobri mais tarde, você não pode ver seus olhos ardentes a não ser no escuro.

— Recuei contra a parede e ele veio até mim, rangendo os dentes, e, quando caí de joelhos, ele sibilou palavras loucas e incoerentes e me amaldiçoou. Debruçado sobre mim, ele gritou: 'Olhe! Você quer ver! Veja! Banqueteie seus olhos, encha sua alma na minha feiura amaldiçoada! Olhe a cara de Erik! Agora já sabe a cara da voz! Não se contentou em me ouvir, hein? Você queria saber como eu era! Ah, vocês, mulheres, são tão curiosas! Bem, está satisfeita? Sou um cara muito bonito, não sou…? Quando uma mulher me vê, como você, ela fica caída por mim. Ela me ama para sempre. Sou uma espécie de Don Juan, sabe!'. E, levantando-se por completo, com a mão no quadril, balançando a coisa horrível que era sua cabeça entre os ombros, ele rugiu: 'Olhe para mim! *Eu sou Don Juan triunfante*!'. E, quando afastei meu rosto e implorei por misericórdia, ele me puxou para ele, brutalmente, enrolando seus dedos mortos em meus cabelos.

— Basta! Basta! — gritou Raoul. — Vou matá-lo. Pelos céus, Christine, diga-me onde está a sala de jantar no lago! Preciso matá-lo!

— Ah, fique quieto, Raoul, se quiser saber!

— Sim, quero saber como e por que você voltou; preciso saber…! Mas, de qualquer forma, vou matá-lo!

— Oh, Raoul, ouça, ouça…! Ele me arrastou pelos cabelos e depois… e depois… Ah, é horrível demais!

— Bem, o quê? Fale logo! — exclamou Raoul ferozmente. — Fale logo, rápido!

— Então ele sibilou contra mim. "Ah, eu te assusto, não é…? Atrevo-me a dizer…! Talvez você pense que tenho outra máscara, hein, e que esta… esta… minha cara é uma máscara? Bem", ele rugiu, "tire-a como você fez com a outra! Vamos! Vamos logo! Insisto! Suas mãos! Suas mãos! Dê-me as suas mãos!". E ele pegou minhas mãos e as afundou em seu rosto horrível. Ele rasgou sua carne com minhas unhas, rasgou sua terrível carne morta com minhas unhas…! "Saiba", gritou ele, enquanto sua garganta latejava e ofegava como uma fornalha, "saiba que sou construído de morte da cabeça aos pés e que é um cadáver que a ama e a adora e nunca, nunca a deixará…! Olha, não estou rindo agora, estou chorando, chorando por você, Christine, que arrancou minha máscara e que, portanto, nunca mais pode me deixar…! Enquanto você me achasse bonito, você poderia ter voltado, sei que você teria voltado… mas, agora que conhece a minha aparência hedionda, fugirá para sempre… por isso, vou mantê-la aqui...! Por que você quis me ver? Ai, louca Christine, que queria me ver...! Quando meu próprio pai nunca me viu e quando minha mãe, para não me ver, me presenteou com minha primeira máscara!"

— Ele finalmente me soltou e foi se arrastando no chão, soltando soluços terríveis. E então rastejou tal como cobra, entrou em seu quarto, fechou a porta e me deixou sozinha com meus pensamentos. Ouvi o som do órgão; e então comecei a entender a frase desdenhosa de Erik quando ele falou sobre a música de ópera. O que eu ouvia agora era totalmente diferente do que eu tinha ouvido até então. Seu *Don Juan triunfante* (pois eu não tinha dúvida de que ele tinha corrido para sua obra-prima a fim de esquecer o horror do momento) me pareceu a princípio um longo, horrível, magnífico soluço. Mas, pouco a pouco, expressava todas as emoções, todos os sofrimentos de que a humanidade é capaz. Isso me inebriou; e abri a porta que nos separava. Erik levantou-se, quando entrei, *mas não ousou virar em minha direção.* 'Erik', gritei, 'mostre-me sua cara sem medo! Juro que você é o mais infeliz e sublime dos homens; e, se alguma vez mais me arrepiar quando olho para ti, será porque estou pensando no esplendor do seu gênio!'. Então Erik se virou, pois ele acreditava em mim, e eu também tinha fé em mim mesma. Ele caiu aos meus pés, com palavras de amor... com palavras de amor em sua boca morta... e a música tinha cessado... Ele beijou a bainha do meu vestido e não viu que fechei os olhos.

— O que mais posso dizer-lhe, querido? Agora você conhece a tragédia. Durou quinze dias, uma quinzena durante a qual menti para ele. Minhas mentiras eram tão hediondas quanto o monstro que as inspirou; mas eram o preço da minha liberdade. Queimei sua máscara; e lidei tão bem que, mesmo quando ele não estava cantando, tentava chamar minha atenção, como um cachorro sentado ao lado de seu dono. Era meu escravo fiel e me prestava infinitos pequenos favores. Aos poucos, dei-lhe tanta confiança que ele se aventurou a me levar andando nas margens do lago e a remar para mim no barco em suas águas de chumbo; no final do meu cativeiro, deixou-me sair pelos portões que fechavam as passagens subterrâneas na Rue Scribe. Aqui uma carruagem nos aguardava e nos levava aos Bois. A noite em que encontramos você foi quase fatal para mim, pois ele tem muito ciúme de você e tive que dizer a ele que você logo iria embora... Então, finalmente, depois de uma quinzena daquele cativeiro horrível, durante o qual eu estava alternando entre estar cheia de pena, entusiasmo, desespero e horror, ele acreditou em mim quando eu disse: '*Eu vou voltar!*'.

— E você voltou, Christine — gemeu Raoul.

— Sim, querido, e devo dizer-lhe que não foram suas ameaças terríveis ao me libertar que me ajudaram a cumprir minha palavra, mas o soluço angustiante que ele deu no limiar do sepulcro... Isso me prendeu ao infeliz mais do que eu mesma suspeitava ao me despedir dele. Pobre Erik! Pobre Erik!

— Christine — disse Raoul, levantando-se. — Você diz que me ama; mas você havia recuperado sua liberdade poucas horas antes de voltar para Erik! Lembre-se do baile de máscaras!

— Sim; e você se lembra daquelas horas que passei com você, Raoul... do grande perigo para nós dois?

— Duvidei de seu amor por mim naquelas horas.

— Você duvida ainda, Raoul...? Então saiba que cada uma das minhas visitas a Erik aumentou meu horror por ele; pois cada uma dessas visitas, em vez de acalmá-lo, como eu esperava, o deixava louco de amor! E eu estou tão assustada, tão assustada!...

— Você está com medo... mas você me ama? Se Erik fosse bonito, você me amaria, Christine?

Ela se levantou, colocou os braços trêmulos em volta do pescoço do rapaz e disse:

— Oh, meu noivo de um dia, se eu não o amasse, eu não lhe daria meus lábios! Tome-os, pela primeira e última vez.

Ele beijou seus lábios; mas a noite que os rodeava foi arruinada, eles fugiram como se da aproximação de uma tempestade, e os seus olhos, cheios de medo de Erik, mostraram-lhes, antes de desaparecer, bem acima deles, um imenso pássaro noturno que os encarava com os olhos chamejantes e parecia segurar-se à corda da lira de Apolo.

XIII

Um golpe de mestre do amante no alçapão

Raoul e Christine correram, desesperados para escapar do telhado e dos olhos ardentes que só se mostravam no escuro; e não pararam antes de chegar ao oitavo andar na descida.

Não havia apresentação na Ópera naquela noite e os corredores estavam vazios. De repente, uma forma de aparência estranha surgiu diante deles e bloqueou a passagem:

— Não, não por aí!

E a forma apontava para outro corredor pelo qual eles deveriam alcançar as alas. Raoul queria parar e pedir explicação. Mas a forma, que usava uma espécie de casaco longo e um chapéu pontiagudo, dizia:

— Rápido, vão embora rápido!

Christine já estava puxando Raoul, forçando-o a recomeçar a corrida.

— Mas quem é ele? Quem é esse homem? — ele perguntou.

Christine respondeu:

— É o Persa!

— O que ele está fazendo aqui?

— Ninguém sabe. Ele está sempre na Ópera.

— Você está me fazendo fugir, pela primeira vez na vida. Se de fato vimos Erik, o que eu deveria ter feito era pregá-lo à lira de Apolo, assim como pregamos as corujas nas paredes de nossas fazendas bretãs; e não haveria mais problemas com ele.

— Meu querido Raoul, primeiro você teria de escalar até a lira de Apolo: não seria tarefa fácil de fazer.

— Os olhos chamejantes estavam lá!

— Oh, você está ficando como eu agora, vendo-o em todos os lugares! O que confundi com os olhos chamejantes foi provavelmente um par de estrelas brilhando através das cordas da lira.

E Christine desceu mais um andar, com Raoul em seu encalço.

— Como já decidiu ir, Christine, garanto que seria melhor ir de uma vez. Por que esperar até amanhã? Ele pode ter nos ouvido esta noite.

— Não, não, estou falando: ele está ocupado com seu *Don Juan triunfante* e não está pensando em nós.

— Tem tanta certeza disso que fica olhando para trás!

— Venha a meu camarim.

— Não seria melhor que nos encontrássemos fora da Ópera?

— Nunca, até que nos afastemos de vez! Isso nos traria azar, se eu não cumprisse minha palavra. Prometi a ele que só veria você aqui.

— Ainda bem que ele lhe permitiu até isso. Você sabe — disse Raoul amargamente — que foi muito azar você nos deixar brincar de noivado?

— Ora, meu caro, ele sabe tudo sobre isso! Ele disse: "Confio em você, Christine. *Monsieur* de Chagny está apaixonado por você e está indo em viagem. Antes que ele vá, quero que ele seja tão feliz quanto eu". As pessoas são tão infelizes quando amam?

— Sim, Christine, quando amam e não têm certeza se são amadas.

Eles chegaram ao camarim de Christine.

— Por que acha que está mais segura nesta sala do que no palco? — perguntou Raoul. — Você o ouviu através das paredes aqui, portanto, ele sem dúvida pode nos ouvir.

— Não. Ele me deu a palavra de que não ficaria atrás das paredes do meu camarim de novo e acredito na palavra de Erik. Este cômodo e o meu quarto no lago são para mim, exclusivamente, e ele não deve aproximar-se deles.

— Como pode ter ido deste cômodo para aquele corredor escuro, Christine? Vamos supor que tentemos repetir seus movimentos; vamos tentar?

— É perigoso, querido, pois o vidro pode me levar de novo; e, em vez de fugir, eu seria obrigada a ir até o fim do corredor secreto para o lago e lá chamar Erik.

— Ele a ouviria?

— Erik vai me ouvir onde quer que eu o chame. Ele me disse isso. É um gênio muito curioso. Você não deve pensar, Raoul, que ele é simplesmente um homem que se diverte vivendo no subterrâneo. Ele faz coisas que nenhum outro homem poderia fazer; sabe coisas que ninguém no mundo sabe.

— Cuidado, Christine, para não o pintar como fantasma novamente!

— Não, ele não é um fantasma; é um homem do Céu e da Terra, e só.

— Um homem do Céu e da Terra... e só...! Um modo bastante agradável de descrevê-lo...! E você ainda está decidida a fugir dele?

— Sim, amanhã!

— Amanhã já não terá mais certeza!

— Então, Raoul, você deve fugir e levar-me contra minha vontade; entendeu bem?

— Estarei aqui à meia-noite de amanhã; cumprirei a minha promessa, aconteça o que acontecer. Você diz que, depois de ouvir a performance, ele deve esperá-la na sala de jantar no lago?

— Sim.

— E como você vai chegar até ele, se não sabe como sair pelo vidro?

— Ora, indo direto para a margem do lago.

Christine abriu uma caixa, pegou uma chave enorme e a mostrou a Raoul.

— O que é isso? — ele perguntou.

— A chave do portão para o corredor subterrâneo na Rue Scribe.

— Entendi, Christine. Ele conduz diretamente ao lago. Dê-a para mim, Christine, por favor?

— Nunca! — ela disse. — Isso seria traição!

De repente, Christine mudou de cor. Uma palidez mortal se espalhou por suas feições.

— Oh, céus! — ela gritou. — Erik! Erik! Tenha piedade de mim!

— Morda a língua! — disse Raoul. — Você me disse que ele conseguiria ouvir você!

Mas a atitude da cantora ficou cada vez mais inexplicável. Ela apertava os dedos, repetindo, com ar perturbado:

— Oh, céus! Oh, céus!

— Mas o que aconteceu? O que aconteceu? — Raoul implorava.

— O anel... o anel dourado que ele me deu.

— Ah, então foi o Erik que lhe deu aquele anel!

— Você sabe que foi ele, Raoul! Mas o que você não sabe é que, quando ele me deu, ele disse: "Eu lhe devolvo a liberdade, Christine, com a condição de que este anel esteja sempre em seu dedo. Enquanto você o mantiver, estará protegida contra todos os perigos e Erik continuará sendo seu amigo. Mas ai de você se um dia se separar dele, pois Erik terá sua vingança!"... Meu querido, meu querido, o anel sumiu...! Ai de nós dois!

Ambos procuraram o anel, mas não o encontraram. Christine não se deixava tranquilizar.

— Foi quando eu lhe dei aquele beijo, lá em cima, embaixo da lira do Apolo — disse ela. — O anel deve ter escorregado do meu dedo e caído na rua! Nunca poderemos encontrá-lo. E que infortúnios nos reservam agora! Ah, fugir!

— Vamos fugir de uma vez — Raoul insistiu de novo.

Christine hesitou. Ele achou que ela ia dizer que sim... Mas então suas pupilas brilhantes ficaram esmaecidas e ela disse:

— Não! Amanhã!

E o deixou às pressas, ainda apertando e esfregando os dedos, como se esperasse trazer o anel de volta daquele jeito.

Raoul voltou para casa, profundamente perturbado por tudo que ouvira.

— Se eu não a salvar das mãos desse verme — disse ele, em voz alta, enquanto ia para a cama —, ela estará perdida. Mas eu a salvarei.

Então apagou sua lâmpada e sentiu a necessidade de insultar Erik na escuridão. Três vezes, gritou:

— Verme...! Verme...! Verme!

Mas, subitamente, ele ergueu-se nos cotovelos. Um suor frio escorreu de suas têmporas. Dois olhos, como carvões incandescentes, apareceram aos pés de sua cama. Eles o encaravam fixamente, de modo horrendo, na escuridão da noite.

Raoul não era covarde; e, no entanto, tremia. Estendeu uma mão hesitante, tateando em direção à mesa ao lado de sua cama. Encontrou os fósforos e acendeu a vela. Os olhos desapareceram.

Ainda com a mente inquieta, pensou consigo mesmo: *Ela me disse que seus olhos só se mostravam no escuro. Seus olhos desapareceram na luz, mas ele pode estar lá ainda.*

E levantou-se, procurou, deu a volta pela sala. Olhou embaixo da cama, como uma criança. Então achou seu comportamento absurdo, deitou-se novamente e apagou a vela. Os olhos reapareceram.

Sentou-se e fitou-os com toda a coragem que possuía. Em seguida, exclamou:

— É você, Erik? O homem, o gênio ou o fantasma, é você?

Ele refletiu: *Se for ele, está na sacada!*

Em seguida, correu para a cômoda e apalpou até achar seu revólver. Abriu a janela da varanda, espiou do lado de fora, não enxergou nada e fechou-a outra vez. Voltou para a cama, tremendo, pois a noite estava fria, e colocou o revólver sobre a mesa, ao seu alcance.

Os olhos ainda estavam lá, ao pé da cama. Estavam entre a cama e a vidraça ou atrás da vidraça, ou seja, na sacada? Era isso que Raoul queria saber. Também queria saber se aqueles olhos pertenciam a um ser humano... Queria saber tudo. Depois, paciente e com calma, pegou o revólver e mirou. Mirou um pouco acima dos dois olhos. Certamente, se fossem olhos e se acima desses dois olhos houvesse uma testa e se Raoul não fosse muito desajeitado...

O tiro fez um barulho terrível em meio ao silêncio da casa adormecida. E, enquanto os passos vinham apressados ao longo dos corredores, Raoul sentou-se com o braço estendido, pronto para disparar novamente, se necessário.

Desta vez, os dois olhos desapareceram.

Empregados apareceram, carregando luzes; o Conde Philippe, terrivelmente perturbado.

— O que aconteceu?

— Acho que estava sonhando — respondeu o jovem. — Disparei contra duas estrelas que me impediam de dormir.

— Você está delirando! Está doente? Pelo amor de Deus, me diga, Raoul: o que aconteceu?

E o conde lhe tomou o revólver.

— Não, não, não estou delirando... Além disso, logo veremos...

Levantou-se da cama, vestiu roupão e chinelos, tirou uma luz das mãos de um criado e, abrindo a janela, saiu pela sacada.

O conde viu que a janela havia sido perfurada por uma bala na altura de um homem. Raoul estava debruçado sobre a varanda com sua vela:

— Ahá! — disse ele. — Sangue...! Sangue...! Aqui, ali, mais sangue...! Isso é uma coisa boa! Um fantasma que sangra é menos perigoso! — Sorriu.

— Raoul! Raoul! Raoul!

O conde o sacudia como se tentasse acordar um sonâmbulo.

— Mas, meu querido irmão, não estou dormindo! — Raoul protestou, sem paciência. — Pode ver o sangue por si mesmo. Pensei que estava sonhando e disparando contra duas estrelas. Foram os olhos de Erik... e aqui está o seu sangue...! Afinal, talvez eu estivesse errado ao atirar; e Christine é bem capaz de nunca me perdoar... Tudo isso não teria acontecido se eu tivesse fechado as cortinas antes de ir para a cama.

— Raoul, você enlouqueceu do nada? Acorde!

— O quê, ainda nisso? Seria melhor que você me ajudasse a encontrar Erik... pois, afinal, sempre dá para encontrar um fantasma que sangra.

O assistente do conde disse:

— Senhor, é verdade; há sangue na sacada.

O outro criado trouxe uma lamparina, à luz da qual examinaram cuidadosamente a sacada. As marcas de sangue seguiram o trilho até chegarem a uma calha; depois subiam a calha.

— Meu querido amigo — disse o Conde Philippe. — Você atirou contra um gato.

— O infortúnio é que — disse Raoul, com um sorriso — é bem possível. Com Erik, nunca se sabe. É o Erik? É o gato? É o fantasma? Não, com Erik, não dá para saber!

Raoul continuou fazendo esse estranho tipo de observações que correspondiam tão íntima e logicamente com a preocupação de seu cérebro e que, ao mesmo tempo, tendia a persuadir muitas pessoas de que sua mente estava desequilibrada. O próprio conde foi tomado por essa ideia; e, mais tarde, o juiz de instrução, ao receber o relatório do delegado de polícia, chegou à mesma conclusão.

— Quem é Erik? — perguntou o conde, apertando a mão do irmão.

— É meu rival. E, se não morreu, é uma pena.

Ele dispensou os criados com um aceno de mão e os dois Chagny ficaram sozinhos. Mas os homens ainda não estavam longe o bastante até que o assistente do conde ouvisse Raoul dizer, distinta e enfaticamente:

— Fugirei com Christine Daaé amanhã à noite.

Essa frase foi depois repetida a *monsieur* Faure, o juiz de instrução. Mas ninguém nunca soube com exatidão o que aconteceu entre os dois irmãos naquela conversa. Os criados declararam que não fora a primeira briga deles. Suas vozes penetraram na parede; e o assunto da discussão era sempre uma atriz chamada Christine Daaé.

No café da manhã — o café da manhã mais cedo, que o conde tomava em seu estúdio —, Philippe mandou buscar o irmão. Raoul chegou calado e sombrio. A cena foi muito curta. Philippe entregou ao irmão um exemplar do *Époque* e disse:

— Leia isso!

O visconde leu.

— A última notícia no Faubourg é que há uma promessa de casamento entre *mademoiselle* Christine Daaé, a cantora de ópera, e *monsieur* Visconde Raoul de Chagny. Se as fofocas forem verdade, o Conde Philippe jurou que, pela primeira vez registrada, os Chagny não cumprirão sua promessa. Mas, como o amor é todo-poderoso, na Ópera como — e ainda mais do que nela — em outros lugares, nos perguntamos como o Conde Philippe pretende impedir que o visconde, seu irmão, conduza a nova Margarida ao altar. Diz-se que os dois irmãos se adoram; mas o conde está curiosamente enganado se imagina que o amor fraterno triunfará sobre o amor puro e simples.

— Veja, Raoul — disse o conde — , você está nos tornando ridículos! Aquela menina virou a sua cabeça com as histórias de fantasmas dela.

O visconde evidentemente repetira a narrativa de Christine para seu irmão, durante a noite. Tudo o que ele disse agora foi:

— Adeus, Philippe.

— Ainda não recobrou o bom senso? Você vai hoje à noite? Com ela?

Não houve resposta.

— Certamente você não cometerá nenhuma tolice? Eu *vou* impedi-lo!

— Adeus, Philippe — disse o visconde novamente e saiu do ambiente.

Esta cena foi descrita ao juiz de instrução pelo próprio conde, que não viu Raoul novamente até aquela noite, na Ópera, poucos minutos antes do desaparecimento de Christine.

Raoul, de fato, dedicou o dia inteiro aos preparativos para a fuga. Os cavalos, a carruagem, o cocheiro, as provisões, as bagagens, o dinheiro necessário para a viagem, o caminho a ser percorrido (ele resolvera não ir de trem, para despistar o fantasma): tudo isso tinha de ser resolvido e providenciado; e ocupou-o até às nove horas da noite.

Às nove horas, uma espécie de carruagem de viagem, com as cortinas das janelas fechadas, tomou o seu lugar nas filas do lado da Rotunda. Era puxada por dois cavalos poderosos, conduzidos por um cocheiro cujo rosto estava quase escondido nas longas dobras de um cachecol. À frente desta carruagem de viagem estavam três outras, pertencentes respectivamente a Carlotta, que de repente regressara a Paris; a Sorelli e, à frente da hierarquia, ao Conde Philippe de Chagny. Ninguém saiu da carruagem que chegara. O cocheiro permaneceu em seu assento, e os outros três cocheiros permaneceram nos seus.

Uma sombra com um longo manto preto e um chapéu de feltro macio e preto passou pelo pavimento entre a Rotunda e as carruagens, examinou cuidadosamente a carruagem, foi até os cavalos e ao cocheiro e depois afastou-se sem dizer palavra. O magistrado depois acreditou que essa sombra era a do Visconde Raoul de Chagny; mas não concordo, visto que, naquela noite, como em todas as outras, o

Visconde de Chagny usava um chapéu alto, chapéu que, além disso, foi posteriormente encontrado. Estou mais inclinado a pensar que a sombra era a do fantasma, que sabia tudo sobre todo o caso, como o leitor logo perceberá.

Estavam apresentando *Fausto*, como aconteceu, diante de uma plateia esplêndida. O Faubourg estava magnificamente representado; e o parágrafo do *Époque* daquela manhã já tinha produzido o seu efeito, pois todos os olhos estavam voltados para o camarote em que o Conde Philippe se sentava sozinho, aparentemente num estado de espírito muito indiferente e descuidado. O elemento feminino na brilhante plateia parecia curiosamente perplexo; e a ausência do visconde deu origem a sussurros atrás dos leques. Christine Daaé teve uma recepção bastante fria. Aquele público especial não poderia perdoá-la por mirar tão alto.

A cantora percebeu essa atitude desfavorável de parte da plateia e ficou confusa.

Os frequentadores assíduos da Ópera, que fingiam saber a verdade sobre a história de amor do visconde, trocavam sorrisos significativos em determinados trechos do papel de Margarida; e fizeram um espetáculo de virar e olhar para o camarote de Philippe de Chagny quando Christine cantou:

"Quem me dera, eu soubesse quem é
Aquele que a mim se dirigiu,
Se nobre era, ou, ao menos, qual seu nome..."

O conde sentou-se com o queixo na mão e parecia não prestar atenção a essas manifestações. Mantinha os olhos fixos no palco; mas seus pensamentos pareciam estar longe.

Christine perdia cada vez mais autoconfiança. Tremia. Sentia-se à beira de um colapso... Carolus Fonta se perguntou se ela estava doente, se poderia manter-se no palco até o fim do Ato no Jardim. Na frente da plateia, as pessoas se lembravam da catástrofe que se abateu sobre Carlotta no fim daquele ato e o histórico *créc* que interrompeu por um momento sua carreira em Paris.

Nesse instante, Carlotta fez sua entrada em um camarote de frente para o palco, uma entrada sensacional. A pobre Christine ergueu os olhos para essa nova causa de animação. Reconheceu a rival. Pensou ter visto um sorriso de escárnio em seus lábios. Isso a salvou. Esqueceu-se de tudo para triunfar mais uma vez.

A partir desse momento, a prima-dona cantou com todo o coração e a alma. Tentou superar tudo o que havia feito até então; e conseguiu. No último ato, quando começou a invocação aos anjos, fez com que todos os membros da plateia se sentissem como se também tivessem asas.

No centro do anfiteatro, um homem se levantou e permaneceu de pé, de frente para a cantora. Era Raoul.

"Anjo sagrado, no Céu abençoado…"

E Christine, com os braços estendidos, a garganta cheia de música, a glória dos cabelos caindo sobre os ombros nus, soltou o grito divino:

"Meu espírito anseia por descansar contigo!"

Foi nesse momento que o palco foi de súbito mergulhado na escuridão. Aconteceu com tamanha rapidez que os espectadores mal tiveram tempo de proferir um som de estupefação, pois o gás logo iluminou o palco de novo. Mas Christine Daaé não estava mais lá!

O que aconteceu com ela? Que milagre foi esse? Todos trocaram olhares sem entender, e a emoção logo atingiu seu ápice. Nem a tensão foi menor no próprio palco. Os homens correram das alas para o local onde Christine cantava naquele mesmo instante. A apresentação foi interrompida em meio à maior desordem.

Para onde tinha ido Christine? Que feitiçaria a arrebatara, diante dos olhos de milhares de espectadores entusiasmados e dos braços do próprio Carolus Fonta? Era como se os anjos a tivessem realmente carregado "para descansar".

Raoul, ainda de pé no anfiteatro, proferiu um grito. O Conde Philippe pôs-se de pé num salto em seu camarote. As pessoas encaravam o palco, o conde, Raoul, e se perguntavam se aquele curioso acontecimento estava ligado de alguma forma ao parágrafo do jornal daquela manhã. Mas Raoul saiu apressadamente de seu assento, o conde desapareceu de seu camarote e, enquanto a cortina era baixada, os assinantes correram para a porta que levava aos bastidores. O restante da plateia esperou em meio a um burburinho indescritível. Cada um falava ao mesmo tempo. Todos tentaram sugerir uma explicação para o incidente extraordinário.

Por fim, a cortina se levantou com vagarosidade e Carolus Fonta se aproximou da mesa do maestro e, com voz triste e séria, disse:

— Senhoras e senhores, um evento sem precedentes ocorreu e nos lançou em um estado de grande alarme. Nossa irmã-artista, Christine Daaé, desapareceu diante de nossos olhos e ninguém pode nos explicar como!

XIV

A atitude singular de um alfinete

Por trás da cortina, havia uma multidão indescritível. Artistas, cenógrafos, dançarinos, figurantes, coristas e assinantes faziam perguntas, gritavam e se agitavam.

— O que aconteceu com ela?
— Ela fugiu.
— Com o Visconde de Chagny, é claro!
— Não, com o conde!
— Ah, eis a Carlotta! Carlotta fez o truque!
— Não, era o fantasma! — E alguns riram, especialmente porque um exame cuidadoso dos alçapões e placas havia excluído a ideia de um acidente.

Em meio a essa multidão barulhenta, três homens ficaram falando em voz baixa e com gestos desesperados. Eram Gabriel, o mestre do coro; Mercier, o diretor-assistente; e Remy, o secretário. Recolheram-se a um canto do saguão, pelo qual o palco se comunica com a ampla passagem que leva ao *foyer* do balé. Aqui eles ficaram e discutiam atrás de enormes "propriedades".

— Bati à porta — contou Remy. — Não responderam. Talvez não estejam no escritório. De qualquer forma, é impossível descobrir, pois eles levaram as chaves consigo.

"Eles" eram, obviamente, os diretores, que tinham dado ordens, durante o último entreato, para que não fossem perturbados sob pretexto algum. Não queriam saber de ninguém.

— Mesmo assim — exclamou Gabriel. — Não se foge com uma cantora do meio do palco todos os dias!

— Você gritou isso para eles? — perguntou Mercier, impaciente.

— Voltarei lá de novo — disse Remy, e desapareceu correndo.

Nisso, o diretor de cena chegou.

— Bem, *monsieur* Mercier, você não vem? O que vocês dois estão fazendo aqui? Você está sendo requisitado, senhor diretor-assistente.

— Eu me recuso a saber ou fazer qualquer coisa antes que o delegado chegue — declarou Mercier. — Mandei buscar o Mifroid. Veremos quando ele vier!

— E estou falando que você deve descer ao órgão imediatamente.

— Não antes que o delegado chegue.

— Eu mesmo já fui até o órgão.

— Ah! E o que viu?

— Bem, não vi ninguém! Não se ouve... ninguém.

— O que você quer que eu faça lá, então?

— Você tem razão! — disse o diretor de cena, freneticamente passando as mãos pelos cabelos rebeldes. — Você tem razão! Mas poderia haver alguém no órgão que pudesse nos dizer como o palco veio a ser repentinamente escurecido. Agora, Mauclair não está em lugar algum. Entende isso?

Mauclair era o gaseiro, que o fornecia dia e noite à vontade no palco da Ópera.

— Mauclair não está em lugar nenhum! — repetiu Mercier, surpreso. — Bem, e seus assistentes?

— Nada de Mauclair nem de assistentes! Ninguém nas luzes, eu lhe digo! Você pode imaginar — esbravejou o encenador — que aquela menina deve ter sido levada por outra pessoa: ela não fugiu sozinha! Foi um golpe calculado e temos de descobrir sobre isso… E o que os diretores estão fazendo todo esse tempo…? Dei ordens para que ninguém descesse às luzes e coloquei um bombeiro em frente à mesa do gaseiro, ao lado do órgão. Não fiz bem?

— Sim, sim, fez bem, fez bem. E agora vamos esperar pelo delegado.

O encenador afastou-se, dando de ombros, fumegando, murmurando insultos para aqueles cafés com leite que permaneciam inertes, de cócoras num canto, enquanto todo o teatro estava de ponta-cabeça.

Gabriel e Mercier não estavam tão inertes assim. Só que tinham recebido uma ordem que os paralisava. Os diretores não deveriam ser incomodados em hipótese alguma. Remy violara a ordem e não obteve sucesso.

Nesse momento, ele retornou de sua nova expedição, com um ar curiosamente assustado.

— Bem, você os viu? — perguntou Mercier.

— Moncharmin enfim abriu a porta. Seus olhos estavam esbugalhados. Pensei que queria me bater. Não consegui dizer uma palavra; e o que acha que ele gritou comigo? "Você tem um alfinete?" "Não!" "Bem, então, suma daqui!" Tentei dizer-lhe que tinha acontecido uma situação inédita no palco, mas ele gritou: "Um alfinete! Dê-me um alfinete agora mesmo!". Um menino ouviu-o (ele estava berrando como um touro), correu com um alfinete e deu-lhe; nisso, Moncharmin bateu a porta na minha cara, e eis tudo!

— E você não poderia ter dito: "Christine Daaé"?

— Eu gostaria de ter visto você no meu lugar. Ele estava espumando pela boca. Não pensou em nada além de seu alfinete. Acredito que, se não tivessem trazido um na hora, ele teria caído em um ataque…! Ah, tudo isso não é natural; e nossos diretores estão enlouquecendo…! Além disso, não pode continuar assim! Não estou acostumado a ser tratado dessa forma!

De súbito, Gabriel murmurou:

— É mais um dos truques do F. da Ó.

Remy abriu um sorriso irônico, Mercier soltou um suspiro e parecia prestes a falar... mas, cruzando o olhar com Gabriel, não se pronunciou.

No entanto, Mercier sentia que sua responsabilidade aumentava à medida que os minutos passavam sem que os diretores aparecessem; e, finalmente, não aguentou mais.

— Olha aqui, eu mesmo vou atrás deles!

Gabriel, pondo-se muito sombrio e sério, o impediu.

— Cuidado com o que está fazendo, Mercier! Se estão ficando em seu escritório, é provavelmente porque precisam! F. da Ó. tem mais de uma carta na manga!

Mas Mercier balançou sua cabeça.

— Isso é responsabilidade deles! Eu vou! Se as pessoas tivessem me ouvido, a polícia saberia de tudo há muito tempo!

E foi.

— O que é "tudo"? — perguntou Remy. — O que havia para contar à polícia? Por que não responde, Gabriel...? Ah, então sabe de alguma coisa! Bem, seria melhor que me dissesse, também, se não quer que eu grite que você está ficando louco...! Sim, é isso que você é: louco!

Gabriel afetou um olhar estúpido e fingiu não entender a explosão indecorosa do secretário.

— Que "alguma coisa" eu deveria saber? — ele disse. — Não sei do que está falando.

Remy começou a perder as estribeiras.

— Hoje à noite, Richard e Moncharmin estavam se comportando como lunáticos, aqui, entre os atos.

— Não percebi nada — rosnou Gabriel, bastante contrafeito.

— Então você é o único...! Acha que não os vi...? E que *monsieur* Parabise, gerente da Central de Crédito, não percebeu nada...? E que *monsieur* de La Borderie, o embaixador, não tem olhos para ver...? Ora, todos os assinantes estavam apontando para nossos diretores!

— Mas o que nossos diretores estavam fazendo? — perguntou Gabriel, com seu ar mais inocente.

— O que estavam fazendo? Você sabe melhor do que ninguém o que eles estavam fazendo...! Você estava lá...! E você estava observando-os, você e Mercier...! E vocês foram os dois únicos que não riram.

— Não estou entendendo!

Gabriel levantou os braços e os deixou cair para os lados de novo, gesto que pretendia comunicar que a questão não lhe interessava nem no menor grau. Remy continuou:

— Qual é o sentido dessa nova mania deles? *Por que não aceitam ninguém perto deles agora?*

— O quê? *Não aceitam ninguém perto deles?*

— *E não deixam ninguém tocá-los!*

— Sério? Você percebeu *que eles não deixam ninguém tocá-los?* Isso é certamente estranho!

— Ah, então você admite! Já não era sem tempo! *E então, eles andam para trás!*

— *Para trás!* Você já viu nossos diretores *andarem para trás?* Ora, eu achava que só caranguejos andavam para trás!

— Não ria, Gabriel; não ria!

— Não estou rindo — protestou Gabriel, parecendo mais solene que um juiz.

— Talvez possa me explicar o seguinte, Gabriel, como você é amigo íntimo da direção: quando me dirigi a *monsieur* Richard, do lado de fora do *foyer*, durante o intervalo do Jardim, com minha mão estendida, por que *monsieur* Moncharmin sussurrou apressadamente para mim: "Vá embora! Vá-se embora! O que quer que faça, não toque no Senhor Diretor!". Por acaso tenho uma doença infecciosa?

— É inacreditável!

— E, um pouco depois, quando *monsieur* de La Borderie foi até *monsieur* Richard, você não viu *monsieur* Moncharmin se jogando entre eles e não o ouviu exclamar: "*Monsieur* Embaixador, peço-lhe para não tocar no Senhor Diretor"?

— Que horror...! E o que Richard estava fazendo enquanto isso?

— O que ele estava fazendo? Ora, você o viu! Virou-se, *inclinou-se à sua frente, embora não houvesse ninguém à sua frente, e retirou-se andando para trás.*

— *Para trás?*

— E Moncharmin, atrás de Richard, também se virou; ou seja, ele fez um semicírculo atrás de Richard e também *andou para trás*...! E foram *assim* até a escada que leva ao escritório dos diretores: *para trás, para trás, para trás*...! Bem, se eles não são loucos, você vai explicar o que isso significa?

— Talvez estivessem praticando algum passo do balé — sugeriu Gabriel, sem muita convicção na voz.

O secretário ficou furioso com essa piada infeliz, feita em um momento tão dramático. Franzia as sobrancelhas e contraía os lábios. Em seguida, colocou a boca no ouvido de Gabriel:

— Não banque o espertalhão, Gabriel. Há coisas acontecendo pelas quais você e Mercier são parcialmente responsáveis.

— Do que está falando?

— Christine Daaé não foi a única a sumir de repente esta noite.

— Oh, que bobagem!

— Não há bobagem alguma nisso. Talvez você possa me dizer por que, quando Mamãe Giry desceu para o *foyer*, agora mesmo, Mercier tomou-a pela mão e saiu correndo com ela?

— É mesmo? — disse Gabriel. — Não vi nada.

— Você viu, sim, Gabriel, pois você foi com Mercier e Mamãe Giry ao escritório de Mercier. Desde então, você e Mercier foram vistos, mas ninguém viu Mamãe Giry.

— Acha que nós a jantamos?

— Não, mas vocês a trancaram no escritório; e qualquer um que passe pelo escritório pode ouvi-la gritar: "Oh, os patifes! Ah, os patifes!".

Nesse ponto de tal conversa singular, Mercier chegou, totalmente sem fôlego.

— Lá! — disse ele, com uma voz sombria. — Está pior do que nunca...! Gritei: "É um assunto sério! Abram a porta! Sou eu, Mercier". Ouvi passos. A porta se abriu e Moncharmin apareceu. Estava muito pálido. Disse: "O que você quer?". Respondi: "Alguém fugiu com Christine Daaé". O que acha que ele disse? "E um bom trabalho também!". E fechou a porta, depois de colocar isso na minha mão.

Mercier abriu sua mão; Remy e Gabriel olharam.

— O alfinete! — exclamou Remy.

— Estranho! Estranho! — murmurou Gabriel, que não conseguiu evitar um calafrio.

De repente, uma voz fez os três se voltarem para trás.

— Com licença, cavalheiros. Algum dos senhores saberia me dizer onde está Christine Daaé?

Apesar da gravidade das circunstâncias, o absurdo da pergunta os teria feito explodir em riso, se não tivessem avistado um rosto tão triste que foram imediatamente tomados de pena. Era o Visconde Raoul de Chagny.

XV

Christine! Christine!

O primeiro pensamento de Raoul, após o fantástico desaparecimento de Christine Daaé, foi acusar Erik. Ele já não duvidava dos poderes quase sobrenaturais do Anjo da Música, neste domínio da Ópera em que ele havia montado seu império. E Raoul correu para o palco, num ataque louco de amor e desespero.

— Christine! Christine! — ele gemia, chamando-a ao sentir que ela deveria chamá-lo das profundezas daquele poço escuro para onde o monstro a levara. — Christine! Christine!

E ele parecia ouvir os gritos da menina através das frágeis tábuas que o separavam dela. Inclinou-se para a frente, ouviu com atenção... vagou pelo palco como louco. Ah, descer, descer àquele poço de trevas, cujas entradas todas lhe estavam fechadas... pois as escadas que levavam abaixo do palco estavam proibidas a um e a todos naquela noite!

— Christine! Christine!...

As pessoas o empurravam para o lado, rindo. Tiravam sarro dele. Achavam que o cérebro do pobre amante tinha ido embora!

Por qual estrada insana, por quais passagens de mistério e escuridão conhecidas só por ele, Erik arrastara aquela menina de alma pura rumo àquele terrível lugar assombrado, com o quarto Louis-Philippe voltado para o lago?

— Christine! Christine...! Por que não responde...? Você está viva...?

Pensamentos horríveis passavam rapidamente através do cérebro congestionado de Raoul. Claro, Erik deve ter descoberto seu segredo, deve ter sabido que Christine o ludibriava. Que vingança seria a dele!

E Raoul pensou novamente nas estrelas amarelas que haviam chegado, na noite anterior, e vagado por sua varanda. Por que ele não as havia abatido de vez? Havia olhos de homens que se dilatavam na escuridão e brilhavam como estrelas ou como olhos de gatos. Certamente albinos, que pareciam ter olhos de coelho de dia, tinham olhos de gato à noite: todo mundo sabia disso...! Sim, sim, ele sem dúvida disparara contra Erik. Por que não o matou? O monstro havia fugido pela calha como um gato ou um condenado que — todos sabiam disso também — podia escalar até mesmo os céus, com a ajuda de uma calha... Sem dúvida, Erik estava naquele momento contemplando algum passo decisivo contra Raoul, mas ele havia sido ferido e tinha escapado para se voltar contra a pobre Christine.

Tais foram os pensamentos cruéis que assombraram Raoul enquanto ele corria para o camarim da cantora.

— Christine! Christine!

Lágrimas amargas queimavam as pálpebras do menino ao ver espalhadas sobre os móveis as roupas que sua bela noiva deveria ter usado na hora da fuga. Ah, por que ela se recusara a sair antes?

Por que ela havia brincado com a catástrofe ameaçadora? Por que brincar com o coração do monstro? Por que, num acesso final de piedade, ela insistira em lançar, como prêmio de consolação à alma daquele demônio, seu canto divino:

"Anjo sagrado, no Céu abençoado
Meu espírito anseia por descansar contigo!"

Raoul, com a garganta cheia de soluços, juramentos e insultos, tateava desajeitadamente o grande espelho que se abrira determinada noite, diante de seus olhos, para deixar Christine passar para a morada obscura abaixo. Ele empurrou, pressionou, tateou, mas o vidro aparentemente não obedecia a ninguém além de Erik... Talvez as ações não fossem suficientes com um vidro desse tipo? Talvez se esperasse que ele pronunciasse certas palavras? Quando era pequeno, ouvira dizer que havia coisas que obedeciam à palavra falada!

De repente, Raoul lembrou-se de algo sobre um portão que se abria para a Rue Scribe, uma passagem subterrânea que corria direto para a Rue Scribe a partir do lago... Sim, Christine tinha lhe contado sobre isso... E, quando descobriu que a chave não estava mais na caixa, correu para a Rue Scribe. Lá fora, na rua, passava as mãos trêmulas sobre as pedras enormes, apalpava buscando saídas... encontrou barras de ferro... eram essas...? Ou essas...? Ou poderia ser aquele buraco de ar...? Mergulhou os olhos inúteis pelas grades... Como estava escuro lá dentro...! Ele ouviu... Tudo era silêncio...! Deu a volta no prédio... e viraram barras maiores, portões imensos...! Era a entrada para a *Cour de l'Administration*.

Raoul correu para a casa da porteira.

— Perdão, *madame*, poderia me dizer onde encontrar um portão ou porta, feita de barras, barras de ferro, abrindo para a Rue Scribe... e levando ao lago...? Sabe o lago, quer dizer...? Sim, o lago subterrâneo... sob a Ópera.

— Sim, senhor, sei que há um lago sob a Ópera, mas não sei qual porta leva a ele. Nunca estive lá!

— E a Rue Scribe, *madame*, a Rue Scribe? Nunca foi à Rue Scribe?

A mulher riu, gritou de rir! Raoul se afastou, rugindo de raiva, correu escada acima, quatro degraus de cada vez, escada abaixo, correu por todo o lado comercial da Ópera, encontrou-se mais uma vez à luz do palco.

Ele parou, com o coração batendo no peito: suponhamos que Christine Daaé tivesse sido encontrada? Viu um grupo de homens e perguntou:

— Com licença, cavalheiros. Algum dos senhores saberia me dizer onde está Christine Daaé?

E alguém riu.

No mesmo instante, o palco fervilhava com um novo som e, em meio a uma multidão de homens vestidos para a noite, todos conversando e gesticulando juntos, destacava-se um homem que parecia muito calmo e exibia um rosto agradável, todo rosado e de bochechas gordinhas, coroado de cabelos cacheados e iluminado por um par de olhos azuis maravilhosamente serenos. Mercier, o diretor-assistente, chamou a atenção do Visconde de Chagny para ele e disse:

— Este é o cavalheiro a quem deve fazer suas perguntas, *monsieur*. Deixe-me apresentá-lo a Mifroid, o delegado da polícia.

— Ah, *monsieur* Visconde de Chagny! Muito prazer em conhecê-lo, *monsieur* — disse o delegado. — O senhor se importaria de vir comigo...? E agora, onde estão os diretores...? Onde estão os diretores?

Mercier não respondeu, e Remy, o secretário, forneceu a informação de que os diretores estavam trancados em seu escritório e que ainda não sabiam de nada sobre o ocorrido.

— Não é possível que seja verdade! Vamos até o escritório!

E *monsieur* Mifroid, seguido por uma multidão cada vez maior, virou-se para o lado comercial do edifício. Mercier aproveitou a confusão para colocar uma chave na mão de Gabriel:

— Isso tudo está indo de mal a pior — sussurrou. — É melhor você deixar Mamãe Giry sair.

E Gabriel afastou-se.

Logo chegaram à porta dos diretores. Mercier investiu contra ela em vão: a porta permaneceu fechada.

— Abram, em nome da lei! — ordenou *monsieur* Mifroid, em voz alta e bastante ansiosa.

Enfim, a porta foi aberta. Todos correram para dentro do escritório, nos calcanhares do delegado.

Raoul foi o último a entrar. Quando estava prestes a seguir o restante rumo à sala, uma mão foi colocada em seu ombro e ele ouviu estas palavras ditas em seu ouvido:

— *Os segredos de Erik não dizem respeito a mais ninguém além dele mesmo*!

Virou-se, com uma exclamação abafada. A mão que lhe foi colocada no ombro foi então colocada nos lábios de uma pessoa com pele de ébano, olhos de jade e com um gorro de astracã na cabeça: o Persa! O estranho manteve o gesto que recomendava discrição e então, no momento que o visconde, atônito, estava prestes a perguntar o motivo de sua misteriosa intervenção, curvou-se e desapareceu.

XVI

As surpreendentes revelações de madame Giry quanto às suas relações pessoais com o fantasma da Ópera

Antes de seguir o delegado para o escritório dos diretores, devo descrever certas ocorrências extraordinárias que se sucederam naquele escritório em que Remy e Mercier tentaram em vão entrar e no qual *messieurs* Richard e Moncharmin se trancaram com um objeto que o leitor ainda não conhece, mas que é meu dever, como historiador, revelar sem mais adiamentos.

Já tive ocasião de dizer que o humor dos diretores tinha sofrido uma mudança desagradável há algum tempo, e de transmitir o fato de essa mudança se dever não só à queda do lustre na famosa noite da apresentação de gala.

O leitor deve saber que o fantasma recebera calmamente seus primeiros 20 mil francos. Ah, tinha havido choro e ranger de dentes, de fato! E, no entanto, a coisa tinha acontecido da forma mais simples possível.

Certa manhã, os diretores encontraram em sua mesa um envelope endereçado a "*Monsieur* F. da Ó. (privado)" e acompanhado de um bilhete do próprio F. da Ó.:

> *Chegou o momento de cumprir a cláusula do livro de apontamentos. Por favor, coloque vinte notas de mil francos cada neste envelope, lacre-o com seu próprio selo e entregue-o à madame Giry, que fará o que for necessário.*

Os diretores não hesitaram; sem perder tempo em perguntar como tais comunicações confusas chegaram a ser entregues em um escritório que eles tinham o cuidado de manter trancado, aproveitaram a oportunidade para colocar as mãos no misterioso chantagista. E, depois de contar toda a história, sob a promessa de sigilo, a Gabriel e Mercier, colocaram os vinte mil francos no envelope e, sem pedir explicações, entregaram-no a *madame* Giry, que havia sido restituída às suas funções. A fiscal de camarotes não demonstrou espanto. Nem preciso dizer que ela foi bem vigiada. Ela foi direto para o camarote do fantasma e colocou o precioso envelope na pequena prateleira presa à borda. Os dois diretores, assim como Gabriel e Mercier, estavam escondidos de tal forma que não perdiam de vista o envelope por um segundo durante a apresentação e mesmo depois, pois, como o envelope não havia se movido, aqueles que o observavam também não se moviam; e *madame* Giry foi embora enquanto os diretores, Gabriel e Mercier ainda estavam lá. Por fim, cansaram de esperar e abriram o envelope, após constatarem que os lacres não haviam sido quebrados.

À primeira vista, Richard e Moncharmin pensaram que as notas ainda estavam lá; mas logo perceberam que não eram as mesmas. As vinte notas reais desapareceram e foram substituídas por vinte notas do "Banco de Santa Farsa"!

A raiva e o susto dos diretores eram inconfundíveis. Moncharmin queria mandar chamar o delegado da polícia, mas Richard se opôs. Ele, sem dúvida, tinha um plano, pois disse:

— Não vamos fazer o papel de idiotas! Toda a Paris riria de nós. F. da Ó. ganhou o primeiro jogo: vamos ganhar o segundo.

Ele estava pensando na cota do mês seguinte.

No entanto, eles tinham sido tão absolutamente enganados que estavam fadados a sofrer certo desânimo. E, dou-lhe minha palavra, não era difícil de entender. Não podemos esquecer que os diretores tinham uma ideia no fundo de sua mente, o tempo todo, de que esse estranho incidente poderia ser uma pegadinha desagradável por parte de seus antecessores e que não adiantaria divulgá-la prematuramente. Por outro lado, Moncharmin às vezes se incomodava com uma suspeita do próprio Richard, que em dadas ocasiões colocava caprichos fantasiosos em sua cabeça. E assim se contentaram em aguardar os acontecimentos, ao passo que ficavam de olho em Mamãe Giry. Richard não permitia que falassem com ela.

— Se ela é cúmplice — ele pontuou —, as notas já haviam sumido há muito tempo. — Mas, em minha opinião, ela é tão-somente uma idiota.

— Ela não é a única idiota neste negócio — disse Moncharmin, com ar pensativo.

— Bem, quem poderia imaginar isso? — lamentou Richard. — Mas não tenha medo... Da próxima vez, terei tomado minhas precauções.

A próxima vez caiu no mesmo dia que se viu o desaparecimento de Christine Daaé. Pela manhã, um bilhete do fantasma lembrou que o dinheiro era devido. Lia-se:

Façam exatamente como fizeram da última vez. Correu muito bem. Coloquem os vinte mil no envelope e entregue-o à nossa excelente madame Giry.

E o bilhete vinha acompanhado do envelope habitual. Bastava inserir as notas.

Isso foi feito cerca de meia hora antes de a cortina se levantar no primeiro ato de *Fausto*. Richard mostrou o envelope a Moncharmin. Em seguida, contou as notas de 20 mil francos à sua frente e colocou as notas no envelope, mas sem fechá-lo.

— E, agora — disse ele —, vamos chamar Mamãe Giry.

Mandaram chamar a idosa. Ela entrou com uma cortesia arrebatadora. Ainda usava seu vestido preto de tafetá, cuja cor rapidamente se transformava em ferrugem e lilás, para não falar do gorro puído. Ela parecia de bom humor. Disse no mesmo instante:

— Boa noite, senhores! É para o envelope, suponho?

— Sim, *madame* Giry — disse Richard, de maneira muito amistosa. — Para o envelope... e para outra coisa também.

— Ao seu dispor, *monsieur* Richard, ao seu dispor. E o que seria essa outra coisa, pois não?

— Em primeiro lugar, *madame* Giry, tenho uma pequena pergunta a fazer-lhe.

— Mas é claro, *monsieur* Richard: *madame* Giry está aqui para responder-lhe.

— Ainda está em bons termos com o fantasma?

— Não poderiam ser melhores, senhor; não poderiam ser melhores.

— Ah, estamos encantados... Olhe aqui, *madame* Giry — disse Richard, em tom de fazer uma confidência importante. — Podemos muito bem dizer-lhe, cá entre nós.... você não é boba!

— Ora, senhor — exclamou a fiscal de camarotes, interrompendo o agradável aceno das penas pretas em seu gorro puído: — Garanto-lhe que ninguém nunca duvidou disso!

— Estamos bem de acordo e em breve nos entenderemos. A história do fantasma é toda uma farsa, não é...? Bem, ainda cá entre nós... já durou tempo suficiente.

Madame Giry olhou para os diretores como se estivessem falando chinês. Ela se aproximou da mesa de Richard e perguntou, bastante ansiosa:

— Como assim? Não estou entendendo.

— Ah, você entende muito bem. De qualquer forma, tem de entender... E, antes de qualquer coisa, diga-nos o nome dele.

— Nome de quem?

— O nome do homem de quem você é cúmplice, *madame* Giry!

— Sou cúmplice do fantasma? Eu?... Cúmplice dele em quê, por favor?

— Você faz tudo o que ele quer.

— Oh! Ele não incomoda muito, sabe.

— E, por acaso, ele ainda deixa-lhe gorjetas?

— Não tenho do que reclamar.

— Quanto ele lhe dá por trazer esse envelope?

— Dez francos.

— Pobrezinha! Não é muito, não é?

— Por quê?

— Vou lhe dizer isso imediatamente, *madame* Giry. Só que agora gostaríamos de saber por qual motivo extraordinário você se entregou, de corpo e alma, a este fantasma... A amizade e a devoção de *madame* Giry não devem ser compradas por cinco ou dez francos.

— Isso é bem verdade... e posso dizer-lhe o motivo, senhor. Não há vergonha nisso... pelo contrário.

— Temos certeza disso, *madame* Giry.

— Bem, é assim... só que o fantasma não gosta que eu fale dos negócios dele.

— É mesmo? — ironizou Richard.

— Mas este é um assunto que diz respeito apenas a mim... Bem, foi no camarote número cinco, certa noite, que encontrei uma carta endereçada a mim mesma, uma espécie de bilhete escrito em tinta vermelha. Não preciso ler a carta para você, senhor; conheço-a de cor, e nunca a esquecerei se viver até os cem anos!

Madame Giry, erguendo-se, recitou a carta com tocante eloquência:

> *Senhora:*
> *1825. Mademoiselle Menetrier, líder do balé, tornou-se Marquesa de Cussy.*
> *1832. Mademoiselle Marie Taglioni, uma dançarina, tornou-se Condessa Gilbert des Voisins.*
> *1846. La Sota, uma dançarina, casou-se com um irmão do rei da Espanha.*
> *1847. Lola Montes, uma dançarina, tornou-se a esposa morganática do rei Luís da Baviera e foi nomeada Condessa de Landsfeld.*
> *1848. Mademoiselle Maria, uma dançarina, tornou-se Baronesa d'Herneville.*
> *1870. Theresa Hessler, bailarina, casou-se com D. Fernando, irmão do rei de Portugal.*

Richard e Moncharmin ouviam a velha que, ao proceder à enumeração dessas gloriosas núpcias, inflou-se, tomou coragem e, finalmente, com uma voz que explodia de orgulho, lançou a última frase da carta profética:

> *1885. Meg Giry, Imperatriz!*

Exausta por esse supremo esforço, a fiscal de camarotes caiu em uma cadeira, dizendo:

— Senhores, a carta foi assinada: "Fantasma da Ópera". Eu tinha ouvido falar muito do fantasma, mas apenas acreditava nele pela metade. Desde o dia em que ele declarou que minha pequena Meg, a carne da minha carne, o fruto do meu ventre, seria imperatriz, acreditei nele completamente.

E de fato não era necessário fazer um longo estudo das características empolgadas de *madame* Giry para entender o que poderia ser tirado daquele intelecto fino com as duas palavras "fantasma" e "imperatriz".

Mas quem puxava as cordinhas daquela marionete extraordinária? Essa era a questão.

— Você nunca o viu; ele fala com você e você acredita em tudo o que ele diz? — perguntou Moncharmin.

— Sim. Para começar, devo a ele que minha pequena Meg foi promovida a líder de uma fila. Eu disse ao fantasma: "Se ela será imperatriz em 1885, não há tempo a perder; ela deve se tornar líder imediatamente". Ele disse: "Considere isso como feito". E ele só tinha de dizer uma palavra a *monsieur* Poligny e a coisa estava feita.

— Então você diz que *monsieur* Poligny o viu?

— Não, não mais do que eu; mas ouviu-o. O fantasma disse uma palavra em seu ouvido, sabe, na noite em que ele deixou o camarote número cinco, com a aparência tão pálida.

Moncharmin soltou um suspiro.

— Que negócio! — ele gemeu.

— Ah! — disse *madame* Giry. — Sempre achei que havia segredos entre o fantasma e *monsieur* Poligny. Qualquer coisa que o fantasma pedia para *monsieur* Poligny fazer, *monsieur* Poligny fazia. *Monsieur* Poligny não podia recusar nada ao fantasma.

— Você está ouvindo, Richard: Poligny não podia recusar nada ao fantasma.

— Sim, sim, estou ouvindo! — disse Richard. — *Monsieur* Poligny é amigo do fantasma; e, como *madame* Giry é amiga de *monsieur* Poligny, cá estamos…! Mas não me importo bulhufas com *monsieur* Poligny — acrescentou grosseiramente. — A única pessoa cujo destino me interessa de verdade é o de *madame* Giry… *Madame* Giry, a senhora sabe o que está neste envelope?

— Ora, claro que não — ela disse.

— Bem, olhe.

Madame Giry olhou para o envelope com um olhar indiferente, que logo recuperou seu brilho.

— Notas de mil francos! — ela gritou.

— Sim, *madame* Giry, notas de mil francos! E você sabia!

— Eu, senhor? Eu?... Eu juro...

— Não jure, *madame* Giry!... E agora vou dizer-lhe a segunda razão pela qual mandei chamá-la. *Madame* Giry, vou mandar prendê-la.

As duas penas pretas no gorro, que em geral tinham a forma de dois pontos de interrogação, transmutaram-se em dois pontos de exclamação; quanto ao gorro em si, ele balançava de maneira ameaçadora sobre o tempestuoso coque da velha senhora. Surpresa, indignação, protesto e consternação foram ainda exibidos pela mãe da pequena Meg numa espécie de movimento extravagante de virtude ofendida, meio amarrado, meio deslizante, que a trouxe bem debaixo do nariz de *monsieur* Richard, que não pôde deixar de empurrar sua cadeira para trás.

— *Mandar prender-me*!

A boca que proferia aquelas palavras parecia cuspir os três dentes que lhe restavam no rosto de Richard.

Monsieur Richard se comportou como um herói. Não recuou mais. Seu indicador ameaçador parecia já apontar a guardiã do camarote número cinco para os magistrados ausentes.

— Vou mandar prendê-la, *madame* Giry, como ladra!

— Repita isso!

E *madame* Giry deu um golpe no ouvido do senhor diretor Richard, antes que o senhor diretor Moncharmin tivesse tempo de intervir. Mas não foi a mão murcha da velha senhora furiosa que caiu sobre a orelha do diretor, mas o próprio envelope, a causa de todo o problema, o envelope mágico que se abriu com o golpe, espalhando as notas, que escaparam num fantástico turbilhão de borboletas gigantes.

Os dois diretores deram um grito, e o mesmo pensamento fez com que ambos se ajoelhassem, febrilmente, pegando e examinando às pressas os preciosos pedaços de papel.

— Ainda são genuínas, Moncharmin?

— Ainda são genuínas, Richard?

— Sim, ainda são genuínas!

Acima de suas cabeças, os três dentes de Giry se chocavam em uma disputa barulhenta, cheia de interjeições horríveis. Mas tudo o que podia ser distinguido com nitidez era este *leitmotiv*:

— Eu, uma ladra!... Eu, uma ladra, eu! — Ela engasgava de raiva. Gritou: — Nunca ouvi falar de uma coisa dessas! — E, de repente, aproximou-se de Richard novamente. — De qualquer forma — ela gritou —, o senhor, *monsieur* Richard, deveria saber melhor do que eu para onde foram os vinte mil francos!

— Eu? — perguntou Richard, atônito. — E por que eu saberia?

Moncharmin, parecendo severo e insatisfeito, insistiu de imediato que a boa dama se explicasse.

— O que isso significa, *madame* Giry? — perguntou. — E por que diz que *monsieur* Richard deveria saber melhor do que você para onde foram os vinte mil francos?

Quanto a Richard, que se sentia ficando vermelho sob o olhar de Moncharmin, ele pegou *madame* Giry pelos pulsos e sacudiu-a com violência. Com uma voz rosnando e soando como um trovão, ele rugiu:

— Por que eu deveria saber melhor do que você para onde foram os vinte mil francos? Por quê? Responda-me!

— Porque foram para o seu bolso! — ofegou a velha, encarando-o como se fosse o diabo encarnado.

Richard teria corrido para cima de *madame* Giry se Moncharmin não tivesse parado a mão vingadora e se apressado a perguntar-lhe, com mais suavidade:

— Como pode suspeitar que meu parceiro, *monsieur* Richard, tenha colocado vinte mil francos no bolso?

— Eu nunca disse isso — declarou *madame* Giry. — Visto que fui eu que coloquei os vinte mil francos no bolso de *monsieur* Richard. — E acrescentou, sob a voz: — Pronto! Falei...! E que o fantasma me perdoe!

Richard começou a gritar de novo, mas Moncharmin ordenou autoritariamente que ele ficasse em silêncio.

— Com licença! Com licença! Deixe a mulher se explicar. Deixe-me perguntar a ela. — E acrescentou: — É de fato espantoso que assuma esse tom...! Estamos prestes a esclarecer todo o mistério. E você está furioso...! Você está errado em se comportar assim... Eu estou me divertindo imensamente.

Madame Giry, como a mártir que era, ergueu a cabeça, com o rosto radiante de fé em sua própria inocência.

— O senhor me diz que havia vinte mil francos no envelope que coloquei no bolso de *monsieur* Richard; mas repito que eu não sabia nada sobre isso... nem *monsieur* Richard, aliás!

— Ahá! — disse Richard, de repente assumindo um ar agitado que não agradou a Moncharmin. — Eu também não sabia de nada! Você colocou vinte mil francos no meu bolso e eu também não sabia de nada! Fico muito feliz em ouvir isso, *madame* Giry!

— Sim — concordou a terrível senhora. — Sim, é verdade. Nenhum de nós sabia de nada. Mas você, você deve ter acabado por descobrir!

Richard por certo teria engolido *madame* Giry viva se Moncharmin não estivesse lá! Mas Moncharmin a protegeu. Retomou suas perguntas:

— Que tipo de envelope a senhora colocou no bolso de *monsieur* Richard? Não foi o que lhe demos, o que a senhora levou para o camarote número cinco diante dos nossos olhos; e, no entanto, era aquela que continha os vinte mil francos.

— Como é que é? O envelope que o senhor diretor me deu foi o que coloquei no bolso do senhor diretor — explicou ela. — O que levei para o camarote do fantasma foi outro envelope, parecido com esse, que o fantasma me deu de antemão e que escondi na manga.

Dito isso, *madame* Giry tirou da manga um envelope pronto, preparado e endereçado de forma semelhante àquele que continha os vinte mil francos. Os diretores tiraram-no dela. Examinaram-no e viram que ele estava fechado com selos estampados com seu próprio selo de diretor. Abriram. Continha vinte notas do Banco de Santa Farsa, assim como as que tanto os haviam surpreendido no mês anterior.

— Que simples! — comentou Richard.

— Que simples! — repetiu Moncharmin. E continuou com os olhos fixos em *madame* Giry, como se tentasse hipnotizá-la.

— Então foi o fantasma que lhe deu este envelope e lhe disse para substituí-lo pelo que lhe demos? E foi o fantasma que lhe disse para colocar o outro no bolso de *monsieur* Richard?

— Sim, foi o fantasma.

— Então se importaria de nos dar uma demonstração de seus pequenos talentos? Aqui está o envelope. Aja como se nada soubéssemos.

— Como quiserem, cavalheiros.

Madame Giry pegou o envelope com as vinte notas dentro dele e dirigiu-se para a porta. Estava prestes a sair quando os dois diretores correram para ela:

— Não! Não! Não seremos feitos de trouxas uma segunda vez! Gato escaldado tem medo de água fria!

— Como é que é, senhores? — indagou a velha, em desculpando-se: — Disseram-me para agir como se nada soubessem... Bem, se não sabem de nada, eu deveria ir embora com seu envelope!

— E, então, como colocaria isso no meu bolso? — argumentou Richard, em quem Moncharmin fixou o olho esquerdo, enquanto mantinha o direito em *madame* Giry, um procedimento que provavelmente forçaria sua visão, mas Moncharmin estava preparado para ir a qualquer extremo no intuito de descobrir a verdade.

— Devo colocá-lo no seu bolso quando menos esperar, senhor. Sabe que eu sempre dou uma pequena volta nos bastidores, no decorrer da noite, e muitas vezes vou com minha filha ao saguão de balé, o que tenho direito de fazer, como sua mãe; trago os sapatos dela quando o balé está prestes a começar... Na verdade, vou e venho como eu quiser... Os assinantes vão e vêm também... Assim como o senhor... Há muitas pessoas por aí... Vou atrás do senhor e coloco o envelope no bolso da barra do seu casaco... Não há mágica nisso!

— Não há mágica! — rosnou Richard, revirando os olhos como Zeus lançando raios. — Não há mágica! Ora, acabei de pegá-la na mentira, sua velha bruxa!

Madame Giry ficou eriçada, com seus três dentes saindo de sua boca.

— E por quê, posso saber?

— Porque passei aquela noite observando o camarote número cinco e o envelope falso que a senhora colocou lá. Não fui ao saguão de balé por um segundo.

— Não, senhor, e não lhe dei o envelope naquela noite, mas na apresentação seguinte... na noite em que o subsecretário estatal das Belas-Artes...

Com tais palavras, *monsieur* Richard interrompeu subitamente *madame* Giry:

— Sim, isso é verdade, lembro-me agora! O subsecretário foi aos bastidores. Perguntou por mim. Desci ao saguão de balé por um momento. Eu estava na escadaria do *foyer*... O subsecretário e seu secretário-chefe estavam no próprio saguão. De repente me virei... A senhora tinha passado atrás de mim, *madame* Giry... Parecia esbarrar contra mim... Oh, eu posso vê-la ainda, eu posso vê-la ainda!

— Sim, é isso mesmo, senhor, é isso mesmo. Eu tinha acabado de terminar meu pequeno negócio. Esse seu bolso, senhor, é muito conveniente!

E *madame* Giry mais uma vez fez a ação seguir a palavra. Ela passou por trás de *monsieur* Richard e, tão ágil que o próprio Moncharmin ficou impressionado, enfiou o envelope no bolso de uma das barras do casaco de *monsieur* Richard.

— Claro! — exclamou Richard, ficando um pouco pálido. — É muito inteligente de F. da Ó. O problema que ele tinha de resolver era o seguinte: como acabar com qualquer intermediário perigoso entre o homem que dá os vinte mil francos e o homem que os recebe. E, de longe, a melhor coisa que poderia fazer era vir tirar o dinheiro do meu bolso sem que eu percebesse, pois eu mesmo não sabia que ele estava lá. É maravilhoso!

— Oh, maravilhoso, sem dúvida! — Moncharmin concordou. — Só que você esquece, Richard, que eu forneci dez mil francos dos vinte e que ninguém colocou nada no meu bolso!

XVII

O alfinete, de novo

A última frase de Moncharmin expressava com tamanha nitidez a desconfiança agora alimentada contra seu parceiro que estava fadada a causar uma explicação tempestuosa, no final da qual foi acordado que Richard deveria ceder a todos os desejos de Moncharmin, com o objetivo de ajudá-lo a descobrir o meliante que os vitimava.

Isso nos leva ao intervalo após o Ato do Jardim, com a estranha conduta observada por *monsieur* Remy e aqueles curiosos lapsos da dignidade que se poderia esperar de diretores. Primeiro, foi combinado entre Richard e Moncharmin que Richard repetisse os movimentos exatos que fizera na noite do desaparecimento dos primeiros 20 mil francos; e, segundo, que Moncharmin não perdesse de vista nem por um instante o bolso da barra do casaco de Richard, no qual *madame* Giry deveria sorrateiramente colocar os 20 mil francos.

Monsieur Richard foi e colocou-se no mesmo lugar onde estava quando se curvou ao subsecretário de Belas-Artes. *Monsieur* Moncharmin assumiu sua posição alguns passos atrás dele.

Madame Giry passou, esbarrou contra *monsieur* Richard, desfez-se de seus 20 mil francos no bolso da barra do diretor e desapareceu... ou melhor, foi conjurada. De acordo com as instruções recebidas de Moncharmin minutos antes, Mercier levou a boa dama ao escritório do diretor-assistente e trancou-a a chave, impossibilitando assim que ela se comunicasse com seu fantasma.

Nesse meio-tempo, *monsieur* Richard se curvava, reverenciava, se arrastava e andava para trás, como se tivesse aquele alto e poderoso ministro, o subsecretário de Belas-Artes, diante de si. Só que, embora essas marcas de polidez não tivessem criado estranhamento se o subsecretário de Estado estivesse de fato na frente de *monsieur* Richard, elas causaram um espanto facilmente compreensível aos espectadores dessa cena muito natural, mas bastante inexplicável, quando *monsieur* Richard não tinha ninguém à sua frente.

Monsieur Richard curvava-se... a ninguém; dobrava as costas... diante de ninguém; e andava para trás... diante de ninguém... e, alguns passos atrás dele, *monsieur* Moncharmin fez a mesma coisa, além de afastar *monsieur* Remy e implorar a *monsieur* de La Borderie, o embaixador, e ao gerente da Central de Crédito "para não tocar no senhor diretor".

Moncharmin, que tinha as próprias ideias, não queria que Richard viesse até ele agora, quando os 20 mil francos se fossem, e disesse:

— Talvez tenha sido o embaixador... ou o gerente da Central de Crédito... ou Remy.

Tanto mais que, à altura da primeira cena, como o próprio Richard admitiu, ele não tinha encontrado ninguém naquela parte do teatro depois de *madame* Giry ter esbarrado nele...

Tendo começado por andar para trás a fim de se curvar, Richard continuou a fazê-lo por prudência, até chegar à passagem que levava aos escritórios da direção. Dessa forma, era constantemente observado por Moncharmin por trás e ele mesmo ficava de olho em qualquer um que se aproximasse pela frente. Mais uma vez, esse novo método de andar nos bastidores, adotado pelos diretores da nossa Academia Nacional de Música, chamou a atenção; mas os próprios diretores não pensavam em nada além de seus 20 mil francos.

Ao chegar ao corredor semiescuro, Richard disse a Moncharmin, em voz baixa:

— Tenho certeza de que ninguém me tocou... Agora é melhor você ficar a alguma distância de mim e me observar até eu chegar à porta do escritório: é melhor não levantar suspeitas e podemos ver qualquer coisa que aconteça.

Mas Moncharmin respondeu:

— Não, Richard, não! Você anda à frente e vou andar logo atrás de você! Não vou deixá-lo por um passo!

— Mas, nesse caso — exclamou Richard —, eles nunca roubarão nossos vinte mil francos!

— De fato, espero que não roubem, mesmo — declarou Moncharmin.

— Então o que estamos fazendo é absurdo!

— Estamos fazendo exatamente o que fizemos da última vez... Da última vez, eu me juntei a você quando você estava saindo do palco e segui de perto atrás de você neste corredor.

— Isso é verdade! — suspirou Richard, balançando a cabeça e obedecendo passivamente a Moncharmin.

Dois minutos depois, os codiretores se trancaram em seu escritório. O próprio Moncharmin colocou a chave no bolso:

— Ficamos trancados assim da última vez — disse ele. — Até que você saiu da Ópera a fim de ir para casa.

— É assim. Ninguém veio e nos perturbou, suponho?

— Ninguém.

— Então — disse Richard, que estava tentando recuperar sua memória. — Então por certo devo ter sido roubado quando voltava da Ópera para casa.

— Não — refutou Moncharmin em um tom mais seco do que nunca. — Não, isso é impossível. Pois o deixei na minha carruagem de aluguel. Os vinte mil francos desapareceram em sua casa: não há sombra de dúvida sobre isso.

— Isso é inacreditável — protestou Richard. — Tenho confiança nos meus criados... e se um deles o tivesse feito, teria desaparecido desde então.

Moncharmin deu de ombros, como se dissesse que não queria entrar em detalhes, e Richard começou a pensar que Moncharmin o estava tratando de uma forma muito insuportável.

— Moncharmin, estou farto disto!

— Richard, estou mais do que farto disso!

— Você se atreve a suspeitar de mim?

— Sim, por causa de uma brincadeira boba.

— Não se brinca com vinte mil francos.

— É o que eu acho — declarou Moncharmin, desdobrando um jornal e estudando ostensivamente seu conteúdo.

— O que está fazendo? — perguntou Richard. — Vai ler o jornal agora?

— Sim, Richard, até a hora de levá-lo para casa.

— Assim como da outra vez?

— Sim, como da outra vez.

Richard arrancou o papel das mãos de Moncharmin. Moncharmin levantou-se, mais irritado do que nunca, e viu-se diante de um Richard exasperado, que, cruzando os braços sobre o peito, disse:

— Olhe aqui, estou pensando no seguinte: *estou pensando no que poderei pensar* se, como da última vez, depois de passar a noite sozinho com você, você me trouxesse para casa e se, no momento da despedida, eu percebesse que vinte mil francos tinham desaparecido do meu bolso do casaco... tal como da última vez.

— E o que você poderá pensar? — perguntou Moncharmin, vermelho de raiva.

— Poderei pensar que, como você não ficou longe de mim nem por um pé e como, por sua própria vontade, você foi o único a se aproximar de mim, assim como da última vez, poderei pensar que, se aqueles vinte mil francos não estiverem mais no meu bolso, haveria uma chance muito boa de estarem no seu!

Moncharmin saltou diante da insinuação.

— Oh! — ele gritou. — Um alfinete!

— Para que você quer um alfinete?

— Para prender você com ele!... Um alfinete!... Um alfinete!

— Quer me prender com um alfinete?

— Sim, para prender você aos vinte mil francos! Então, seja aqui ou no trajeto daqui até a sua casa, ou na sua casa, você vai sentir a mão que puxa no seu bolso e vai ver se é minha! Ah, então está desconfiando de mim agora, está? Um alfinete de segurança!

E foi nesse momento que Moncharmin abriu a porta do corredor e gritou:

— Um alfinete!... Alguém me dê um alfinete!

Também sabemos como, no mesmo momento, Remy, que não tinha alfinete de segurança, foi recebido por Moncharmin, enquanto um garoto buscava o alfinete desejado com tanta ansiedade. E o que aconteceu foi o seguinte: Moncharmin primeiro trancou a porta de novo. Em seguida, ele se ajoelhou pelas costas de Richard.

— Espero — disse ele — que as notas ainda estejam aí.

— Eu também!

— As verdadeiras? — perguntou Moncharmin, decidido a não ser feito de "trouxa" dessa vez.

— Olhe você mesmo — sugeriu Richard. — Recuso-me a tocá-las.

Moncharmin pegou o envelope do bolso de Richard e sacou as notas com uma mão trêmula, pois, desta vez, para poder se certificar com frequência da presença das notas, ele não havia lacrado o envelope, nem mesmo o prendido. Sentiu-se tranquilo ao descobrir que estavam todas ali e eram bem genuínas. Ele as colocou de volta no bolso da cauda e as prendeu com muito cuidado. Então se sentou atrás da barra do casaco de Richard e manteve seus olhos fixos nela, enquanto Richard, sentado em sua escrivaninha, não se mexia.

— Um pouco de paciência, Richard — disse Moncharmin. — Temos apenas alguns minutos para esperar... O relógio em breve marcará doze. Da última vez, saímos no último toque das doze.

— Oh, terei toda a paciência necessária!

O tempo passou, lento, pesado, misterioso, sufocante. Richard tentou rir.

— Vou acabar acreditando na onipotência do fantasma — disse. — Agora mesmo, você não sente algo estranho, inquietante, alarmante na atmosfera desta sala?

— Você tem toda a razão — declarou Moncharmin, que ficou impressionado de verdade.

— O fantasma! — continuou Richard, em voz baixa, como se temesse ser escutado por ouvidos invisíveis. — O fantasma! Suponhamos, de qualquer forma, que fosse um fantasma que colocasse os envelopes mágicos sobre a mesa... que falasse no camarote número cinco... que matasse Joseph Buquet... que soltasse o lustre... e que nos roubasse! Pois, afinal, afinal, não há ninguém aqui além de você e eu, e, se as notas desaparecerem e nem você nem eu tivermos nada a ver com isso, bem, teremos de acreditar no fantasma... no fantasma.

Nesse momento, o relógio da cornija deu seu clique de aviso e o primeiro toque das doze bateu.

Os dois gestores estremeceram. A transpiração escorria de sua testa. O décimo segundo toque soou estranhamente em seus ouvidos.

Quando o relógio parou, deram um suspiro e se ergueram de suas cadeiras.

— Acho que podemos ir agora — disse Moncharmin.

— Acho que sim — Richard concordou.

— Antes de irmos, você se incomodaria se eu olhar em seu bolso?

— Mas claro que não, Moncharmin, você *deve* fazer isso...! E então? — perguntou, enquanto Moncharmin apalpava seu bolso.

— Bem, posso sentir o alfinete.

— Mas é claro, como você disse, não podemos ser roubados sem percebermos.

Mas Moncharmin, cujas mãos ainda apalpavam, gritou:

— Posso sentir o alfinete, mas não consigo sentir as notas!

— Vamos, sem brincadeiras, Moncharmin...! Este não é o momento para isso.

— Bem, olhe por si mesmo.

Richard arrancou o casaco. Os dois diretores viraram o bolso do avesso. *O bolso estava vazio*. E o curioso foi que o alfinete permaneceu, preso no mesmo lugar.

Richard e Moncharmin ficaram pálidos. Não havia mais dúvidas sobre a bruxaria.

— O fantasma! — sussurrou Moncharmin.

Mas Richard de repente avançou contra seu parceiro.

— Ninguém além de você tocou no meu bolso! Devolva-me os meus vinte mil francos...! Devolva-me os meus vinte mil francos!...

— Juro pela minha alma — suspirou Moncharmin, que estava prestes a desmaiar. — Juro por minha alma que não estou com eles!

Aí alguém bateu na porta. Moncharmin abriu-a automaticamente, parecia mal reconhecer Mercier, seu diretor-assistente, trocou algumas palavras com ele, sem saber o que falava e, com um movimento inconsciente, colocou o alfinete de segurança, para o qual não tinha mais uso, nas mãos de seu confuso subordinado...

XVIII

O delegado, o visconde e o persa

As primeiras palavras do delegado de polícia, ao entrar no gabinete dos diretores, foram perguntar pela prima-dona desaparecida.

— Por acaso Christine Daaé está aqui?

— Christine Daaé? Aqui? — repetiu Richard. — Não. Por quê?

Quanto a Moncharmin, não tinha forças para proferir uma palavra.

Richard repetiu, pois o delegado e a multidão compacta que o seguia até o escritório mantinham um silêncio impressionante:

— Por que pergunta se Christine Daaé está aqui, *senhor delegado*?

— Porque ela tem de ser encontrada — declarou de modo solene o delegado de polícia.

— Como assim "ela tem de ser encontrada"? Ela desapareceu?

— No meio da apresentação!

— No meio da apresentação? Que extraordinário!

— E não é mesmo? E é mais extraordinário ainda que os senhores venham a saber disso por mim.

— Sim — disse Richard, tomando a cabeça nas mãos e murmurando: — Que novo negócio é esse? Ah, é o suficiente para fazer um homem pedir demissão!

E puxou alguns pelos do bigode sem nem ter ciência do que fazia.

— Então ela... então ela desapareceu no meio da apresentação? — repetiu.

— Sim, foi levada no Ato da Prisão, no momento que invocava a ajuda dos anjos; mas duvido que tenha sido levada por um anjo.

— E tenho certeza de que ela foi!

Todos olharam em volta. Um jovem, pálido e trêmulo de agitação, repetiu:

— Tenho certeza!

— Certeza do quê? — perguntou Mifroid.

— De que Christine Daaé foi levada embora por um anjo, *senhor delegado*, e posso dizer-lhe o nome dele.

— Aham, *monsieur* Visconde de Chagny! Então acredita que Christine Daaé foi levada por um anjo: um anjo da Ópera, sem dúvida?

— Sim, *monsieur*, por um anjo da Ópera; e vou lhe dizer onde ele mora... quando estivermos sozinhos.

— Tem razão, *monsieur*.

E o delegado da polícia, convidando Raoul para sentar-se em uma cadeira, mandou todo o restante sair da sala, exceto os diretores.

Então Raoul falou:

— Senhor delegado, o anjo se chama Erik, ele vive na Ópera e é o Anjo da Música!

— O Anjo da Música! Realmente! Isso é muito curioso...! O Anjo da Música! — E, voltando-se para os diretores, *monsieur* Mifroid perguntou: — Vocês têm um Anjo da Música por aqui, senhores?

Richard e Moncharmin balançaram a cabeça em sinal negativo, sem dizer palavra.

— Oh — disse o visconde. — Esses senhores ouviram falar do Fantasma da Ópera. Bem, posso afirmar com tranquilidade que o Fantasma da Ópera e o Anjo da Música são a mesma pessoa; e seu nome verdadeiro é Erik.

Monsieur Mifroid ergueu-se e olhou para Raoul com atenção.

— Com todo o respeito, *monsieur*, mas pretende zombar da lei? E, se não, que história é essa de Fantasma da Ópera?

— Estou dizendo que estes cavalheiros já ouviram falar dele.

— Cavalheiros, parece que os senhores conhecem o Fantasma da Ópera?

Richard ergueu-se, com os pelos remanescentes de seu bigode nas mãos.

— Não, senhor delegado, não, não o conhecemos, mas gostaríamos de conhecê-lo, pois, nesta exata noite, ele nos roubou vinte mil francos!

E Richard lançou um olhar terrível a Moncharmin, que parecia dizer: "Devolva-me os vinte mil francos ou contarei toda a história".

Moncharmin entendeu o que ele queria dizer, pois, com um gesto indiferente, disse:

— Ah, conte tudo e acabe com isto de uma vez!

Quanto a Mifroid, ele olhava para os diretores e para Raoul alternadamente e se perguntava se ele havia se desviado para um manicômio de lunáticos. Passou a mão pelos cabelos.

— Um fantasma — disse ele — que, na mesma noite, leva uma cantora de ópera e rouba vinte mil francos é um fantasma que deve estar com as mãos muito cheias! Se não se importam, vamos fazer as perguntas em ordem. A cantora primeiro, os vinte mil francos depois. Vamos, *monsieur* de Chagny, vamos tentar falar sério. Acredita que mademoiselle Christine Daaé foi levada por um indivíduo chamado Erik. O senhor conhece essa pessoa? Você o viu?

— Sim.

— Onde?

— No adro de uma igreja.

Monsieur Mifroid sobressaltou-se, começou a escrutinizar Raoul novamente e disse:

— Claro...! É aí que os fantasmas costumam ficar...! E o que estava fazendo naquele adro de igreja?

— *Monsieur* — respondeu Raoul. — Consigo entender perfeitamente quão absurdas devem lhe parecer minhas respostas. Mas peço-lhe que acredite que estou em plena posse das minhas faculdades mentais. Está em jogo a segurança da pessoa mais querida no mundo para mim. Gostaria de convencê-lo em poucas palavras, pois o tempo urge e cada minuto é valioso. Infelizmente, se eu não contar desde o início a história mais estranha que já existiu, o senhor não vai acreditar em mim. Vou contar tudo o que sei sobre o Fantasma da Ópera, senhor delegado. Ai, não sei muita coisa!...

— Não importa, continue, continue! — exclamaram Richard e Moncharmin, de repente muito interessados.

Infelizmente para suas esperanças de descobrir algum detalhe que pudesse colocá-los no caminho de seu farsante, logo foram obrigados a aceitar o fato de que *monsieur* Raoul de Chagny havia perdido por completo a cabeça. Toda aquela história sobre Perros-Guirec, caras da morte e violinos encantados só poderia ter nascido no cérebro desordenado de um jovem louco de amor. Era evidente, também, que o Sr. delegado Mifroid compartilhava de sua opinião; e o magistrado certamente teria interrompido a narrativa incoerente se as circunstâncias não tivessem tomado para si a tarefa de fazê-lo.

A porta abriu-se e entrou um homem, curiosamente vestido com um enorme casaco e um chapéu alto, ao mesmo tempo surrado e brilhante, que ia até os ouvidos. Dirigiu-se ao delegado e falou-lhe num sussurro. Foi, sem dúvida, um detetive que veio entregar um comunicado importante.

Durante a conversa, *monsieur* Mifroid não tirou os olhos de Raoul. Por fim, dirigindo-se a ele, disse:

— *Monsieur*, já falamos bastante sobre o fantasma. Agora vamos falar um pouco sobre o senhor, se não tem nenhuma objeção: o senhor estava preparado para levar *mademoiselle* Christine Daaé esta noite?

— Sim, senhor delegado.

— Depois da apresentação?

— Sim, senhor delegado.

— Todos os seus arranjos estavam prontos?

— Sim, senhor delegado.

— A carruagem que o trouxe estava pronta para levar os dois embora... Havia cavalos dispostos, prontos a cada momento...

— É verdade, senhor delegado.

— E, no entanto, sua carruagem ainda está lá fora, ao lado da Rotunda, esperando por suas ordens, não é?

— Sim, senhor delegado.

— O senhor sabia que havia outras três carruagens lá, além da sua?

— Não prestei a menor atenção.

— Eram as carruagens de *mademoiselle* Sorelli, que não encontrara lugar na *Cour de l'Administration*; de Carlotta; e de seu irmão, *monsieur* Conde de Chagny...

— É bem possível.

— O que é certo é que, embora a sua carruagem e a de Sorelli e Carlotta ainda estejam lá, junto ao pavimento da Rotunda, a carruagem de *monsieur* Conde de Chagny desapareceu.

— Isso não quer dizer nada...

— Com todo o respeito. Seu irmão, o conde, não era contrário a seu casamento com *mademoiselle* Daaé?

— Essa é uma questão que diz respeito apenas à família.

— O senhor respondeu à minha pergunta: ele era contrário... e era por isso que o senhor estava levando Christine Daaé para longe de seu irmão... Bem, *monsieur* de Chagny, permita-me informá-lo que seu irmão foi mais esperto do que você! Foi ele quem levou Christine Daaé!

— Oh, é impossível! — gemeu Raoul, apertando a mão contra o peito. — Tem certeza?

— Imediatamente após o desaparecimento da artista, que foi realizado por meios que ainda temos de apurar, ele se jogou em sua carruagem, que atravessou Paris em um ritmo furioso.

— Atravessou Paris? — perguntou o pobre Raoul, com voz rouca. — Como assim atravessou Paris?

— Atravessou Paris e saiu de Paris... pela estrada de Bruxelas.

— Oh — gritou o jovem. — Vou atrás deles! — E saiu correndo do escritório.

— E traga-a de volta para nós! — gritou alegremente o delegado. — Ah, esse é um truque que vale dois do Anjo da Música!

E, voltando-se à sua plateia, *monsieur* Mifroid fez uma pequena palestra sobre métodos policiais.

— Não faço a menor ideia se *monsieur* Conde de Chagny de fato levou Christine Daaé ou não... mas quero saber e acredito que, neste momento, ninguém está mais ansioso para nos informar do que seu irmão... e agora ele está voando em busca dele! É meu principal auxiliar! Essa, senhores, é a arte da polícia, que se acredita ser tão complicada e que, no entanto, parece tão simples assim que vê-se que consiste em levar pessoas que não têm nada a ver com a polícia a fazerem seu trabalho.

Mas o Sr. delegado de polícia Mifroid não teria ficado tão satisfeito consigo mesmo se soubesse que a pressa de seu rápido emissário foi interrompida na entrada do primeiro corredor. Uma figura alta bloqueou o caminho de Raoul.

— Aonde você está indo tão apressado, *monsieur* de Chagny? — perguntou uma voz.

Raoul impacientemente levantou os olhos e reconheceu o gorro de astracã de uma hora antes. Ele parou:

— É você! — gritou, com voz febril. — Você, que conhece os segredos de Erik e não quer que eu fale deles. Quem é você?

— Você sabe quem eu sou...! Eu sou o Persa!

XIX

O visconde e o persa

Raoul lembrava-se agora de que seu irmão lhe mostrara certa vez aquela pessoa misteriosa, da qual nada se sabia, exceto que era persa e que vivia em um pequeno apartamento à moda antiga na Rue de Rivoli.

O homem com a pele de ébano, os olhos de jade e o chapéu de astracã inclinou-se sobre Raoul.

— Espero, *monsieur* de Chagny — disse ele —, que não tenha traído o segredo de Erik.

— E por que eu deveria hesitar em trair esse monstro, senhor? — Raoul empertigou-se com altivez, tentando livrar-se do intruso. — Ele é seu amigo, por acaso?

— Espero que não tenha dito nada sobre Erik, senhor, porque o segredo de Erik também é o de Christine Daaé, e falar sobre um é falar sobre o outro!

— Oh, senhor — rebateu Raoul, ficando cada vez mais impaciente. — Você parece saber de muitas coisas que me interessam; e, no entanto, não tenho tempo para ouvi-lo!

— Novamente, *monsieur* De Chagny, aonde está indo tão apressado?

— Não consegue adivinhar? Vou ajudar Christine Daaé...

— Então, senhor, fique aqui, pois Christine Daaé está aqui!
— Com Erik?
— Com Erik.
— Como sabe?

— Eu estava na apresentação e nenhuma outra pessoa no mundo poderia armar um sequestro como aquele!... Oh — ele disse, com um profundo suspiro. — Reconheci o toque daquele monstro!...

— Você o conhece, então?

O persa não respondeu, mas soltou um profundo suspiro.

— Senhor — disse Raoul. — Não sei quais são suas intenções, mas pode fazer algo para me ajudar? Quero dizer, para ajudar Christine Daaé?

— Acho que sim, *monsieur* de Chagny, e é por isso que vim falar-lhe.

— O que você pode fazer?

— Tentar levar você a ela... e a ele.

— Se puder me fazer esse serviço, senhor, minha vida é sua!... Mais uma palavra: o delegado da polícia diz-me que Christine Daaé foi levada pelo meu irmão, o Conde Philippe.

— Oh, *monsieur* de Chagny, não acredito em uma vírgula disso.

— Não é possível, é?

— Não sei se é possível ou não; mas há maneiras e modos de levar as pessoas embora; e *monsieur* Conde Philippe nunca, até onde sei, teve nada a ver com bruxaria.

— Seus argumentos são convincentes, senhor, e eu sou um tolo!... Ah, vamos nos apressar! Eu me coloco inteiramente em suas mãos!... Como não acreditar em você, quando é o único a acreditar em mim... quando é o único a não sorrir quando o nome de Erik é mencionado? — E o jovem impetuosamente agarrou as mãos do Persa. Estavam geladas.

— Silêncio! — bradou o Persa, parando e auscultando os sons distantes do teatro. — Não podemos citar esse nome aqui. Vamos dizer "ele" e "aquele", então haverá menos perigo de atrair sua atenção.

— Acha que ele está por perto?

— É bem possível, senhor, se ele não estiver, neste momento, com sua vítima, *na casa do lago*.

— Então também sabe da casa no lago?

— Se ele não estiver lá, pode estar aqui, nesta parede, neste chão, neste teto!... Venha!

E o Persa, pedindo a Raoul que abafasse o som de seus passos, levou-o por passagens que Raoul nunca vira antes, mesmo na época que Christine costumava levá-lo para passear por aquele labirinto.

— Se Darius tivesse vindo! — anunciou o Persa.

— Quem é Darius?

— Darius? Meu criado.

Estavam agora no centro de um salão vazio, um imenso apartamento mal iluminado por um pequeno candeeiro. O Persa parou Raoul e, no mais suave dos sussurros, perguntou:

— O que disse ao delegado?

— Eu disse que o sequestrador de Christine Daaé era o Anjo da Música, *também conhecido como* o Fantasma da Ópera, e que o nome verdadeiro era...

— Psiu!... E ele acreditou em você?

— Não.

— Ele fez pouco caso do que você disse?

— Fez.

— Ele considerou você um pouco louco?

— Sim.

— É melhor assim! — suspirou o Persa.

E continuaram seu caminho. Depois de subir e descer vários lances de escada que Raoul nunca tinha visto antes, os dois homens se encontraram diante de uma porta que o Persa abriu com uma chave mestra. O Persa e Raoul estavam ambos, é claro, vestidos de maneira formal; porém, enquanto Raoul tinha um chapéu alto, o Persa usava o chapéu de astracã que já mencionei. Era uma violação da regra que proíbe o chapéu alto nos bastidores; mas, na França, aos estrangeiros são concedidas todas as licenças: ao inglês o seu chapéu de viagem, ao Persa seu gorro de astracã.

— Senhor — disse o Persa. — Seu chapéu alto vai atrapalhá-lo; seria melhor que o deixasse no camarim.

— Qual camarim? — perguntou Raoul.

— O de Christine Daaé.

E o Persa, dando passagem a Raoul para a porta que acabara de abrir, mostrou-lhe o camarim da atriz em frente. Estavam no final do corredor, cuja extensão completa Raoul estava acostumado a atravessar antes de bater à porta de Christine.

— Como conhece bem esta Ópera, senhor!

— Não tão bem quanto "ele" a conhece! — replicou o Persa com modéstia.

E empurrou o jovem para o camarim de Christine, que estava como Raoul havia deixado minutos antes.

Fechando a porta, o Persa foi para uma divisória muito fina que separava o camarim de uma grande sala adjacente usada para armazenar móveis. Ele auscultou e depois tossiu alto.

Ouvia-se um som de alguém mexendo na sala; e, segundos depois, um dedo bateu à porta.

— Entre — convidou o Persa.

Um homem entrou, também usando um gorro de astracã e vestido com um casaco longo. Ele se curvou e pegou um estojo ricamente esculpido debaixo do casaco, colocou-o na penteadeira, curvou-se mais uma vez e foi até a porta.

— Alguém viu você entrar, Darius?

— Não, mestre.

— Não permita que ninguém o veja sair.

O criado fitou o corredor e desapareceu rapidamente.

O Persa abriu o estojo. Ele continha um par de pistolas longas.

— Quando Christine Daaé foi levada, senhor, mandei avisar meu servo para me trazer estas pistolas. Eu as tenho há muito tempo e elas são de confiança.

— Está pensando em travar um duelo? — perguntou o jovem.

— Certamente será um duelo que teremos de travar — disse o outro, examinando a carga de suas pistolas. — Um duelo e tanto! — Entregando uma das pistolas a Raoul, acrescentou: — Neste duelo, seremos dois a um; mas você deve estar preparado para tudo, pois estaremos lutando contra o adversário mais terrível que se pode imaginar. Mas você ama Christine Daaé, não é?

— Adoro o chão em que ela pisa! Mas você, senhor, que não a ama, me diga por que o encontro pronto para arriscar sua vida por ela! Você certamente deve odiar Erik!

— Não, senhor — disse o Persa com tristeza. — Não o odeio. Se o odiasse, ele há muito teria deixado de fazer mal aos outros.

— Ele lhe fez mal?

— Já perdoei-lhe pelo mal que me fez.

— Não entendo. Você o trata como um monstro, fala de seu crime, ele lhe fez mal e encontro em você a mesma pena inexplicável que me levou ao desespero quando a vi em Christine!

O Persa não respondeu. Pegou um banquinho e o colocou contra a parede oposta ao grande espelho que preenchia todo o espaço do outro lado. Em seguida, subiu no banquinho e, com o nariz no papel de parede, parecia procurar algo.

— Ah — disse ele, depois de uma longa busca. — Achei! — E, erguendo o dedo acima da cabeça, pressionou-o contra um canto no padrão do papel. Depois, virou-se e saltou do banquinho:

— Em meio minuto — disse —, ele estará *em seu caminho*! — E, atravessando todo o camarim, apalpou o grande espelho. — Não, não está cedendo ainda — ele murmurou.

— Ah, vamos sair pelo espelho? — perguntou Raoul. — Como Christine Daaé.

— Então sabia que Christine Daaé saiu por aquele espelho?

— Ela fez isso diante dos meus olhos, senhor! Eu estava escondido atrás da cortina da sala interna e a vi desaparecer, não dando a volta atrás do vidro, mas atravessando o vidro!

— E o que você fez?

— Achei que era uma aberração dos meus sentidos, um sonho louco.

— Ou alguma nova ilusão de fantasmas! — riu o Persa. — Ah, *monsieur* de Chagny — continuou, ainda com a mão no espelho. — Seria melhor que isso tivesse a ver com um fantasma! Poderíamos então deixar nossas pistolas no estojo delas... Tire o chapéu, por favor... ali... e agora cubra a frente da sua camisa o máximo que puder com seu casaco... como estou fazendo... Traga as lapelas para a frente... vire a gola... Devemos nos tornar o mais invisíveis possível. — Encostando-se ao espelho, depois de um breve silêncio, disse: — Leva algum tempo para liberar o contrapeso quando você pressiona a mola de dentro da sala. É diferente quando se está atrás da parede e pode atuar diretamente no contrapeso. Então o espelho gira de uma vez e é movido com uma rapidez incrível.

— Que contrapeso? — perguntou Raoul.

— Ora, o contrapeso que eleva toda essa parede ao seu pivô. Você certamente não espera que ela se mova por si mesma, por encantamento! Se observar, verá o espelho primeiro subir de dois centímetros e meio a cinco centímetros e depois deslocar a mesma medida da esquerda para a direita. Depois, vai estar num pivô e vai oscilar.

— Não está virando! — disse Raoul impacientemente.

— Ah, espere! Você tem tempo o bastante para ser impaciente, senhor! O mecanismo obviamente ficou enferrujado, ou então a mola não está funcionando... A não ser que seja outra coisa — acrescentou o Persa, ansioso.

— O quê?

— Ele pode simplesmente ter cortado o cabo do contrapeso e bloqueado todo o aparato.

— Por que ele faria isso? Ele não sabe que estamos atrás dele!

— Atrevo-me a dizer que ele suspeita disso, porque sabe que entendemos o sistema.

— Não está virando!... E Christine, senhor, Christine?

O Persa respondeu com frieza:

— Faremos tudo o que for humanamente possível fazer...! Mas ele pode nos parar no primeiro passo...! Ele comanda as paredes, as portas e os alçapões. No meu país, ele era conhecido por um nome que significa "amante do alçapão".

— Mas por que estas paredes obedecem apenas a ele? Ele não as construiu!

— Sim, senhor, foi exatamente isso o que ele fez.

Raoul fitou-o com espanto; contudo o Persa fez-lhe um sinal para que ficasse em silêncio e apontou para o vidro... Houve uma espécie de reflexão arrepiante. Sua imagem foi perturbada como em uma superfície de água ondulante e então tudo ficou parado outra vez.

— Vê, senhor, que não está virando! Vamos por outro caminho!

— Nesta noite, não há outro! — declarou o Persa, numa voz especialmente triste. — E agora, atenção! E esteja preparado para atirar.

Ele mesmo apontou a pistola ao vidro. Raoul imitou seu movimento. Com o braço livre, o Persa puxou o jovem para o peito e, de repente, o espelho virou-se, numa ofuscante confusão de luzes cruzadas: virou-se como uma daquelas portas giratórias que nos últimos tempos foram fixadas à entrada da maioria dos restaurantes, virou-se, carregando Raoul e o Persa consigo e, de repente, lançando-os da luz plena para a escuridão mais profunda.

Nas catacumbas da Ópera

— MÃOS AO ALTO, PREPARADAS PARA ATIRAR! — REPETIU com agilidade o colega de Raoul.

A parede, atrás deles, tendo completado o círculo que descrevia sobre si mesma, fechou-se novamente; e os dois homens ficaram imóveis por um momento, prendendo a respiração. Por fim, o Persa decidiu fazer um movimento; e Raoul ouviu-o esgueirar-se de joelhos e tatear algo no escuro com as mãos. De repente, a escuridão foi tornada iluminada por uma pequena lanterna escura e Raoul por instinto deu um passo para trás, como se escapasse do escrutínio de um inimigo secreto. Mas logo percebeu que a luz pertencia ao Persa, cujos movimentos observava de perto. O pequeno disco vermelho foi virado em todas as direções e Raoul viu que o chão, as paredes e o teto eram todos formados de tábuas. Deve ter sido o caminho comum percorrido por Erik para chegar ao camarim de Christine e aproveitar-se de sua inocência. E Raoul, lembrando-se da observação do Persa, pensou que ela tinha sido misteriosamente construída pelo próprio fantasma. Mais tarde, soube que Erik havia encontrado tudo preparado para ele, uma passagem secreta, há muito conhecida apenas por ele mesmo e construída na época da Comuna de Paris que visava permitir que os carcereiros transportassem seus prisioneiros diretamente para as masmorras construídas para eles nas catacumbas; pois os federados haviam ocupado a casa de Ópera imediatamente após o dia dezoito de março e tinham feito um ponto de partida bem no topo para seus balões Mongolfier, que levavam suas proclamações incendiárias para os departamentos, e uma prisão estatal bem na parte inferior.

O Persa se ajoelhou e colocou a lanterna no chão. Parecia trabalhar no chão; e de repente apagou a luz. Então Raoul ouviu um leve estalo e avistou um quadrado luminoso muito pálido no chão do corredor. Era como se uma janela se abrisse para as catacumbas da Ópera, que ainda estavam acesas. Raoul já não via o Persa, mas de repente sentiu-o ao seu lado e ouviu-o sussurrar:

— Siga-me e faça tudo o que eu fizer.

Raoul voltou-se para a abertura luminosa. Então viu o Persa, ainda de joelhos, pendurado pelas mãos na borda da abertura, com a pistola entre os dentes, e deslizou para a catacumba abaixo.

Curiosamente, o visconde tinha absoluta confiança no Persa, embora nada soubesse sobre o homem. Sua emoção ao falar do "monstro" lhe pareceu sincera; e, se o Persa tivesse acalentado algum desígnio sinistro contra ele, não o teria armado com as próprias mãos. Além disso, Raoul precisava chegar a Christine a todo custo. Por isso, também se ajoelhou e se pendurou no buraco com as duas mãos.

— Solte-se! — disse a voz.

E caiu nos braços do Persa, que lhe disse para se deitar, fechou o alçapão acima dele e agachou-se ao seu lado. Raoul tentou fazer uma pergunta, mas a mão do Persa estava em sua boca e ele ouviu uma voz que reconheceu como a do delegado da polícia.

Raoul e o Persa estavam completamente escondidos atrás de uma divisória de madeira. Perto deles, uma escadinha levava a uma saleta na qual o delegado parecia andar para lá e para cá, fazendo perguntas. A luz fraca era suficiente apenas para permitir que Raoul distinguisse a forma dos objetos ao seu redor. E não conseguiu conter um grito abafado: ali havia três cadáveres.

O primeiro estava no patamar estreito da escadinha; os outros dois haviam rolado para o fundo da escadaria. Raoul poderia ter tocado em um dos dois pobres miseráveis passando os dedos pela divisória.

— Silêncio! — sussurrou o Persa.

Ele também tinha visto os corpos e deu uma palavra em explicação:

— *Ele*!

A voz do delegado passou a ser ouvida de forma mais distinta. Pedia informações sobre o sistema de iluminação, que o diretor de cena fornecia. O delegado, portanto, deveria estar no "órgão" ou em sua vizinhança imediata.

Ao contrário do que se possa pensar, em especial em conexão com uma casa de Ópera, o "órgão" não é um instrumento musical. Naquela época, a eletricidade era empregada apenas para alguns poucos efeitos cênicos e para as campainhas. O imenso edifício e o próprio palco ainda eram iluminados a gás; o hidrogênio era usado para regular e modificar a iluminação de uma cena; e isso era feito por meio de um aparato especial que, por causa da multiplicidade de seus tubos, era conhecido como "órgão". Um posto ao lado do posto do fornecedor foi reservado para o gaseiro-chefe, que de lá dava as ordens aos seus assistentes e via que elas eram executadas. Mauclair ficava nesse posto durante todas as apresentações.

Mas agora Mauclair não estava no posto e seus assistentes não estavam em seus lugares.

— Mauclair! Mauclair!

A voz do diretor de cena ecoava pelas catacumbas. Mas Mauclair não respondia.

Mencionei que uma porta dava a uma escadinha que levava à segunda catacumba. O delegado empurrou-a, mas a porta resistiu.

— Confesso que — disse ele ao diretor de cena — não consigo abrir esta porta: é sempre tão difícil?

O diretor de cena abriu-a à força com o ombro. Notou que também empurrara um corpo humano e não conseguiu segurar uma exclamação, pois logo o reconheceu:

— Mauclair! Pobre diabo! Está morto!

Mas o Sr. delegado Mifroid, a quem nada surpreendia, estava se inclinando sobre aquele grande corpo.

— Não — disse ele. — Está caído de bêbado, o que não é bem a mesma coisa.

— É a primeira vez, se for verdade — comentou o diretor de cena.

— Então alguém deu-lhe algum narcótico. É bem possível.

Mifroid desceu alguns degraus e disse:

— Olhe!

À luz de uma pequena lanterna vermelha, ao pé da escada, viram outros dois corpos. O diretor de cena reconheceu os assistentes de Mauclair. Mifroid desceu e ouviu sua respiração.

— Estão bem adormecidos — relatou. — Negócio muito curioso! Alguma pessoa desconhecida deve ter interferido com o gaseiro e sua equipe... e essa pessoa desconhecida estava obviamente trabalhando em nome do sequestrador... Mas que ideia engraçada sequestrar uma artista no palco...! Mande chamar o médico do teatro, por favor. — E Mifroid repetiu: — Negócio curioso, decididamente curioso!

Depois, voltou-se para a saleta, dirigindo-se às pessoas que Raoul e o Persa não conseguiam ver de onde estavam.

— O que têm a dizer a respeito de tudo isso, senhores? Vocês são os únicos que não deram suas opiniões. E, no entanto, devem ter algum tipo de opinião.

Nisso, Raoul e o Persa viram os rostos assustados dos diretores conjuntos que apareceram sobre o patamar; e ouviram a voz agitada de Moncharmin:

— Há coisas acontecendo aqui, senhor delegado, que somos incapazes de explicar.

E os rostos desapareceram.

— Obrigado pela informação, cavalheiros — zombou Mifroid.

Mas o diretor de cena, segurando o queixo na palma da mão direita, que é a atitude do pensamento profundo, disse:

— Não é a primeira vez que Mauclair adormece no teatro. Lembro-me de encontrá-lo, certa noite, roncando em seu pequeno recesso, com sua caixa de rapé ao seu lado.

— Foi há muito tempo? — perguntou *monsieur* Mifroid, limpando com cuidado seus óculos.

— Não, não faz muito tempo... Espere um pouco...! Foi a noite... claro, sim... Foi a noite em que Carlotta... você sabe, senhor delegado... fez seu famoso *créc*!

— É mesmo? A noite em que Carlotta fez seu famoso *créc*?

E *monsieur* Mifroid, recolocando seus óculos reluzentes no nariz, olhou fixamente para o diretor de cena com uma expressão contemplativa.

— Então Mauclair usa rapé, não usa? — ele perguntou com indiferença.

— Sim, senhor delegado... Olha, a caixa de rapé dele está naquela prateleirazinha... Ah! Ele é um grande usuário de rapé!

— Eu também sou — disse Mifroid e pôs a caixa de rapé no bolso.

Raoul e o Persa, eles próprios ocultos, observaram a remoção dos três corpos por vários contrarregras, seguidos pelo delegado e todas as pessoas que o acompanhavam. Seus passos foram ouvidos por alguns minutos no palco acima. Quando estavam sozinhos, o Persa fez um sinal para Raoul se levantar. Raoul assim o fez; todavia, como não ergueu a mão diante dos olhos, pronto para disparar, o Persa disse-lhe para retomar a postura e continuar nela, independentemente do que acontecesse.

— Mas cansa a mão sem necessidade — sussurrou Raoul. — Se eu disparar, não terei segurança na mira.

— Então mude a pistola para a outra mão — sugeriu o Persa.

— Não consigo atirar com a mão esquerda.

Nisso, o Persa deu essa resposta estranha, que por certo não foi pensada para iluminar o cérebro agitado do jovem:

— Não se trata de atirar com a mão direita ou com a esquerda; trata-se de segurar uma das mãos como se fosse puxar o gatilho de uma pistola com o braço dobrado. Quanto à pistola em si, no fim das contas, pode colocá-la no bolso! — E acrescentou: — Que isso seja compreendido com nitidez, ou não me responsabilizarei por nada. É uma questão de vida ou morte. E agora, fique em silêncio e siga-me!

As catacumbas da Ópera são enormes e contam-se cinco. Raoul seguia o Persa e ponderou sobre o que ele teria feito sem seu companheiro naquele labirinto extraordinário. Desceram para a terceira catacumba; e seu progresso ainda era iluminado por alguma lâmpada distante.

Quanto mais baixo iam, mais precauções o Persa parecia tomar. O homem continuou se virando para Raoul a fim de averiguar se estava segurando seu braço da maneira correta, mostrando-lhe como ele mesmo mantinha a mão como se estivesse sempre pronto para disparar, embora a pistola estivesse em seu bolso.

De repente, uma voz alta os fez parar. Alguém sobre eles gritou:

— Todos os batentes-de-porta no palco! O delegado de polícia deseja vê-los!

Ouviram-se passos e sombras deslizaram pela escuridão. O Persa puxou Raoul para atrás de uma peça de cenário. Viram passar diante e acima deles velhos curvados pela idade e pelo fardo passado de carregar o cenário da ópera. Alguns mal conseguiam se arrastar; outros, por hábito, com corpos inclinados e mãos estendidas, procuravam portas para fechar.

Eram os batentes-de-portas, os velhos e desgastados contrarregras, de quem uma gerência caridosa se compadecera, dando-lhes o trabalho de fechar portas acima e abaixo no palco. Andavam sem cessar, de um lado para o outro no prédio, fechando as portas; e eles também eram chamados de "expulsa-brisas", pelo menos naquela época, pois tenho poucas dúvidas de que agora estão todos mortos. As brisas são muito ruins para a voz, de onde quer que venham.[2]

Os dois homens poderiam ter tropeçado neles, acordando-os e provocando um pedido de explicações. Naquele momento, a indagação de *monsieur* Mifroid os salvara de encontros bem desagradáveis.

O Persa e Raoul ficaram gratos pelo incidente, que os livrou de testemunhas inconvenientes, pois alguns daqueles batentes-de-portas, não tendo mais nada para fazer ou nenhum lugar para deitar a cabeça, ficavam na Ópera, por ócio ou necessidade, e passavam a noite lá.

Mas não puderam aproveitar a solidão por muito tempo. Outras sombras agora desciam pelo mesmo caminho pelo qual os batentes-de-portas subiram. Cada uma dessas sombras carregava uma pequena lanterna e a movia, acima, abaixo e por todos os lados, como se procurasse algo ou alguém.

— Pare — murmurou o Persa. — Não sei o que eles estão procurando, mas podem facilmente nos encontrar... Vamos embora, rápido...! Sua mão para cima, senhor, pronto para disparar...! Dobre o braço... mais... É isso...! Mão na altura do olho, como se travasse um duelo e esperasse a ordem para disparar! Ah, deixe a pistola no bolso. Rápido, venha, desça as escadas. A nível do seu olho! Questão de vida ou morte...! Aqui, assim, estas escadas! — Chegaram à quinta catacumba. — Ah, que duelo, senhor, que duelo!

Uma vez na quinta catacumba, o Persa respirou fundo. Parecia desfrutar de uma sensação de segurança um pouco maior do que havia demonstrado quando ambos pararam na terceira catacumba; mas nunca alterou a atitude de sua mão. E Raoul, lembrando-se da observação do Persa — "Sei que essas pistolas são de confiança"

---

2   O próprio *monsieur* Pedro Gailhard me contou que criou alguns postos adicionais de "batentes-de-portas" para velhos carpinteiros cenográficos que não queria demitir do trabalho na Ópera.

—, ficou cada vez mais atônito, perguntando-se por que alguém deveria ficar tão satisfeito por poder confiar em uma pistola que não pretendia usar!

Mas o Persa não lhe concedeu tempo para reflexão. Orientando Raoul a permanecer no mesmo lugar, ele correu alguns degraus da escadaria de que tinham acabado de sair e depois voltou.

— Que estúpidos fomos! — sussurrou. — Em pouco tempo teríamos visto aqueles homens com lanternas irem embora. São os bombeiros fazendo sua ronda.[3]

Os dois homens esperaram mais cinco minutos. Então o Persa levou Raoul pelas escadas novamente; mas, de repente, ele o parou com um gesto. Algo se movia na escuridão diante deles.

— Deite-se de barriga — sussurrou o Persa.

Os dois homens ficaram estirados ao chão.

Foi bem a tempo. Uma sombra, desta vez sem luz, apenas uma sombra na sombra, passou. Passou perto deles, perto o suficiente para tocá-los.

Sentiram o calor de seu manto sobre si. Pois podiam distinguir a sombra o suficiente para perceber que usava um manto que a cobria da cabeça aos pés. Na cabeça tinha um chapéu de feltro macio...

Afastou-se, encostando os pés nas paredes e, às vezes, dando um chute no canto.

— Ufa! — exclamou o Persa. — Escapamos por pouco; essa sombra me conhece e me levou duas vezes ao escritório dos diretores.

— É alguém pertencente à polícia do teatro? — perguntou Raoul.

---

[3] Naqueles dias, ainda fazia parte do dever dos bombeiros zelar pela segurança da Ópera fora das apresentações; mas esse serviço já foi suprimido. Perguntei a *monsieur* Pedro Gailhard o motivo, e ele respondeu: "Foi porque a administração tinha medo de que, na sua total inexperiência das catacumbas da Ópera, os bombeiros pudessem incendiar o edifício!".

— É alguém muito pior do que isso! — respondeu o Persa, sem dar mais explicações.[4]

— Não é... ele?

— Ele?... Se ele não vier por trás de nós, sempre veremos seus olhos amarelos! Essa é mais ou menos a nossa salvaguarda hoje à noite. Mas ele pode vir por trás, esgueirando-se; e seremos homens mortos se não mantivermos as mãos como se estivessem prestes a disparar, ao nível dos nossos olhos, à frente!

O Persa mal tinha terminado de falar quando um rosto fantástico apareceu... todo um rosto ardente, não apenas dois olhos amarelos!

Sim, uma cabeça de fogo veio em direção a eles, à altura de um homem, mas sem nenhum corpo preso a ela. O rosto derramava fogo, parecia na escuridão uma chama em forma de rosto de homem.

— Ah — disse o Persa, entredentes. — Nunca vi isso antes...! Pampin não estava louco, afinal: ele viu mesmo...! O que pode ser essa chama? Não é *ele*, mas ele pode ter mandado...! Cuidado...! Cuidado! A sua mão ao nível dos olhos, pelos céus, ao nível dos teus olhos...! Conhecia a maior parte dos seus truques... mas não este... Venha, vamos correr... é mais seguro. Mão na altura dos olhos!

E fugiram pela longa passagem que se abria diante deles.

Depois de alguns segundos, que lhes pareceram longos minutos, eles pararam.

---

4   Como o Persa, não posso dar mais explicações sobre a aparição dessa sombra. Considerando que, nessa narrativa histórica, tudo o mais será normalmente explicado, por mais anormal que o curso dos acontecimentos possa parecer, não posso dar ao leitor expressamente a compreensão do que o Persa quis dizer com as palavras: "É alguém muito pior do que isso!". O leitor deve tentar adivinhar por si mesmo, pois prometi a *monsieur* Pedro Gailhard, ex-diretor da Ópera, manter seu segredo sobre a personalidade extremamente interessante e útil da sombra errante e camuflada que, embora se condenasse a viver nas catacumbas da Ópera, prestava serviços tão imensos àqueles que, nas noites de gala, por exemplo, se aventurassem a se afastar do palco. Refiro-me aos serviços do Estado; e, sobre a minha palavra de honra, não posso revelar mais nada.

— Ele não costuma vir por aqui — contou o Persa. — Este lado não tem nada a ver com ele. Este lado não leva ao lago nem à casa no lago... mas talvez ele saiba que estamos em seu encalço... embora eu tenha lhe prometido que o deixaria em paz e nunca mais me intrometeria em seus negócios!

Tendo dito isso, o Persa virou a cabeça e Raoul também o fez; e voltaram a ver a cabeça de fogo atrás deles. Seguia-os. E deve ter corrido também, e talvez mais rápido do que eles, pois parecia estar mais perto.

Ao mesmo tempo, começaram a ouvir certo barulho cuja natureza não conseguiam adivinhar. Simplesmente notaram que o som parecia se mover e se aproximar com o rosto de fogo. Era um barulho como se milhares de unhas raspassem contra um quadro-negro, o barulho perfeitamente insuportável que às vezes é feito por uma pequena pedra dentro do giz que rala no quadro-negro.

Continuaram a recuar, mas a face ardente veio, veio, aproximando-se deles. Podiam ver suas características com nitidez agora. Os olhos eram redondos e fixos, o nariz um pouco torto e a boca grande, com um lábio inferior pendurado, muito parecido com os olhos, nariz e lábio da lua, quando a lua é bastante vermelha, vermelho-brilhante.

Como aquela lua vermelha conseguira deslizar pela escuridão, à altura de um homem, sem nada que desse suporte, pelo menos aparentemente? E como ia tão rápido, tão direto, com olhos tão fixos? E o que era aquele som de arranhão, raspagem, ralação que trazia consigo?

O Persa e Raoul não podiam recuar mais e se espremeram contra a parede, sem saber o que ia acontecer por causa daquela cabeça de fogo incompreensível, e em especial agora, por causa do som mais intenso, enxameador, vivo, "numeroso", pois o som era sem dúvida composto de centenas de sonzinhos que se moviam na escuridão, sob o rosto de fogo.

E a cara de fogo veio... com seu barulho... veio se nivelando com eles...!

E os dois companheiros, encostados à parede, sentiram os cabelos em pé com horror, pois agora sabiam o que os mil ruídos significavam. Vieram em tropa, amontoados na sombra por inúmeras pequenas ondas apressadas, mais rápidas do que as ondas que correm sobre as areias na maré alta, pequenas ondas noturnas espumando sob a lua, sob a cabeça ardente que era como uma lua. E as pequenas ondas passavam entre suas pernas, subindo por suas pernas, irresistivelmente, e Raoul e o Persa não conseguiam mais conter seus gritos de horror, consternação e dor. Também não podiam continuar a segurar as mãos ao nível dos olhos: as mãos desciam até as pernas a fim de empurrar para trás as ondas, que estavam cheias de perninhas e unhas, garras e dentes.

Sim, Raoul e o Persa estavam prontos para desmaiar, como Pampin, o bombeiro. Mas a cabeça de fogo virou-se em resposta aos seus gritos, e falou-lhes:

— Não se mexam! Não se mexam!... O que quer que vocês façam, não venham atrás de mim...! Sou o caçador de ratos...! Deixem-me passar, com meus ratos...!

E a cabeça de fogo desapareceu, sumindo na escuridão, enquanto a passagem à sua frente se iluminava, como resultado da mudança que o caçador de ratos fizera em sua lanterna escura. Antes, para não assustar os ratos à sua frente, virara a lanterna escura sobre si mesma, iluminando a própria cabeça; assim, para apressar sua fuga, ele iluminava o espaço escuro à sua frente. E saltou junto, arrastando consigo as ondas de ratos arranhando, todos os mil sons.

Raoul e o Persa puderam respirar de novo, embora ainda trêmulos.

— Eu deveria ter me lembrado que Erik me contou sobre o caçador de ratos — disse o Persa. — Mas ele nunca me descreveu sua aparência... e é engraçado que eu nunca o tenha encontrado antes... Claro, Erik nunca vem a esta parte!

— Estamos muito longe do lago, senhor? — perguntou Raoul. — Quando chegaremos lá?... Leve-me para o lago, oh, leve-me para o lago!... Quando estivermos no lago, chamaremos!... Christine nos ouvirá!... e *ele* também nos ouvirá!... E, como você o conhece, falaremos com ele!

— Minha criança — disse o Persa. — Nunca entraremos na casa do lago seguindo pelo lago!... Eu mesmo nunca cheguei à outra margem... a margem em que se encontra a casa... Você tem de atravessar o lago primeiro... e é bem guardado!... Temo que mais de um desses homens, velhos contrarregras, velhos batentes-de-porta, que nunca mais foram vistos, tenham sido simplesmente tentados a atravessar o lago... É terrível... Eu mesmo teria quase morrido lá... se o monstro não tivesse me reconhecido a tempo!... Um conselho, senhor; nunca se aproxime do lago... e, acima de tudo, feche os ouvidos se ouvir a voz cantando debaixo d'água, a voz da sereia!

— Mas, então, por que estamos aqui? — perguntou Raoul, num transporte de febre, impaciência e raiva. — Se não pode fazer nada por Christine, pelo menos deixe-me morrer por ela! — O Persa tentou acalmar o jovem.

— Só temos um meio de salvar Christine Daaé, acredite, que é entrar na casa sem ser percebido pelo monstro.

— E é possível fazê-lo, senhor?

— Se eu achasse impossível, não viria buscá-lo!

— E como se pode entrar na casa no lago sem atravessar o lago?

— Da terceira catacumba, da qual fomos tão infelizmente expulsos. Vamos voltar para lá agora... Vou lhe dizer — falou o Persa, com uma mudança repentina na voz. — Vou lhe dizer o lugar exato, senhor: é entre um pedaço do cenário e uma cena descartada de *Roi de Lahore*, exatamente no local onde Joseph Buquet morreu... Venha, senhor, tome coragem e siga-me! E segure sua mão na altura dos seus olhos...! Mas onde estamos?

O Persa reacendeu sua lâmpada e lançou seus raios por dois enormes corredores que se cruzavam em ângulo reto.

— Devemos estar — disse ele — na parte usada mais particularmente para as obras hidráulicas. Não vejo fogo vindo dos fornos.

Ele foi na frente de Raoul, buscando seu caminho, parando abruptamente quando estava com medo de encontrar algum funcionário da água. Então, tiveram de se proteger contra o brilho de uma espécie de forja subterrânea, que os homens estavam apagando e na qual Raoul reconheceu os demônios que Christine tinha visto na época de seu primeiro cativeiro.

Dessa forma, gradualmente chegaram sob as enormes catacumbas abaixo do palco. Devem ter estado nesse momento no fundo da "banheira" e em profundidade extremamente vasta, quando lembramos que a terra foi escavada a quinze metros abaixo da água que jazia sob toda aquela parte de Paris.[5]

O Persa tocou uma parede divisória e disse:

— Se não me engano, este é um muro que pode facilmente pertencer à casa no lago.

Ele estava batendo em uma parede divisória da "banheira", e talvez fosse bom para o leitor saber como o fundo e as paredes divisórias da banheira foram construídos. Para evitar que a água que rodeava as operações de construção permanecesse em contato imediato com as paredes que sustentavam toda a maquinaria teatral, o arquiteto foi obrigado a construir uma caixa dupla em todas as direções. O trabalho de construção desse invólucro duplo levou um ano inteiro. Foi a parede do primeiro invólucro interno que o Persa atingiu ao falar com Raoul sobre a casa no lago. Para qualquer um que entendesse a arquitetura do edifício, a ação do Persa parece indicar que a misteriosa casa de Erik havia sido construída na caixa dupla, formada por uma parede espessa construída como um aterro ou barragem, depois de uma parede de tijolos, uma tremenda camada de cimento e outra parede de vários metros de espessura.

---

5 Toda a água teve de ser drenada na construção da Ópera. Para dar uma ideia da quantidade de água bombeada, posso dizer ao leitor que ela representava a área do pátio do Louvre e sua profundidade seria metade da altura das torres de Notre-Dame. E, mesmo assim, os engenheiros tiveram de deixar um lago.

Diante das palavras do Persa, Raoul recostou-se contra a parede e auscultou com ansiedade. Mas não ouviu nada... nada... exceto passos distantes soando no chão das partes superiores do teatro.

O Persa bloqueou sua lanterna novamente.

— Cuidado! — avisou. — Mantenha a mão erguida! E silêncio! Pois vamos tentar outra forma de entrar.

E levou-o até a pequena escadaria pela qual tinham acabado de descer.

Subiram, parando a cada passo, perscrutando a escuridão e o silêncio, até chegarem à terceira catacumba. Ali, o Persa fez um gesto a Raoul para que se ajoelhasse; e, dessa forma, rastejando sobre os dois joelhos e uma das mãos — pois a outra mão era mantida na posição indicada —, alcançaram a parede final.

Contra esta parede estava uma grande cena descartada de *Roi de Lahore*. Perto da cena havia um pedaço de cenário. Entre a cena e o pedaço havia apenas espaço para um corpo... por um corpo que um dia foi encontrado pendurado ali. O corpo de Joseph Buquet.

O Persa, ainda ajoelhado, parou e ouviu. Por um momento, pareceu hesitar e olhou para Raoul; depois, virou os olhos para cima, em direção à segunda catacumba, que irradiava para baixo o tênue brilho de uma lanterna, através de um guincho entre duas tábuas. Esse brilho parecia incomodar o Persa.

Por fim, mexeu a cabeça e resolveu agir. Esgueirou-se entre a peça de cenário e a cena de *Roi de Lahore*, com Raoul em seu encalço. Com a mão livre, o Persa apalpou a parede. Raoul viu-o fazer força pesadamente contra a parede, assim como ele havia pressionado contra a parede no camarim de Christine. Em seguida, uma pedra cedeu, deixando um buraco na parede.

Desta vez, o Persa tirou a pistola do bolso e fez um sinal para Raoul fazer o mesmo. Engatilhou a pistola.

Decidido, ainda de joelhos, pôs-se no buraco da parede. Raoul, que desejava passar primeiro, teve de se contentar em segui-lo.

O buraco era muito estreito. O Persa parou quase de uma vez. Raoul ouviu-o apalpar as pedras à sua volta. Então o Persa pegou sua lanterna escura novamente, inclinou-se para a frente, examinou algo abaixo dele e imediatamente apagou sua lanterna. Raoul ouviu-o dizer, num sussurro:

— Vamos ter de cair alguns metros, sem fazer barulho; tire suas botas.

O Persa deu os próprios sapatos a Raoul.

— Coloque-os do lado de fora da parede — ele disse. — Vamos encontrá-los quando sairmos.[6] — Ele engatinhou um pouco mais de joelhos, depois virou para a direita e disse: — Vou me pendurar pelas mãos na beira da pedra e me deixar cair *na casa dele*. Você deve fazer exatamente o mesmo. Não tenha medo. Vou pegá-lo nos meus braços.

Raoul logo ouviu um som abafado, evidentemente produzido pela queda do Persa, e depois se deixou cair.

Sentiu-se segurado nos braços do Persa.

— Psiu! — disse o Persa.

Ficaram parados em pé, imóveis, escutando.

A escuridão era espessa ao seu redor; o silêncio, pesado e terrível.

Então o Persa começou a mexer com a lanterna escura novamente, virando os raios sobre suas cabeças, à procura do buraco pelo qual tinham vindo, e não conseguindo encontrá-lo:

— Ah! — exclamou ele. — A pedra se fechou por conta própria!

E a luz da lanterna varreu a parede e o chão.

O Persa inclinou-se e pegou alguma coisa, uma espécie de cordão, que examinou por um segundo e arremessou com horror.

— O laço do Punjab! — murmurou.

— O que é isso?

O Persa tremeu.

---

[6] Esses dois pares de botas, que foram colocados, de acordo com os papéis do Persa, bem entre o pedaço de cenário e a cena de *Roi de Lahore*, no ponto em que Joseph Buquet foi encontrado enforcado, nunca foram encontrados. Provavelmente foram levados por algum carpinteiro cenográfico ou algum "batente-de-portas".

— Pode muito bem ser a corda pela qual o homem foi enforcado, e que foi procurada por tanto tempo.

E, subitamente tomado de nova ansiedade, moveu o pequeno disco vermelho de sua lanterna sobre as paredes. Dessa forma, iluminou uma coisa curiosa: o tronco de uma árvore, que parecia ainda bastante vivo, com suas folhas; e os galhos daquela árvore subiam pelas paredes e desapareciam no teto.

Por causa da pequenez do disco luminoso, foi difícil no início perceber a aparência das coisas: eles viram um canto de um galho... e uma folha... e outra folha... e, ao lado, nada, nada além do raio de luz que parecia refletir-se... Raoul passou a mão sobre aquele nada, sobre aquele reflexo.

— Ai! — ele disse. — A parede é um espelho!

— Sim, um espelho! — concordou o Persa, em tom de profunda comoção. E, ao passar a mão que segurava a pistola sobre sua testa úmida, acrescentou: — Caímos na câmara de tortura!

O que o Persa sabia da câmara de tortura e o que havia acontecido a ele e a seu companheiro será contado em suas próprias palavras, conforme consta de um manuscrito que ele deixou para trás, e que copio *literalmente*.

XXI

Interessantes e instrutivas vicissitudes de um persa nas catacumbas da Ópera

A NARRAÇÃO DO PERSA

Foi a primeira vez que entrei na casa no lago. Muitas vezes implorei ao "amante do alçapão", como costumávamos chamar Erik em meu país, que abrisse suas portas misteriosas para mim. Ele sempre recusou. Fiz muitas tentativas, mas em vão, para conseguir a admissão. Por mais que o observasse como pude, depois que soube que ele havia tomado sua morada permanente na Ópera, a escuridão era sempre muito espessa para me permitir ver como ele fazia funcionar a porta na parede do lago. Um dia, quando pensei estar sozinho, entrei no barco e remei em direção àquela parte do muro através da qual tinha visto Erik desaparecer. Foi então que entrei em contato com a sereia que guardava o caminho e cujo charme foi quase fatal para mim.

Mal me afastei da margem e o silêncio em meio ao qual flutuava na água foi perturbado por uma espécie de canto sussurrado que pairava ao meu redor. Era meio respiração, meio música; erguia-se com suavidade das águas do lago; e eu estava cercado por ele, por não sei qual artifício. Seguia-me, mexia-se comigo e era tão suave que não me alarmava. Pelo contrário, no meu desejo de me aproximar da fonte daquela doce e sedutora harmonia, inclinei-me para fora do meu barquinho sobre a água, pois não havia dúvida em minha mente de que o canto vinha da própria água. A essa altura, eu estava sozinho no barco no meio do lago; a voz — pois agora era nitidamente uma voz — estava ao meu lado, sobre a água. Inclinei-me, inclinei-me ainda mais. O lago estava perfeitamente calmo; e um raio de luar, que passava pelo buraco de ar na Rue Scribe, não me mostrava absolutamente nada em sua superfície, que era lisa e preta como tinta. Balancei os ouvidos para me livrar de um possível zumbido; mas logo tive de aceitar o fato de que não havia zumbido nos ouvidos tão harmonioso quanto o sussurro cantante que se seguia e agora me atraía.

Se eu fosse inclinado à superstição, decerto teria pensado que tinha a ver com alguma sereia cuja função era confundir o viajante que se aventurasse nas águas da casa no lago. Felizmente, venho de um país onde gostamos demasiado de coisas fantásticas para não as conhecermos profundamente; e eu não tinha dúvidas de que eu estava cara a cara com alguma nova invenção de Erik. Mas essa invenção era tão perfeita que, ao me inclinar para fora do barco, fui impelido menos pelo desejo de descobrir seu truque do que de desfrutar de seu encanto; e me inclinei, me inclinei até quase virar o barco.

De repente, dois braços monstruosos saíram do seio das águas e me agarraram pelo pescoço, arrastando-me para as profundezas com força irresistível. Eu certamente estaria perdido, se não tivesse tido tempo de dar um grito pelo qual Erik me conhecesse. Pois era ele; e, em vez de me afogar, como sem dúvida era sua primeira intenção, nadou comigo e me deitou com gentileza na margem:

— Como você é imprudente! — disse ele, enquanto estava diante de mim, pingando água. — Por que tentar entrar na minha casa? Nunca o convidei! Não quero você lá, nem ninguém! Você salvou minha vida apenas para torná-la insuportável para mim? Por maior que seja o serviço que você lhe prestou, Erik pode acabar esquecendo-o; e sabe que nada pode conter Erik, nem mesmo o próprio Erik.

Ele falou, mas eu não tinha outro desejo a não ser saber o que eu já chamava de truque da sereia. Ele satisfez minha curiosidade, pois Erik, que é um verdadeiro monstro — eu o vi em ação na Pérsia, infelizmente — é também, em certos aspectos, uma criança normal, vaidosa e presunçosa, e não há nada que ele ame tanto, depois de surpreender as pessoas, quanto provar toda a engenhosidade realmente milagrosa de sua mente.

Erik riu e me mostrou um caniço comprido.

— É o truque mais bobo que você já viu — contou. — Mas é muito útil para respirar e cantar na água. Aprendi isso com os piratas Tonkin, que podem permanecer escondidos por horas nos leitos dos rios.[7]

Falei-lhe com severidade:

— É um truque que quase me matou! — ralhei. — E pode ter sido fatal para os outros! Sabe o que você me prometeu, Erik? Chega de assassinatos!

— Será que de fato cometi assassinatos? — perguntou, exibindo seu ar mais amável.

— Desgraçado! — gritei. — Esqueceu as horas rosadas de Mazandarão?

— Sim — respondeu, em tom mais triste. — Prefiro esquecê-las. Embora eu fizesse a pequena sultana rir!

— Tudo isso pertence ao passado — declarei. — Mas há o presente... e você é responsável comigo pelo presente, porque, se eu

---

7   Um relatório oficial de Tonkin, recebido em Paris no fim de julho de 1909, conta que o famoso chefe de piratas De Tham estava sendo procurado, junto a seus homens, por nossos soldados; e como todos escaparam com sucesso graças a esse truque com os caniços.

quisesse, não teria havido nenhum para ti. Lembre-se disso, Erik: eu salvei sua vida! — E aproveitei a mudança de assunto para falar com ele de algo que estava há muito tempo em minha mente: — Erik — perguntei. — Erik, jure que...

— O quê? — retrucou. — Sabe que nunca cumpro meus juramentos. Juramentos são usados para apanhar gaivotas.

— Diga-me... você pode me dizer, pelo menos...

— Bem?

— Bem, o lustre... o lustre, Erik?...

— O que tem o lustre?

— Você sabe o que eu quero dizer.

— Oh — ele ironizou. — Não ligo de falar sobre o lustre...! *Não fui eu...!* O lustre era muito velho e desgastado.

Quando Erik ria, ele era mais terrível do que nunca. Pulou no barco, rindo tão horrivelmente que não pude deixar de tremer.

— Muito velho e desgastado, meu querido daroga[8]! Muito velho e desgastado o lustre!... Caiu de maduro!... Desceu com um estouro!... E agora, daroga, siga meu conselho e vá se secar, ou vai pegar um resfriado na cabeça!... E nunca mais entre no meu barco... E, o que quer que faça, não tente entrar na minha casa: nem sempre estou lá... Daroga! E eu deveria ter de dedicar minha missa de réquiem a você!

Tendo dito isso, balançando para lá e para cá, como um macaco, e ainda rindo, ele se afastou e logo desapareceu na escuridão do lago.

A partir desse dia, abandonei qualquer ideia de penetrar em sua casa à beira do lago. Essa entrada era obviamente muito bem guardada, em especial porque ele tinha descoberto que eu sabia disso. Mas senti que devia haver outra entrada, pois muitas vezes tinha visto Erik desaparecer na terceira catacumba, quando o observava, embora não pudesse imaginar como.

---

8   Daroga significa "chefe de polícia" na língua persa.

Desde que descobri Erik instalado na Ópera, vivi num terror perpétuo de suas fantasias horríveis, não no que me diz respeito, mas temia tudo pelos outros.[9]

E sempre que algum acidente, algum evento fatal acontecia, sempre pensava comigo mesmo: *Eu não deveria me surpreender se fosse Erik*, mesmo quando outros costumavam dizer: "É o fantasma!". Quantas vezes não ouvi as pessoas proferirem essa frase com um sorriso! Pobres diabos! Se soubessem que o fantasma existia na carne, juro que não teriam rido!

Embora Erik me anunciasse muito solenemente que havia mudado e que havia se tornado o mais virtuoso dos homens *desde que era amado por quem era* — uma frase que, a princípio, me deixou terrivelmente perplexo —, não pude deixar de estremecer quando pensei no monstro. Sua feiura horrível, inigualável e repulsiva o deixara sem os limites da humanidade; e muitas vezes me pareceu que, por essa razão, ele não acreditava mais que tinha qualquer dever para com a raça humana. A maneira como ele falava de seus casos amorosos só aumentava meu alarme, pois eu previa a causa de novas e mais hediondas tragédias neste evento ao qual ele aludia com tanto orgulho.

Por outro lado, logo descobri a curiosa relação moral estabelecida entre o monstro e Christine Daaé. Escondido na sala de depósito ao lado do camarim da jovem prima-dona, ouvi impressionantes exibições musicais que evidentemente lançaram Christine em êxtase maravilhoso; mas, mesmo assim, eu nunca teria pensado que a voz de Erik — que era alta como trovão ou suave como as vozes dos anjos, conforme ele desejasse — poderia tê-la feito esquecer sua feiura.

---

9   O Persa poderia muito bem ter admitido que o destino de Erik também lhe interessava, pois ele estava bem ciente de que, se o governo de Teerã tivesse descoberto que Erik ainda estava vivo, teria acabado com a modesta pensão do antigo daroga. É justo, porém, acrescentar que o Persa tinha um coração nobre e generoso; e não duvido por um momento de que as catástrofes que ele temia pelos outros ocupassem muito sua mente. A sua conduta, ao longo deste negócio, prova-o e é, acima de tudo, digna de elogio.

Entendi tudo quando soube que Christine ainda não o tinha visto! Tive ocasião de ir ao camarim e, lembrando-me das lições que ele me dera certa vez, não tive dificuldade em descobrir o truque que fazia a parede com o espelho girar e verifiquei os meios de tijolos ocos e assim por diante — pelo qual ele fez sua voz chegar a Christine como se ela a ouvisse de perto. Desta forma, descobri também o caminho que levava ao poço e à masmorra — a masmorra dos membros da Comuna — e também o alçapão que permitia a Erik ir direto para as catacumbas abaixo do palco.

Dias depois, qual não foi meu espanto ao saber, pelos meus próprios olhos e ouvidos, que Erik e Christine Daaé se viam e ao surpreender o monstro se inclinando sobre o pequeno poço, na estrada da Comuna, e molhando a testa de Christine Daaé, que havia desmaiado. Um cavalo branco, o cavalo do *profeta*, que havia desaparecido dos estábulos sob a Ópera, estava quieto ao lado deles. Revelei minha presença. Foi terrível. Vi faíscas voarem daqueles olhos amarelos e, antes de ter tempo de me pronunciar, recebi um golpe na cabeça, que me deixou atordoado.

Quando recobrei a consciência, Erik, Christine e o cavalo branco tinham desaparecido. Tive a certeza de que a pobre menina era prisioneira na casa do lago. Sem hesitar, resolvi voltar à margem, apesar do perigo que isso acarretava. Durante vinte e quatro horas, fiquei esperando que o monstro aparecesse; pois senti que ele devia sair, movido pela necessidade de obter provisões. E, a este respeito, posso dizer que, quando saía à rua ou se aventurava a mostrar-se em público, usava um nariz de papelão, com um bigode preso, em vez do seu próprio buraco horrível de nariz. Isso não lhe tirava completamente o ar de cadáver, mas o tornava quase, digo quase, possível de olhar.

Fiquei observando, pois, na margem do lago e, cansado de longa espera, começava a pensar que ele tinha passado pela outra porta, a porta da terceira catacumba, quando ouvi um leve respingo no escuro, vi os dois olhos amarelos brilhando como velas e logo o barco tocou a costa. Erik pulou e se aproximou de mim:

— Você está aqui há vinte e quatro horas — disse ele —, e está me irritando. Digo-lhe: tudo isso vai acabar muito mal. E você será o responsável pelo mal que lhe suceder; porque tenho sido extraordinariamente paciente. Acha que está me seguindo, seu grande lunático, enquanto sou eu que estou o seguindo; e sei tudo o que você sabe sobre mim, aqui. Poupei-o ontem, na *estrada dos meus amigos da Comuna*; mas lhe aviso, a sério: não me deixe surpreendê-lo lá de novo! Dou minha palavra, você não parece capaz de entender um conselho! — Ele ficou tão furioso que não pensei, nem por um instante, em interrompê-lo. Depois de bufar e soprar como uma morsa, ele colocou seu pensamento horrível em palavras: — Sim, você deve aprender, de uma vez por todas, de uma vez por todas, digo, a entender um conselho! Digo-lhe que, com sua imprudência, pois você já foi preso duas vezes pela sombra no chapéu de feltro, que não sabia o que estava fazendo nas catacumbas e o levou aos diretores, que o olharam como um excêntrico persa interessado no mecanismo de palco e na vida nos bastidores; sei tudo sobre isso, eu estava lá, no escritório; você sabe que estou em todos os lugares; bem, eu lhe digo que, com sua imprudência, vão acabar se perguntando pelo que você está procurando aqui embaixo... e vão acabar sabendo que você está atrás de Erik... e então estarão atrás do mesmo Erik e descobrirão a casa no lago... Se o fizerem, o azar será seu, velho, azar seu...! Não vou me responsabilizar por nada. — Novamente ele inchou e soprou como uma morsa. — Não vou responder por nada...! Se os segredos de Erik deixarem de ser os segredos de Erik, *será azar de um bom número de membros da raça humana*! Isso é tudo o que tenho para lhe dizer, e a menos que você seja um grande lunático, deveria ser o suficiente para você... só que você não sabe entender um conselho.

Ele havia se sentado na popa de seu barco e chutava seus calcanhares contra as tábuas, esperando para ouvir o que eu tinha a responder. Eu simplesmente disse:

— Não é Erik que estou procurando aqui.

— A quem procura, então?

— Você sabe tão bem quanto eu: procuro Christine Daaé — respondi.

Ele retrucou:

— Tenho todo o direito de vê-la na minha própria casa. Sou amado por quem sou.

— Isso não é verdade — eu disse. — Você a carregou e a mantém presa.

— Ouça — disse ele. — Você prometerá nunca mais se intrometer em meus assuntos, se eu provar a você que sou amado por quem sou?

— Sim, prometo — respondi, sem hesitar, pois sentia-me convencido de que, para tal monstro, a prova era impossível.

— Bem, então, é bem simples... Christine Daaé sairá daqui como quiser e voltará novamente!... Sim, voltará novamente, porque ela deseja... Voltará por conta própria, porque ela me ama por quem sou!...

— Ah, duvido que ela vá voltar...! Mas é seu dever deixá-la ir.

— Meu dever, seu grande lunático!... É o meu desejo... meu desejo de deixá-la ir; e ela vai voltar de novo... pois me ama!... Tudo isso vai acabar em um casamento... um casamento na Madeleine, seu grande lunático! Acredita em mim agora? Quando lhe digo que a minha missa nupcial está escrita... espere até ouvir o *Kyrie*...

Ele marcou o tempo batendo com os calcanhares nas tábuas do barco e cantou:

— *Kyrie*...! *Kyrie*...! *Kyrie Eleison*...! Espere até ouvir, espere até ouvir essa missa.

— Olhe aqui — eu disse. — Acreditarei em você se vir Christine Daaé sair da casa no lago e voltar para ela por vontade própria.

— E não vai se intrometer mais nos meus assuntos?

— Não vou.

— Muito bem, você verá isso hoje à noite. Venha ao baile de máscaras. Christine e eu vamos dar uma olhada. Então pode se esconder na sala de depósito e verá Christine, que terá ido para seu camarim, encantada por voltar pela estrada da Comuna... E, agora, saia, pois preciso ir fazer umas compras!

Para meu intenso espanto, as coisas aconteceram como ele havia anunciado. Christine Daaé deixou a casa no lago e voltou a ela várias vezes, sem, aparentemente, ser forçada a fazê-lo. Era muito difícil para mim tirar Erik da cabeça. No entanto, resolvi ser extremamente prudente e não cometi o erro de voltar à margem do lago ou de ir pela estrada da Comuna. Mas a ideia da entrada secreta na terceira catacumba me assombrava, e repetidamente fui e esperei por horas atrás de uma cena de *Roi de Lahore*, que havia sido deixado lá por um motivo ou outro. Finalmente, minha paciência foi recompensada. Um dia, vi o monstro vir em minha direção, de joelhos. Eu tinha certeza de que ele não poderia me ver. Passou entre a cena, atrás da qual eu estava, e uma peça de cenário, foi até a parede e pressionou uma mola que movia uma pedra e lhe dava entrada. Ele passou por ali, e a pedra se fechou atrás dele.

Esperei pelo menos trinta minutos e depois apertei a mola na minha vez. Tudo aconteceu como acontecera com Erik. Mas tive o cuidado de não passar pelo buraco, pois sabia que Erik estava lá dentro. Por outro lado, a ideia de que eu poderia ser pego por Erik de repente me fez pensar na morte de Joseph Buquet. Não queria comprometer as vantagens de uma descoberta tão importante que poderia ser útil a muitas pessoas, "a um bom número de indivíduos da raça humana", nas palavras de Erik; e deixei as catacumbas da Ópera depois de reposicionar com cuidado a pedra.

Continuei a me interessar muito pelas relações entre Erik e Christine Daaé, não por qualquer curiosidade mórbida, mas por causa do terrível pensamento que obcecava minha mente, de que Erik era capaz de qualquer coisa, se um dia descobrisse que não era amado por quem era, como imaginava. Continuei a vagar, muito cautelosamente, pela Ópera, e logo descobri a verdade sobre o triste caso de amor do monstro.

Ele encheu a mente de Christine, através do terror que nela inspirou, mas o coração da querida menina pertencia inteiramente a Visconde Raoul de Chagny. Enquanto brincavam, como um casal inocente de noivos, nos andares superiores da Ópera, para evitar o monstro, mal suspeitavam que alguém cuidava deles. Eu estava preparado para fazer qualquer coisa: matar o monstro, se necessário, e explicar à polícia depois. Mas Erik não se mostrou; e eu tampouco me sentia confortável para fazê-lo.

Preciso explicar todo o meu plano. Pensei que o monstro, sendo expulso de sua casa por ciúmes, me permitiria assim entrar nela, sem perigo, pela passagem na terceira catacumba. Era importante, para o bem de todos, que eu soubesse exatamente o que estava lá dentro. Um dia, cansado de esperar por uma oportunidade, movi a pedra e de imediato ouvi uma música espantosa: o monstro estava trabalhando em seu *Don Juan triunfante*, com todas as portas da casa abertas. Eu sabia que essa era a obra da vida dele. Tive o cuidado de não me mexer e permaneci prudentemente no meu buraco escuro.

Ele parou de tocar, por um momento, e começou a andar pela casa, como um louco. E disse em voz alta, a plenos pulmões:

— É preciso acabá-la *antes*! Bem acabada!

Essa fala não fora pensada para me tranquilizar e, quando a música recomeçou, fechei a pedra com delicadeza.

No dia do rapto de Christine Daaé, só vim ao teatro tarde da noite, tremendo para não ouvir más notícias. Eu tinha passado um dia horrível, pois, depois de ler, em um jornal matinal, o anúncio de um casamento iminente entre Christine e o Visconde de Chagny, e me perguntei se, afinal, não seria melhor que eu denunciasse o monstro. Mas a razão voltou a mim, e estava convencido de que essa ação só poderia precipitar uma possível catástrofe.

Quando minha carruagem de aluguel me deixou diante da Ópera, realmente quase fiquei surpreso ao vê-la ainda de pé! Mas sou uma espécie de fatalista, como todos os bons orientais, e entrei pronto para qualquer eventualidade.

O sequestro de Christine Daaé no Ato da Prisão, que naturalmente surpreendeu toda a gente, encontrou-me preparado. Eu tinha certeza de que ela tinha sido raptada por Erik, aquele príncipe dos feiticeiros. E pensei que, com certeza, era o fim de Christine e talvez de todos, tanto que pensei em aconselhar todas as pessoas que estavam no teatro a fugirem imediatamente. Senti, no entanto, que elas decerto me olhariam como louco e me abstive.

Por outro lado, resolvi agir sem mais delongas no que me dizia respeito. As chances de que Erik, naquele momento, pensava apenas em sua cativa estavam a meu favor. Foi o momento de entrar em sua casa pela terceira catacumba; e resolvi levar comigo aquele pobre visconde desesperado, que, à primeira sugestão, aceitou, com uma dose de confiança em mim que me tocou profundamente. Eu tinha mandado meu servo buscar minhas pistolas. Dei uma ao visconde e aconselhei-o a manter-se pronto para disparar, pois, afinal, Erik poderia estar nos esperando atrás do muro. Devíamos passar pela estrada da Comuna e pelo alçapão.

Ao se deparar com minhas pistolas, o pequeno visconde me perguntou se íamos travar um duelo. Eu disse:

— Sim; um duelo e tanto! — Mas, claro, não tive tempo de lhe explicar nada. O pequeno visconde é um sujeito corajoso, mas não sabia quase nada sobre seu adversário; e foi tanto melhor. Meu grande medo era que ele já estivesse em algum lugar perto de nós, preparando o laço de Punjab. Ninguém sabe melhor do que ele como jogar o laço de Punjab, pois é o rei dos estranguladores, assim como é o príncipe dos conjuradores. Quando terminava de fazer a pequena sultana rir, na época das "horas rosadas de Mazandarão", ela mesma costumava pedir que ele a divertisse, dando-lhe uma emoção. Foi então que ele introduziu o esporte do laço de Punjab.

Ele vivera na Índia e adquirira habilidade incrível na arte do estrangulamento. Ele os fazia trancá-lo em um pátio para o qual traziam um guerreiro — em geral, um condenado à morte — armado com longa lança e espada larga. Erik tinha apenas o laço; e era sempre quando o guerreiro pensava que ia derrubar Erik com um tremendo golpe que ouvíamos o assobio do laço pelo ar. Com uma volta no pulso, Erik apertava o laço em volta do pescoço do adversário e, dessa forma, o arrastava diante da pequena sultana e de suas mulheres, que se sentavam olhando de uma janela e aplaudiam. A própria pequena sultana aprendeu a empunhar o laço de Punjab e matou várias de suas mulheres e até mesmo dos amigos que a visitavam. Mas prefiro deixar para lá este terrível assunto das horas rosadas de Mazandarão. Mencionei-o apenas para explicar por que, ao chegar com o Visconde de Chagny às catacumbas da Ópera, fui obrigado a proteger o meu companheiro contra o perigo sempre ameaçador de morte por estrangulamento. Minhas pistolas não serviam para nada, pois Erik provavelmente não se mostraria; mas Erik sempre poderia nos estrangular. Não tive tempo de explicar tudo isso ao visconde. Além disso, não havia nada a ganhar complicando a situação. Eu simplesmente disse a *monsieur* de Chagny para manter a mão na altura dos olhos, com o braço dobrado, como se esperasse o comando de disparar. Com sua vítima nessa atitude, é impossível até mesmo para o estrangulador mais experiente jogar o laço com vantagem. Ele pega você não apenas ao redor do pescoço, mas também ao redor do braço ou da mão. Isso permite que você solte facilmente o laço, que então se torna inofensivo.

    Depois de evitar o delegado da polícia, vários batentes-de--portas e os bombeiros, depois de encontrar o caçador de ratos e passar pelo homem do chapéu de feltro sem sermos percebidos, o visconde e eu chegamos sem obstáculos à terceira catacumba, entre a peça de cenário e a cena de *Roi de Lahore*. Fiz funcionar a pedra e pulamos na casa que o próprio Erik havia construído na caixa dupla das paredes de fundação da Ópera. E isso foi a coisa mais fácil do mundo para ele fazer, porque Erik foi um dos principais empreiteiros sob Philippe Garnier, o arquiteto da Ópera, e continuou a trabalhar sozinho quando as obras foram oficialmente suspensas, durante a guerra, o cerco de Paris e a Comuna.

Eu conhecia meu Erik muito bem para me sentir confortável em aparecer do nada na casa dele. Eu sabia o que ele tinha feito de um certo palácio em Mazandarão. De ser o edifício com melhor reputação concebível, ele logo o transformou em uma casa do próprio diabo, onde não se podia pronunciar uma palavra, que era ouvida ou repetida por eco. Com seus alçapões, o monstro era responsável por tragédias intermináveis de todos os tipos. Criou invenções surpreendentes. Destas, a mais curiosa, horrível e perigosa era a chamada câmara de tortura. Exceto em casos especiais, quando a pequena sultana se divertia infligindo sofrimento a algum cidadão inofensivo, a ninguém era permitido entrar ali, a não ser miseráveis condenados à morte. E, mesmo assim, quando estes "se fartavam", estavam sempre em liberdade para acabar consigo mesmos com uma corda ou laço de Punjab, deixado para seu uso ao pé de uma árvore de ferro.

Meu alarme, portanto, foi grande quando vi que a sala em que *monsieur* Visconde de Chagny e eu havíamos caído era uma cópia exata da câmara de tortura das horas rosadas de Mazandarão. Aos nossos pés, encontrei o laço de Punjab que eu temia a noite toda. Estava convencido de que essa corda já tinha cumprido seu dever com Joseph Buquet, que, como eu, deve ter surpreendido Erik certa noite ao ativar a pedra na terceira catacumba. Ele provavelmente tentou, por sua vez, cair na câmara de tortura e só a deixou enforcado. Posso bem imaginar Erik arrastando o corpo, a fim de se livrar dele, para a cena de *Roi de Lahore*, e pendurando-o lá como exemplo, ou para aumentar o terror supersticioso que o ajudaria a afastar as aproximações de seu covil! Então, após refletir, Erik voltou para buscar o laço de Punjab, que é muito curiosamente feito de categute, e que poderia ter suscitado a desconfiança de um juiz de instrução. Isso explica o desaparecimento da corda.

Agora achei o laço, aos nossos pés, na câmara de tortura!...
Não sou covarde, mas um suor frio cobriu minha testa enquanto movia o pequeno disco vermelho de minha lanterna sobre as paredes.

Monsieur de Chagny o notou e perguntou:

— Qual é o problema, senhor?

Fiz um gesto violento para que ficasse em silêncio.

XXII

Na câmara de tortura

A NARRAÇÃO DO PERSA CONTINUAVA

Estávamos no meio de uma saleta de seis cantos, cujas laterais estavam cobertas de espelhos de cima a baixo. Nos cantos, podíamos ver nitidamente as "junções" nos vidros, os segmentos destinados a ligar sua engrenagem; sim, eu os reconheci e reconheci a árvore de ferro no canto, no fundo de um desses segmentos... a árvore de ferro, com seu galho de ferro, para os enforcados.

Peguei o braço de meu companheiro: Visconde de Chagny estava todo agitado, ansioso para gritar para sua noiva que ele estava lhe trazendo ajuda. Eu temia que ele não conseguisse se conter.

De repente, ouvimos um barulho à nossa esquerda. Soou, a princípio, como uma porta se abrindo e fechando na sala ao lado; e então houve um gemido abafado. Segurei o braço de *monsieur* de Chagny com mais firmeza ainda; e então ouvimos distintamente estas palavras:

— Você tem de fazer a sua escolha! A missa das bodas ou a missa de réquiem! — Reconheci a voz do monstro.

Houve outro gemido, seguido por um longo silêncio.

Eu já estava convencido de que o monstro não sabia da nossa presença em sua casa, pois, caso contrário, ele sem dúvida teria providenciado para que não o ouvíssemos. Ele só teria de fechar a janelinha invisível através da qual os amantes da tortura espiam para a câmara de tortura. Além disso, eu tinha certeza de que, se ele soubesse da nossa presença, as torturas teriam começado imediatamente.

O importante era não o deixar saber; e eu não temia nada mais do que a impulsividade do Visconde de Chagny, que queria correr através das paredes para Christine Daaé, cujos gemidos continuávamos a ouvir em intervalos.

— A missa de réquiem não é nem um pouco alegre — retomou a voz de Erik —, enquanto a missa de casamento, dou-lhe minha palavra por ela, é magnífica! Você deve tomar uma decisão e conhecer sua própria mente! Não posso continuar vivendo assim, como uma toupeira em uma toca! *Don Juan triunfante* está concluída; e agora quero viver como todo mundo. Quero ter uma esposa como todo mundo e levá-la a passear aos domingos. Inventei uma máscara que me faz parecer com qualquer um. As pessoas nem vão se virar nas ruas. Você será a mais feliz das mulheres. E cantaremos, sozinhos, até desmaiarmos de prazer. Você está chorando! Você tem medo de mim! E, no entanto, não sou perverso de verdade. Ame a mim e verás! Tudo o que eu queria era ser amado por quem sou. Se você me amasse, eu seria gentil como um cordeiro; e você poderia fazer qualquer coisa comigo que quisesse.

Logo os gemidos que acompanhavam esse tipo de ladainha de amor aumentavam e aumentavam. Nunca ouvi nada mais desesperador; e *monsieur* de Chagny e eu reconhecemos que esse lamento terrível veio do próprio Erik. Christine parecia estar de pé, calada em horror, sem forças para gritar, ao passo que o monstro estava de joelhos diante dela.

Três vezes repetidas, Erik selvagemente lamuriou-se por seu destino:

— Você não me ama! Você não me ama! Você não me ama! — E então com mais gentileza: — Por que chora? Você sabe que me causa dor vê-la chorar!

Silêncio.

Cada silêncio nos dava uma esperança renovada. Dissemos a nós mesmos:

— Talvez ele tenha deixado Christine do outro lado da parede.

E pensamos apenas na possibilidade de avisar Christine Daaé de nossa presença, desconhecida do monstro. Não podíamos sair naquele momento da câmara de tortura, a menos que Christine nos abrisse a porta; e era só nessa condição que podíamos esperar ajudá-la, pois nem sabíamos onde poderia estar a porta.

De repente, o silêncio na sala ao lado foi perturbado pelo toque de uma campainha elétrica. Havia uma ligação do outro lado da parede e a voz de trovão de Erik surgiu:

— Alguém está tocando a campainha! Pode entrar, por favor! — Uma risadinha sinistra. — Quem veio incomodar agora? Me espere aqui... *vou mandar a sereia abrir a porta.*

Passos se afastaram, uma porta se fechou. Não tive tempo de pensar no novo horror que se preparava. Esqueci que o monstro só saía talvez para cometer um novo crime; entendi apenas uma coisa: Christine estava sozinha do outro lado da parede!

O Visconde de Chagny já a chamava:

— Christine! Christine!

Como podíamos ouvir o que foi dito na sala ao lado, não havia razão para que meu companheiro não fosse ouvido, por sua vez. No entanto, o visconde teve de repetir o grito várias vezes.

Finalmente, uma voz fraca nos alcançou.

— Estou sonhando! — ela disse.

— Christine, Christine, sou eu, é o Raoul! — Silêncio. — Responda-me, Christine!... Pelos céus, se estiver sozinha, responda-me! — Então a voz de Christine sussurrou o nome de Raoul. — Sim! Sim! Sou eu! Não é um sonho...! Christine, confie em mim...! Estamos aqui para salvá-la... mas seja prudente! Quando ouvir o monstro, avise-nos!

Então Christine cedeu ao medo. A jovem tremeu de medo de que Erik descobrisse o esconderijo de Raoul; ela nos disse em algumas palavras apressadas que Erik tinha enlouquecido muito de amor e que ele tinha decidido *matar todo mundo e a si mesmo com todos* se ela não consentisse em se tornar sua esposa. Ele lhe dera até as onze horas da noite seguinte para reflexão. Foi a última trégua. Ela deveria escolher, como ele disse, entre a missa nupcial e o réquiem.

E Erik proferiu então uma frase que Christine não entendeu bem:

— Sim ou não! Se a sua resposta for não, todos serão mortos *e sepultados*!

Mas entendi perfeitamente a frase, pois correspondia de maneira horrenda ao meu próprio pensamento terrível.

— Pode nos dizer onde está Erik? — perguntei.

Ela respondeu que ele provavelmente tinha saído da casa.

— Pode verificar?

— Não. Estou atada. Não consigo mexer nenhum membro.

Quando ouvimos isso, *monsieur* de Chagny e eu demos um grito de fúria. Nossa salvação, a salvação de nós três, dependia da liberdade de movimento da menina.

— Mas onde vocês estão? — perguntou Christine. — Só há duas portas no meu quarto, a sala Louis-Philippe de que lhe falei, Raoul; uma porta por onde Erik entra e sai, e outra que ele nunca abriu na minha frente e pela qual me proibiu de passar, porque diz ser a mais perigosa das portas: a porta da câmara de tortura!

— Christine, é aí que estamos!

— Vocês estão na câmara de tortura?

— Sim, mas não conseguimos ver a porta.

— Ah, se eu pudesse me arrastar até aí! Eu bateria à porta e isso revelaria onde ela está.

— É uma porta com uma fechadura? — perguntei.

— Sim, com uma fechadura.

— *Mademoiselle* — eu disse —, é absolutamente necessário que abra essa porta para nós!

— Mas como? — questionou a pobre garota chorosa. — Ouvimos enquanto se esforçava, tentando libertar-se das amarras que a prendiam. — Sei onde está a chave — contou ela, com uma voz que parecia exausta pelo esforço feito. — Mas estou presa tão apertado... Ah, o desgraçado!

E soltou um soluço.

— Onde está a chave? — perguntei, gesticulando a *monsieur* de Chagny para que não falasse e deixasse o negócio comigo, pois não tínhamos um segundo a perder.

— Na sala ao lado, perto do órgão, com outra chavezinha de bronze, que ele também me proibiu de tocar. Ambos estão em uma pequena bolsa de couro que ele chama de bolsa de vida e morte... Raoul! Raoul! Fuja! Tudo é misterioso e terrível aqui, e Erik logo terá enlouquecido, e você está na câmara de tortura...! Volte pelo caminho pelo qual você veio. Deve haver uma razão para a sala ser chamada por esse nome!

— Christine — disse o jovem —, vamos sair daqui juntos ou morrer juntos!

— Temos de manter a calma — sussurrei. — Por que ele a prendeu, *mademoiselle*? Você não pode escapar da casa dele; e ele sabe disso!

— Tentei me suicidar! O monstro saiu ontem à noite, depois de me carregar aqui desmaiada e semi-inconsciente por causa do clorofórmio. Ele estava indo *para o seu banqueiro*, ele disse naquela hora...! Quando voltou, me encontrou com o rosto coberto de sangue... Eu tinha tentado me matar batendo minha testa contra as paredes.

— Christine! — gemeu Raoul; e começou a soluçar.

— Aí ele me amarrou... Não me é permitido morrer até às onze horas da noite de amanhã.

— *Mademoiselle* — declarei. — O monstro a amarrou... e ele a desamarrará. Você só tem de desempenhar o papel necessário! Lembre-se de que ele a ama!

— Ai! — ouvimos. — É mais provável que eu me esqueça disso.

— Lembre-se e sorria para ele... trate-o bem... diga-lhe que as suas amarras a ferem.

Mas Christine Daaé disse:

— Psiu!... Ouço algo na parede do lago!... É ele!... Vão embora! Vão embora! Vão embora!

— Não poderíamos ir embora, mesmo que quiséssemos — respondi, da forma mais impressionante que pude. — Não podemos sair daqui! E estamos na câmara de tortura!

— Psiu! — sussurrou Christine de novo.

Passos pesados soaram lentamente atrás da parede, depois pararam e fizeram o chão ranger mais uma vez. Em seguida, veio um tremendo suspiro, seguido por um grito de horror de Christine, e ouvimos a voz de Erik:

— Peço perdão por deixá-la ver um rosto desses! Em que estado estou, não é? *A culpa é do outro*! Por que ele tocou a campainha? Peço às pessoas que passam e me digam a hora? Ele nunca mais vai perguntar a hora a ninguém! A culpa é da sereia.

Outro suspiro, mais profundo, mais tremendo ainda, veio das profundezas abismais de uma alma.

— Por que gritou, Christine?

— Porque estou com dor, Erik.

— Achei que eu a tivesse assustado.

— Erik, solte minhas ataduras... Já não sou sua prisioneira?

— Você tentará se matar de novo.

— Você me deu até as onze horas da noite de amanhã, Erik.

Os passos arrastaram-se pelo chão novamente.

— Afinal, como vamos morrer juntos... e estou tão ansioso quanto você... É, cansei desta vida, sabe... Espere, não se mexa, vou soltá-la... Você só tem uma palavra para dizer: "*Não!*" E vai acabar de uma vez *com todos*...! Você tem razão, você tem razão; por que esperar até as onze horas da noite de amanhã? É verdade que teria sido maior, mais refinado... Mas isso é um absurdo infantil... Só devemos pensar em nós mesmos nesta vida, na nossa própria morte... o resto não importa... *Você está olhando para mim porque estou todo molhado*...? Ai, minha querida, está chovendo canivete lá fora...! Fora isso, Christine, acho que estou sujeito a alucinações... Sabe, o homem que chamou na porta da sereia agora mesmo, vá e olhe se ele está tocando o fundo do poço do lago, ele estava como que... Aí, vire-se... Está contente? Você está livre agora... Oh, minha pobre Christine, olhe para seus pulsos: diga-me, eu os machuquei...? Só isso já mereceria a morte... Falando em morte, *preciso cantar o réquiem dele*!

Ouvindo esses comentários terríveis, tive um pressentimento terrível... Eu também já tinha tocado na porta do monstro... e, sem saber, devo ter acionado alguma corrente de alerta.

E lembrei-me dos dois braços que tinham emergido das águas escuras... Que pobre miserável se desviou para aquela margem desta vez? Quem era "o outro", aquele cujo réquiem agora ouvimos cantado?

Erik cantou como o deus do trovão, cantou um "Dies Irae" que nos envolveu como se estivéssemos em uma tempestade. Os elementos pareciam enfurecer-se à nossa volta. De repente, o órgão e a voz cessaram tão de repente que *monsieur* de Chagny saltou, do outro lado da parede, com emoção. E a voz, mudada e transformada, soltava nitidamente estas sílabas metálicas:

— *O que você fez com a minha bolsa?*

XXIII

A tortura começa

A NARRAÇÃO DO PERSA CONTINUAVA

A voz repetiu com raiva:

— O que você fez com a minha bolsa? Então foi para pegar minha bolsa que você me pediu para soltá-la!

Ouvimos passos apressados, Christine correndo de volta para a sala Louis-Philippe, como se procurasse abrigo do outro lado de nossa parede.

— Para que está fugindo? — perguntou a voz furiosa, que a seguia. — Devolva-me a bolsa, sim? Não sabe que é a bolsa da vida e da morte?

— Me ouça, Erik — suspirou a menina. — Como está decidido que vamos viver juntos… que diferença isso pode fazer para você?

— Você sabe que só há duas chaves nela — disse o monstro. — O que você quer fazer?

— Quero olhar para esta sala que nunca vi e que você sempre guardou de mim... É curiosidade de mulher! — disse, em tom que tentou fazer soar brincalhão.

Mas o truque era infantil demais para Erik se deixar levar por ele.

— Não gosto de mulheres curiosas — ele retrucou —, e é melhor você se lembrar da história do *Barba Azul* e ter cuidado... Venha, devolva-me a bolsa!... Devolva-me a minha bolsa!... Deixe a chave em paz, sim, sua coisinha curiosa? — E ele riu, enquanto Christine dava um grito de dor. Era evidente que Erik havia retirado a bolsa dela.

Naquele momento, o visconde não pôde deixar de proferir uma exclamação impotente de raiva.

— Ora, o que é isso? — disse o monstro. — Você ouviu, Christine?

— Não, não — replicou a pobre menina. — Não ouvi nada.

— Acho que ouvi um grito.

— Um grito! Está enlouquecendo, Erik? Quem você espera que dê um grito nesta casa?... Eu gritei, porque você me machucou! Não ouvi nada.

— Não gosto da forma como você falou isso!... Você está tremendo... Está bem agitada... Está mentindo!... Foi um grito, houve um grito!... Há alguém na câmara de tortura!... Ah, eu entendo agora!

— Não há ninguém lá, Erik!

— Entendo!

— Ninguém!

— O homem com quem você quer se casar, talvez!

— Não quero me casar com ninguém, você sabe que não quero.

Outro risinho perverso.

— Bem, não vai demorar muito para descobrirmos. Christine, meu amor, não precisamos abrir a porta para ver o que está acontecendo na câmara de tortura. Quer ver? Quer ver? Veja aqui! Se houver alguém, se de fato houver alguém lá, você verá a janela invisível iluminar-se no topo, perto do teto. Basta puxar a cortina preta e apagar a luz aqui dentro. Aí, é isso... Vamos apagar a luz! Você não tem medo do escuro quando está com seu maridinho!

Então ouvimos a voz de Christine em agonia:

— Não...! Estou com medo...! Eu lhe digo: tenho medo do escuro...! Não me importo com essa câmara agora... Você está sempre me assustando, como uma criança, com sua câmara de tortura...! E assim fiquei curiosa... Mas não me importo com isso agora... nem um pouco... nem um pouco!

E aquilo que eu temia acima de todas as coisas começou, *automaticamente*. De repente, fomos inundados de luz! Sim, do nosso lado da parede, tudo parecia brilhar. O Visconde de Chagny ficou tão surpreso que cambaleou. E a voz irritada rugiu:

— Falei que tinha alguém! Vê a janela agora? A janela iluminada, lá em cima? O homem atrás da parede não consegue vê-la! Mas você subirá os degraus dobráveis: é para isso que eles existem...! Você me pediu muitas vezes que lhe dissesse; e agora você já sabe...! Estão lá para dar uma espiadinha na câmara de tortura... sua coisinha curiosa!

— Que tortura?... Quem está sendo torturado?... Erik, Erik, diga que só está tentando me assustar!... Diga, se você me ama, Erik!... Não há torturas, há?

— Vá e olhe pela janela, querida!

Não sei se o visconde ouviu a voz arrebatadora da moça, pois estava ocupado demais com o espetáculo espantoso que agora aparecia diante de seu olhar distraído. Quanto a mim, eu tinha me deparado com aquela visão com demasiada frequência, através da janelinha, no tempo das horas rosadas de Mazandarão; e me importava apenas com o que era dito ao lado, à procura de uma indicação de como agir, de qual resolução tomar.

— Vá e dê uma espiadinha pela janela! Descreva-me a aparência dele!

Ouvimos passos sendo arrastados contra a parede.

— Suba!... Não!... Não, eu mesmo vou subir, querida!

— Ah, muito bem, vou subir. Deixe-me ir!

— Ai, minha querida, minha querida!... Que doce da sua parte!... Que bom de você me poupar do esforço na minha idade!... Descreva-me a aparência dele!

Naquele momento, ouvimos distintamente as palavras sobre nossas cabeças:

— Não tem ninguém, querido!

— Ninguém?... Tem certeza de que não tem ninguém?

— Ora, claro que não... ninguém!

— Bem, tudo bem!... Qual é o problema, Christine? Você não vai desmaiar, é... como não há ninguém lá?... Aqui... desce... ali!... Controle-se... já que não há ninguém lá!... *mas você gostou da paisagem?*

— Oh, muito!

— Pronto, é melhor assim...! Você está melhor agora, não é...? Tudo bem, você está melhor...! Sem emoção...! E que casa engraçada, não é, com paisagens assim?

— Sim, é como o Museu de Cera de Grevin... Mas, digamos, Erik... não há torturas lá dentro...! Que susto você me deu!

— Por quê...? Já que não tem ninguém lá dentro?

— Você mesmo desenhou a câmara? É muito bonita. Você é um grande artista, Erik.

— Sim, um grande artista, da minha própria forma.

— Mas me diga, Erik, por que chamou aquela sala de câmara de tortura?

— Ah, é muito simples. Antes de mais nada, o que você viu?

— Vi uma floresta.

— E o que havia na floresta?

— Árvores.

— E o que havia nas árvores?

— Pássaros.

— Você viu algum pássaro?

— Não, não vi nenhum pássaro.

— Bem, o que você viu? Pense! Você viu galhos. E o que são os galhos? — perguntou a voz terrível. — *Tem uma forca*! É por isso que chamo a minha madeira de câmara de tortura...! Veja, é tudo uma piada. Nunca me expresso como as outras pessoas. Mas estou muito cansado disso...! Estou farto de ter uma floresta e uma câmara de tortura na minha casa e de viver como um charlatão, numa casa com fundo falso...! Estou cansado disso! Quero ter um apartamento agradável, tranquilo, com portas e janelas comuns e uma esposa ali dentro, como qualquer outra pessoa! Uma esposa que eu podia amar e levar para passear aos domingos e com a qual me divertir nos dias de semana... Aqui, vou mostrar-lhe alguns truques de cartas. Isso nos ajudará a passar alguns minutos, conforme esperamos as onze horas da noite de amanhã... Minha querida pequena Christine...! Está me ouvindo...? Diga-me que me ama...! Não, você não me ama... mas não importa, você irá...! Certa vez, você não podia olhar para a minha máscara porque sabia o que estava por trás... E agora não se importa de olhar para ela e esquecer o que está por trás...! Pode-se acostumar com tudo... se quiser... Muitos jovens que não se importavam um com o outro antes do casamento se adoram desde então! Ah, não sei do que estou falando! Mas você se divertiria muito comigo. Por exemplo, sou o maior ventríloquo que já viveu, sou o primeiro ventríloquo do mundo...! Você está rindo... Talvez não acredite em mim? Ouça.

O miserável, que de fato era o primeiro ventríloquo do mundo, estava apenas tentando desviar a atenção da criança da câmara de tortura; mas era um esquema estúpido, pois Christine não pensava em nada além de nós! Ela repetidamente lhe suplicou, nos tons mais suaves que podia assumir:

— Apague a luz na janelinha...! Erik, apague a luz na janelinha!

Pois viu que essa luz, que apareceu tão de repente e da qual o monstro falara em voz tão ameaçadora, deveria significar algo terrível. Uma coisa deve tê-la pacificado por um momento; e era ver a nós dois, atrás da parede, no meio daquela luz resplandecente, vivos e bem. Mas ela certamente teria se sentido muito mais tranquila se a luz tivesse sido apagada.

Enquanto isso, o outro já havia começado a bancar o ventríloquo. Ele disse:

— Aqui, levanto um pouco a máscara... Ah, só um pouquinho...! Você vê meus lábios, lábios como os que tenho? Eles não estão se mexendo!... Minha boca está fechada, boca como a que tenho, e ainda assim você ouve minha voz... Onde você vai ouvir? No ouvido esquerdo? No ouvido direito? Na mesa? Naquelas caixinhas de ébano na lareira?... Ouça, querida, está na caixinha à direita da lareira: o que ela diz? *Vou virar o escorpião...*? E agora, *crác*! O que diz na caixinha à esquerda? *Vou virar o gafanhoto...*? E agora, *crác*! Aqui está a pequena bolsa de couro... O que diz? *Eu sou a bolsinha da vida e da morte...*! E agora, *crác*! Está na garganta de Carlotta, na garganta dourada de Carlotta, na garganta de cristal de Carlotta, como eu vivo! O que diz? Ele diz: Sou eu, senhor Sapo, sou eu cantando! *Sinto sem alarme, créc, sua melodia me envolver, créc...*! E agora, *crác*! Está em uma cadeira no camarote do fantasma e diz: *Madame Carlotta está cantando esta noite para derrubar o lustre...*! E agora, *crác*! Ahá! Onde está a voz de Erik agora? Ouça, Christine, querida! Escuta! Está atrás da porta da câmara de tortura! Escute! Sou eu na câmara de tortura! E o que eu digo? Eu digo: Ai dos que têm nariz, narizes de verdade, e vêm olhar em volta da câmara de tortura! Ahá, ahá, ahá!

Ah, a voz terrível do ventríloquo! Estava em todos os lugares, em todos os lugares. Passou pela janelinha invisível, pelas paredes. Corria à nossa volta, entre nós. Erik estava lá, falando com a gente! Fizemos um movimento como se nos atirássemos sobre ele. Mas, já mais rápida, mais fugaz do que a voz do eco, a voz de Erik tinha saltado para trás do muro!

Logo não ouvimos mais nada, pois aconteceu o seguinte:

— Erik! Erik! — chamou a voz de Christine. — Você me cansa com sua voz. Não continue mais, Erik! Não está muito quente aqui?

— Ah, sim — respondeu a voz de Erik. — O calor é insuportável!

— Mas o que isso significa?... A parede está mesmo ficando bem quente!... A parede está pegando fogo!

— Vou lhe dizer, Christine, querida: é por causa da floresta ao lado.

— Bem, o que isso tem a ver? A floresta?

— *Ora, você não viu que era uma floresta africana?*

E o monstro riu tão alto e horrivelmente que não podíamos mais distinguir os gritos suplicantes de Christine! O Visconde de Chagny gritou e bateu contra as paredes como um louco. Não consegui contê-lo. Mas não ouvimos nada além do riso do monstro, e o próprio monstro não pode ter ouvido mais nada. E então houve o som de um corpo caindo no chão e sendo arrastado, e de uma porta batendo, e então nada, nada mais ao nosso redor a não ser o silêncio escaldante do sul no coração de uma floresta tropical!

XXIV

Barris!... Barris!... Algum barril à venda?

A NARRAÇÃO DO PERSA CONTINUAVA

Mencionei que a sala em que *monsieur* Visconde de Chagny e eu estávamos presos era um hexágono regular, forrado inteiramente com espelhos. Muitas dessas salas foram vistas desde então, principalmente em exposições: são chamadas de "palácios da ilusão", ou algum nome do tipo. Mas a invenção pertence inteiramente a Erik, que construiu a primeira sala desse tipo sob meus olhos, na época das horas rosadas de Mazandarão. Um objeto decorativo, como uma coluna, por exemplo, foi colocado em um dos cantos e imediatamente produziu um salão de mil colunas; pois, graças aos espelhos, a sala real foi multiplicada por seis salas hexagonais, cada uma das quais, por sua vez, foi multiplicada indefinidamente. Mas a pequena sultana logo se cansou dessa ilusão infantil, foi quando Erik transformou sua invenção em uma "câmara de tortura". Pelo motivo arquitetônico colocado em um canto, ele substituiu uma árvore de ferro. Essa árvore, com suas folhas pintadas, era absolutamente fiel à viva e era feita de ferro para resistir a todos os ataques do "paciente" que estava trancado na câmara de tortura. Vemos como a cena assim obtida era alterada duas vezes instantaneamente em duas outras cenas sucessivas, por meio da rotação automática dos tambores ou rolos nos cantos. Estes foram divididos em três seções, encaixando-se nos ângulos dos espelhos e cada um suportando um esquema decorativo que vinha à vista à medida que o rolo girava sobre seu eixo.

As paredes dessa estranha sala não davam nada para o paciente se agarrar, pois, além do sólido objeto decorativo, eram simplesmente mobiliadas com espelhos, grossos o suficiente para suportar qualquer investida da vítima, que era arremessada para a câmara de mãos vazias e descalça.

Não havia mobília. O teto tinha provisões para ser iluminado. Um engenhoso sistema de aquecimento elétrico, que desde então foi imitado, permitia que a temperatura das paredes e da sala fosse aumentada à vontade.

Dou todos esses detalhes de uma invenção perfeitamente natural, produzindo, com galhos pintados, a ilusão sobrenatural de uma floresta equatorial ardendo sob o sol tropical, para que ninguém duvide do equilíbrio atual do meu cérebro ou se sinta no direito de dizer que sou louco ou mentiroso ou que o tomo por tolo.[10]

Volto agora aos fatos onde os deixei. Quando o teto se iluminou e a floresta se tornou visível ao nosso redor, a estupefação do visconde foi imensa. Aquela floresta impenetrável, com seus inúmeros troncos e galhos, atirou-o em um terrível estado de consternação. Passou as mãos sobre a testa, como se para afastar um sonho; seus olhos piscaram; e, por um momento, esqueceu-se de ouvir.

---

10   É muito natural que, na época em que o Persa estava escrevendo, ele tomasse tantas precauções contra qualquer espírito de incredulidade por parte daqueles que provavelmente leriam sua narrativa. Hoje em dia, quando todos nós já vimos esse tipo de sala, suas precauções seriam supérfluas.

Já disse que a visão da floresta não me surpreendeu em nada; e, portanto, ouvi por nós dois o que estava acontecendo ao lado. Por fim, minha atenção foi especialmente atraída, não tanto para a cena, mas para os espelhos que a produziram. Esses espelhos foram quebrados em partes. Sim, estavam marcados e riscados; tinham sido "estrelados", apesar de sua solidez; e isso provou-me que a câmara de tortura em que agora estávamos *já tinha servido a um propósito.*

Sim, algum miserável, cujos pés não estavam descalços como os das vítimas das horas rosadas de Mazandarão, certamente caíra nessa "ilusão mortal" e, louco de raiva, chutara contra aqueles espelhos que, no entanto, continuavam a refletir sua agonia. E o galho da árvore em que ele havia posto fim aos seus próprios sofrimentos estava disposto de tal maneira que, antes de morrer, ele tinha visto, para seu último consolo, mil homens se contorcendo em sua companhia.

Sim, Joseph Buquet sem dúvida passou por tudo isso! Será que morreríamos como ele havia morrido? Eu não pensava assim, pois sabia que tínhamos algumas horas pela frente e que eu poderia empregá-las com um propósito melhor do que Joseph Buquet foi capaz de fazer. Afinal, eu estava completamente familiarizado com a maioria dos "truques" de Erik, e agora ou nunca era a hora de transformar meu conhecimento em conta.

Para começar, desisti de toda ideia de voltar à passagem que nos levara àquela maldita câmara. Não me preocupei com a possibilidade de ativar a pedra interna que fechava a passagem; e isso pela simples razão de que fazê-lo estava fora de questão. Havíamos caído de uma altura muito grande para dentro da câmara de tortura; não havia móveis que nos ajudassem a chegar àquela passagem; nem mesmo o galho da árvore de ferro, nem mesmo os ombros um do outro seriam de qualquer utilidade.

Só havia uma saída possível, aquela que se abria para a sala Louis-Philippe em que Erik e Christine Daaé estavam. Mas, embora essa saída parecesse uma porta comum do lado de Christine, era absolutamente invisível para nós. Devíamos, portanto, tentar abri-la sem sequer sabermos onde estava.

Quando eu tinha certeza de que não havia esperança para nós do lado de Christine Daaé, quando ouvi o monstro arrastando a pobre garota da sala Louis-Philippe *para que ela não interferisse em nossas torturas*, resolvi começar a trabalhar sem demora.

Mas tive primeiro de acalmar *monsieur* de Chagny, que já andava como um louco, proferindo gritos incoerentes. Os trechos de conversa que ele havia ouvido entre Christine e o monstro não contribuíram pouco para deixá-lo fora de si mesmo: acrescente a isso o choque da floresta mágica e o calor escaldante que começava a fazer a transpiração fluir por suas têmporas e não haverá dificuldade em entender seu estado de espírito. Ele gritou o nome de Christine, brandiu sua pistola, bateu sua testa contra o vidro em seus esforços para correr pelas clareiras da floresta ilusória. Em suma, a tortura começava a efetivar seu feitiço sobre um cérebro despreparado para ela.

Fiz o possível para induzir o pobre visconde a ouvir a razão. Fiz com que ele tocasse os espelhos, a árvore de ferro e os galhos, e expliquei-lhe, por leis ópticas, todas as imagens luminosas pelas quais estávamos cercados e das quais não devemos nos permitir ser vítimas, como pessoas comuns e ignorantes.

— Estamos em uma sala, uma salinha; é isso que você deve continuar dizendo a si mesmo. E sairemos da sala assim que encontrarmos a porta.

E prometi-lhe que, se me deixasse agir, sem me perturbar gritando e andando para cima e para baixo, eu descobriria o truque da porta em menos de uma hora.

Então ele se deitou no chão, como se faz em um bosque, e declarou que esperaria até que eu encontrasse a porta da floresta, pois não havia nada melhor a fazer! E acrescentou que, de onde estava, "a vista era esplêndida!". A tortura estava funcionando, apesar de tudo o que eu havia dito.

Eu mesmo, esquecendo a floresta, peguei um painel de vidro e comecei a dedilhá-lo em todas as direções, procurando o ponto fraco sobre o qual pressionar a fim de virar a porta de acordo com o sistema de pivôs de Erik. Esse ponto fraco pode ser uma mera mancha no vidro, não maior do que uma ervilha, sob a qual a mola estava escondida. Eu caçava e caçava. Apalpava o mais alto que minhas mãos podiam alcançar. Erik tinha mais ou menos a mesma altura que eu e pensei que ele não teria colocado a mola mais alto do que o adequado à sua estatura.

À medida que tateava os sucessivos painéis com o maior cuidado, eu me esforçava para não perder um minuto, pois me sentia cada vez mais dominado pelo calor e estávamos literalmente torrando naquela floresta ardente.

Fiquei trabalhando assim durante meia hora e tinha terminado três painéis quando, por azar, virei-me ao ouvir uma exclamação murmurada do visconde.

— Estou sufocando — disse. — Todos esses espelhos estão emitindo um calor infernal! Acha que vai encontrar essa mola em breve? Se você ficar muito mais tempo nisso, seremos assados vivos!

Não senti pena de ouvi-lo falar assim. Ele não tinha dito uma palavra sobre a floresta, e eu esperava que a racionalidade de meu companheiro resistiria mais algum tempo contra a tortura. Mas o visconde acrescentou:

— O que me consola é que o monstro deu a Christine até as onze da noite de amanhã. Se não pudermos sair daqui e ir em seu auxílio, pelo menos estaremos mortos antes dela! Então a missa de Erik poderá servir para todos nós!

E então ele engoliu uma lufada de ar quente que quase o fez desmaiar.

Como eu não tinha as mesmas razões desesperadas que *monsieur* Visconde para aceitar a morte, voltei, depois de lhe dar uma palavra de encorajamento, ao meu painel, mas cometi o erro de dar alguns passos enquanto falava e, no emaranhado da floresta ilusória, não consegui mais encontrar meu painel com segurança! Tive de recomeçar tudo, aleatoriamente, sentindo, apalpando, tateando.

Agora a febre se apoderara de mim, por minha vez... pois não encontrei nada, absolutamente nada. Na sala ao lado, tudo era silêncio. Estávamos bastante perdidos na floresta, sem saída, bússola, guia ou qualquer coisa. Ah, eu sabia o que nos esperava se ninguém viesse em nosso socorro... ou se eu não achasse a mola! Mas, não importava quanto olhasse, não encontrei nada além de galhos, lindos galhos que se erguiam diante de mim, ou se espalhavam graciosamente sobre minha cabeça. Mas não faziam sombra. E isso era bastante natural, pois estávamos em uma floresta equatorial, com o sol bem acima de nossas cabeças, uma floresta africana.

Monsieur de Chagny e eu tínhamos repetidamente tirado nossos casacos e os recolocado, descobrindo em um momento que nos faziam sentir ainda mais quentes e, em outro, que nos protegiam contra o calor. Eu ainda estava fazendo uma resistência moral, mas *monsieur* de Chagny me pareceu bastante "acabado". Fingiu que andava naquela floresta há três dias e três noites, sem parar, à procura de Christine Daaé! De vez em quando, pensava vê-la atrás do tronco de uma árvore, ou deslizando entre os galhos; e chamou-a com palavras de súplica que me trouxeram lágrimas aos olhos. E então, enfim:

— Oh, como tenho sede! — ele gritou, com cadências delirantes.

Eu também estava com sede. Minha garganta estava pegando fogo. E, no entanto, agachado no chão, fui caçar, caçar, caçar a mola da porta invisível... especialmente porque era perigoso permanecer na floresta enquanto a noite se aproximava. Já as sombras da noite começavam a nos cercar. Tinha acontecido com muita agilidade: a noite cai rapidamente nos países tropicais... de repente, com quase nenhum crepúsculo.

Agora, a noite, nas florestas do Equador, é sempre perigosa, em especial quando, como nós, não se tem os materiais para produzir um fogo que mantenha longe os animais de rapina. Tentei de fato por um momento quebrar os galhos, que teria acendido com minha lanterna escura, mas me bati também contra os espelhos e lembrei-me, com o tempo, de que só tínhamos imagens de galhos para usar.

O calor não acompanhava a luz do dia; pelo contrário, agora estava ainda mais quente sob os raios azuis da lua. Pedi ao visconde que segurasse nossas armas prontas para disparar e não se afastasse do acampamento, enquanto eu continuava à procura de minha mola.

De repente, ouvimos um leão rugindo a poucos metros de distância.

— Oh — sussurrou o visconde. — Ele está bem perto!... Você não o vê?... Ali... através das árvores... naquele matagal! Se ele rugir de novo, vou disparar!...

E o rugido começou de novo, mais alto do que antes. E o visconde disparou, mas não creio que tenha atingido o leão; só que ele quebrou um espelho, como percebi na manhã seguinte, ao amanhecer. Devemos ter percorrido uma boa distância durante a noite, pois de repente nos encontramos à beira do deserto, um imenso deserto de areia, pedras e rochas. Realmente não valia a pena sair da floresta para se deparar com o deserto. Cansado, atirei-me ao lado do visconde, pois me fartara de procurar molas que não encontrava.

Fiquei bastante surpreso — e disse isso ao visconde — por não termos encontrado outros animais perigosos durante a noite. Normalmente, depois do leão, vinha o leopardo e, às vezes, o zumbido da mosca tsé-tsé. Estes foram efeitos facilmente obtidos; e expliquei a *monsieur* de Chagny que Erik imitava o rugido de um leão em um longo tambor ou timbre, com uma pele de asno em uma das extremidades. Sobre essa pele ele amarrou um fio de categute, que foi preso no meio a outro cordão semelhante que passava por toda a extensão do tambor. Erik tinha apenas de esfregar essa corda com uma luva lambuzada de resina e, de acordo com a maneira como a esfregava, imitava com perfeição a voz do leão ou do leopardo, ou mesmo o zumbido da mosca tsé-tsé.

A ideia de que Erik provavelmente estava na sala ao nosso lado, ativando seu truque, me fez de repente resolver conversar com ele, pois obviamente tínhamos de desistir de todos os pensamentos de pegá-lo de surpresa. E, a essa altura, ele deveria estar bem ciente de quem eram os ocupantes de sua câmara de tortura. Chamei-o:

— Erik! Erik!

Gritei o mais alto que pude do outro lado do deserto, mas não houve resposta para minha voz. Ao nosso redor jazia o silêncio e a imensidão nua daquele deserto pedregoso. O que seria de nós em meio àquela terrível solidão?

Estávamos começando literalmente a morrer de calor, fome e sede... de sede, especialmente. Por fim, vi *monsieur* de Chagny erguer-se no cotovelo e apontar para um ponto no horizonte. Tinha descoberto um oásis!

Sim, ao longe havia um oásis... um oásis com água límpida, que refletia as árvores de ferro!... Bobagem, era o cenário da miragem... Eu o reconheci imediatamente... o pior dos três...! Ninguém tinha sido capaz de lutar contra isso... ninguém... Fiz o possível para manter-me são *e não esperar por água*, porque sabia que, se um homem esperava água, a água que refletia a árvore de ferro, e se, depois de esperar por água, batia contra o espelho, então só havia uma coisa a fazer: enforcar-se na árvore de ferro!

Então, gritei a *monsieur* de Chagny:

— É a miragem!... É a miragem!... Não acredite na água!... É mais um truque dos espelhos!...

Então ele me mandou calar a boca, com meus truques dos espelhos, minhas molas, minhas portas giratórias e meus palácios de ilusões! Declarou com raiva que eu devia estar cego ou louco para imaginar que toda aquela água que corria ali, entre aquelas árvores esplêndidas e incontáveis, não era água de verdade!... E o deserto era real... E a floresta também!... E não adiantava tentar ludibriá-lo... era um viajante velho e experiente... tinha estado em todo lugar!

E ele se arrastou, clamando:

— Água! Água!

E sua boca estava aberta, como se bebesse.

E minha boca estava aberta também, como se eu bebesse.

Pois não só vimos a água, como a *ouvimos*…! Ouvimos fluir, ouvimos a ondulação…! Você entende essa palavra "ondulação"… *É um som que você ouve com a língua*…! Você coloca a língua para fora da boca a fim de ouvi-la melhor!

Por último — e esta foi a tortura mais impiedosa de todas —, ouvimos chuva e não estava chovendo! Isso era uma invenção infernal… Ah, eu sabia muito bem como o Erik a conseguiu! Encheu de pequenas pedras uma caixa muito longa e estreita, cujo interior continha pedaços de madeira e metal. As pedras, ao caírem, batiam contra esses pedaços e se rebatiam de uma para a outra; e o resultado era uma série de sons que imitavam exatamente uma tempestade.

Ah, você deveria ter nos visto colocando a língua para fora e nos arrastando em direção à margem ondulante do rio! Nossos olhos e ouvidos estavam cheios d'água, mas nossa língua estava dura e seca tal qual um chifre!

Quando chegamos ao espelho, *monsieur* de Chagny lambeu-o… e também lambi o vidro.

Estava fervendo!

Então rolamos no chão com um grito rouco de desespero. *Monsieur* de Chagny colocou na têmpora a única pistola ainda carregada; e olhei para o laço de Punjab ao pé da árvore de ferro. Eu sabia por que a árvore de ferro tinha voltado, nessa terceira mudança de cena…! A árvore de ferro estava me esperando!…

Mas, enquanto contemplava o laço de Punjab, notei uma coisa que me fez saltar com tamanha violência que *monsieur* de Chagny atrasou sua tentativa de suicídio. Peguei no braço dele. E aí peguei a pistola dele… e então me arrastei de joelhos em direção ao que tinha visto.

Eu tinha descoberto, perto do laço de Punjab, em um sulco no chão, um prego de cabeça preta cujo uso eu sabia. Finalmente eu tinha descoberto a mola! Tateei o prego... Levantei um rosto radiante para *monsieur* de Chagny... O prego de cabeça preta cedeu à minha pressão...

E então...

E então vimos não uma porta aberta na parede, mas um grande alçapão no chão. O ar frio saiu do buraco negro abaixo e veio até nós. Inclinamo-nos sobre aquele quadrado de escuridão como se estivéssemos sobre um poço límpido. Com o queixo na sombra fresca, bebemos. E nos inclinamos cada vez mais para baixo sobre o alçapão. O que poderia haver naquela catacumba que se abriu diante de nós? Água? Água para beber?

Enfiei o braço na escuridão e me deparei com uma pedra e outra pedra... uma escadaria... uma escadaria escura que levava à catacumba. O visconde quis atirar-se pelo buraco; mas eu o detive, temendo um novo truque do monstro, liguei minha lanterna escura e desci primeiro.

A escadaria era sinuosa e levava à escuridão. Mas, oh, quão deliciosamente frias eram as trevas e as escadas? O lago não podia estar longe.

Logo chegamos ao fundo. Nossos olhos começavam a se acostumar com o escuro, a distinguir formas ao nosso redor... formas circulares... sobre as quais liguei a luz da minha lanterna.

Barris!

Estávamos na adega de Erik: era aqui que ele devia guardar o seu vinho e talvez a sua água potável. Eu sabia que Erik era um grande amante do bom vinho. Ah, tinha muito para beber aqui!

Monsieur de Chagny acariciava as formas redondas e ficava dizendo:

— Barris! Barris! Que monte de barris!...

De fato, havia um grande número deles, simetricamente dispostos em duas filas, uma de cada lado de nós. Eram barris pequenos e pensei que Erik devia tê-los selecionado daquele tamanho para facilitar o transporte até a casa no lago.

Nós os examinamos sucessivamente, para ver se um deles não tinha um funil, mostrando que ele havia sido aberto em algum momento. Mas todos os barris estavam hermeticamente fechados.

Então, depois de levantar um para ter certeza de que estava cheio, ficamos de joelhos e, com a lâmina de uma pequena faca que eu carregava, me preparei para enfiar no buraco do barril.

Naquele momento, eu parecia ouvir, vindo de longe, uma espécie de canto monótono que eu conhecia bem, de ouvi-lo com frequência nas ruas de Paris:

— Barris!... Barris!... Algum barril a vender?

Minha mão desistiu de seu trabalho. *Monsieur* de Chagny também ouvira. Ele disse:

— Isso é engraçado! Parece que o barril estava cantando!

A canção foi renovada, mais longe:

— Barris!... Barris!... Algum barril a vender?

— Ah, eu juro — disse o visconde — que a melodia some no barril!...

Levantamo-nos e fomos olhar atrás do barril.

— Está dentro — disse *monsieur* de Chagny. — Está dentro!

Mas não ouvimos nada ali e fomos levados a considerá-lo efeito do mau estado dos nossos sentidos. E voltamos para o buraco. *Monsieur* de Chagny juntou as mãos por baixo e, com um último esforço, estourei o selo.

— O que é isso? — gritou o visconde. — Isso não é água!

O visconde colocou as duas mãos cheias perto da minha lanterna... Eu me inclinei para olhar... e imediatamente joguei para longe a lanterna com tanta violência que ela quebrou e se apagou, deixando-nos em completa escuridão.

O que eu vira nas mãos de *monsieur* de Chagny... Era pólvora!

XXV

O escorpião ou o gafanhoto: qual?

A NARRAÇÃO DO PERSA SE CONCLUI

A DESCOBERTA NOS LANÇOU A UM ESTADO DE ALARME QUE nos fez esquecer de todos os nossos sofrimentos passados e presentes. Agora sabíamos tudo o que o monstro queria transmitir quando disse a Christine Daaé:

— Sim ou não! Se a sua resposta for não, todos serão mortos *e sepultados*!

Sim, sepultados sob os escombros da Grande Ópera de Paris!

O monstro tinha-lhe dado até às onze horas da noite. Tinha escolhido bem o seu tempo. Haveria muita gente, muitos "indivíduos da raça humana", lá em cima, no teatro resplandecente. Que comitiva mais fina poderia ser esperada para o seu funeral? Ele descia ao túmulo escoltado pelos ombros mais brancos do mundo, enfeitado com as joias mais ricas.

Onze horas da noite de amanhã!

Seríamos todos explodidos no meio da performance... se Christine Daaé dissesse não!

Onze horas da noite de amanhã!

E o que mais Christine poderia dizer além de "não"? Será que ela não preferiria casar com a própria morte do que com aquele cadáver vivo? Ela não sabia que de sua aceitação ou recusa dependia o terrível destino de muitos indivíduos da raça humana!

Onze horas da noite de amanhã!

E arrastamo-nos pela escuridão, tateando o caminho para os degraus de pedra, pois a luz no alçapão que levava à sala dos espelhos estava agora apagada; e repetíamos para nós mesmos:

— Onze horas da noite de amanhã!

Enfim, encontrei a escadaria. Mas, de repente, estaquei no primeiro passo, pois um pensamento terrível me veio à mente:

— Que horas são?

Ah, que horas eram?... Pois, afinal, "onze horas da noite de amanhã" poderia ser agora, poderia ser este exato momento! Quem poderia nos informar a hora? Parecia que estávamos presos naquele inferno por dias e dias... há anos... desde o início do mundo. Talvez fôssemos explodir imediatamente! Ah, um som! Um *crác*!

— Ouviu isso?... Ali, no canto... bons céus...! Como um som de maquinário...! Outra vez...! Ah, por uma luz...! Talvez seja a maquinaria que vai explodir tudo...! Eu lhe digo, um estalo: você é surdo?

Monsieur de Chagny e eu começamos a gritar como loucos. O medo nos estimulou. Subimos apressadamente os degraus da escadaria, tropeçando conforme seguíamos, qualquer coisa para escapar do escuro, para voltar à luz mortal da sala dos espelhos!

Encontramos o alçapão ainda aberto, mas no momento estava tão escuro na sala de espelhos como na adega que tínhamos deixado. Arrastamo-nos pelo chão da câmara de tortura, o chão que nos separava do compartimento de pólvora. Que horas eram? Gritamos, chamamos: *monsieur* de Chagny por Christine, eu por

Erik. Lembrei-lhe de que tinha salvado a vida dele. Mas nenhuma resposta, a não ser a do nosso desespero, da nossa loucura: qual era a hora? Discutimos, tentamos calcular o tempo que havíamos passado lá, mas fomos incapazes de raciocinar. Se pudéssemos ver o mostrador de um relógio!... O meu tinha parado, mas o de *monsieur* de Chagny continuava... Ele me disse que tinha dado corda antes de se vestir para a Ópera... Não tínhamos um fósforo conosco... e, no entanto, precisávamos saber... *Monsieur* de Chagny quebrou o vidro de seu relógio e apalpou com as duas mãos... Questionou os ponteiros com as pontas dos dedos, passando pela posição do anel do relógio... A julgar pelo espaço entre os ponteiros, pensou que poderia ser justamente onze horas!

Mas talvez não fossem as onze horas de que estávamos com medo. Talvez ainda tivéssemos doze horas pela frente!

De repente, exclamei:

— Psiu!

Eu parecia ouvir passos na sala ao lado. Alguém batia contra a parede. A voz de Christine Daaé disse:

— Raoul! Raoul!

Agora estávamos todos falando ao mesmo tempo, de ambos os lados da parede. Christine soluçava; ela não tinha certeza de que encontraria *monsieur* de Chagny vivo. O monstro tinha sido terrível, parecia, não tinha feito nada além de delirar, esperando que ela lhe desse o "sim" que ela recusou. E, no entanto, Christine havia prometido a ele que "sim", se a levasse para a câmara de tortura. Mas ele havia obstinadamente declinado, e proferido ameaças hediondas contra todos os indivíduos da raça humana! Enfim, depois de horas e horas daquele inferno, ele tinha saído naquele momento, deixando-a sozinha para refletir pela última vez.

— Horas e horas? Que horas são agora? Que horas são, Christine?

— São onze horas! Cinco para as onze!

— Mas quais onze horas?

— As onze horas que decidem a vida ou a morte!... Ele me disse isso pouco antes de ir... Ele é terrível... É muito louco: arrancou a máscara e seus olhos amarelos dispararam chamas!... Ele não fez nada além de rir!... Ele disse: "Dou-lhe cinco minutos para poupar os seus rubores! Aqui", disse ele, pegando uma chave do pequeno saco de vida e morte, "aqui está a pequena chave de bronze que abre os dois caixotes de ébano na lareira na sala Louis-Philippe... Em um dos caixotes, você encontrará um escorpião, no outro, um gafanhoto, ambos muito habilmente imitados em bronze japonês: eles dirão sim ou não para você. Se você virar o escorpião, isso significará para mim, quando eu voltar, que você disse sim. O gafanhoto vai significar não". E ele riu como um demônio bêbado. Não fiz outra coisa senão implorar e pedir-lhe que me desse a chave da câmara de tortura, prometendo ser sua esposa se ele me desse esse pedido... Mas ele me disse que não havia necessidade futura dessa chave e que ia jogá-la no lago...! E ele novamente riu como um demônio bêbado e me deixou. Ah, suas últimas palavras foram: "O gafanhoto! Cuidado com o gafanhoto! Um gafanhoto não gira só: ele pula! Pula! E pula alegremente alto!".

Os cinco minutos tinham quase decorrido, e o escorpião e o gafanhoto estavam arranhando meu cérebro. No entanto, eu tinha lucidez suficiente para entender que, se o gafanhoto fosse virado, ele pularia... e com ele muitos indivíduos da raça humana! Não havia dúvida de que o gafanhoto controlava uma corrente elétrica destinada a explodir o carregador de pólvora!

Monsieur de Chagny, que parecia ter recuperado toda a sua força moral ao ouvir a voz de Christine, explicou-lhe, em poucas palavras apressadas, a situação em que nós e toda a Ópera estávamos. Ele disse para ela virar o escorpião de uma vez.

Houve uma pausa.

— Christine — gritei. — Onde você está?

— Perto do escorpião.

— Não toque nele!

Veio-me a ideia — pois eu conhecia meu Erik — de que o monstro talvez tivesse enganado a garota mais uma vez. Talvez fosse o escorpião que explodisse tudo. Afinal, por que ele não estava lá? Os cinco minutos já haviam se passado... e ele não voltou... Talvez tivesse se abrigado e estivesse à espera da explosão!... Por que ele não voltou?... Ele de fato não poderia esperar que Christine consentisse em se tornar sua presa voluntária!... Por que ele não voltou?

— Não toque no escorpião! — eu disse.

— Ele está vindo! — gritou Christine. — Posso ouvi-lo! Ele está aqui!

Ouvimos seus passos se aproximando da sala Louis-Philippe. Ele se aproximou de Christine, mas não falou. Então levantei a voz:

— Erik! Sou eu! Você me conhece?

Com calma extraordinária, ele respondeu no mesmo instante:

— Então você não morreu aí? Bem, então, trate de ficar quieto.

Tentei falar, mas ele disse friamente:

— Nem uma palavra, daroga, ou vou explodir tudo. — E acrescentou: — A honra é de *mademoiselle*... *Mademoiselle* não tocou no escorpião — como ele falava deliberadamente! —, *mademoiselle* não tocou no gafanhoto. — Com aquela compostura! — Mas não é tarde demais para fazer a coisa certa. Veja, abro os caixotes sem chave, pois sou amante de alçapões, e abro e fecho o que quiser e como quiser. Abro os caixões de ébano: *mademoiselle*, olhe os queridinhos lá dentro. Não são bonitos? Se você virar o gafanhoto, *mademoiselle*, todos nós seremos explodidos. Há pólvora suficiente sob nossos pés para explodir um bairro inteiro de Paris. Se você virar o escorpião, *mademoiselle*, todo esse pó será embebido e afundado sob água. *Mademoiselle*, para celebrar nosso casamento, você fará um belo presente para algumas centenas de parisienses que estão neste momento aplaudindo uma pobre obra-prima de Meyerbeer... dará a eles um presente de suas vidas... Pois, com as tuas próprias mãos justas, virarás o escorpião... E alegremente, alegremente, vamos nos casar! — Uma pausa; e então: — Se, em dois minutos, *mademoiselle*, você não virar o escorpião, eu vou virar o gafanhoto... e o gafanhoto, eu te digo, *pula alegremente alto*!

O terrível silêncio recomeçou. O Visconde de Chagny, percebendo que não havia mais nada a fazer além de rezar, ajoelhou-se e rezou. Quanto a mim, meu sangue batia com tamanha ferocidade que tive de tomar meu coração nas duas mãos, para que não estourasse. Por fim, ouvimos a voz de Erik:

— Os dois minutos já passaram... Adeus, *mademoiselle*... Salte, gafanhoto!

— Erik — gritou Christine. — Você me jura, monstro, você me jura que o escorpião é o certo a virar?

— Sim, para saltar para nosso casamento.

— Ah, você vê! Você disse "para saltar"!

— No nosso casamento, criança ingênua...! O escorpião abre o baile... Mas basta...! Você não vai virar o escorpião? Aí eu viro o gafanhoto!

— Erik!

— Basta!

Eu estava chorando junto a Christine. *Monsieur* de Chagny ainda estava de joelhos, rezando.

— Erik! Eu virei o escorpião!

Oh, o segundo pelo qual passamos!

Esperando! Esperando para nos encontrarmos em fragmentos, em meio ao rugido e às ruínas!

Sentindo algo rachar sob nossos pés, ouvindo um silvo terrível através do alçapão aberto, um silvo como o primeiro som de um foguete!

Veio baixinho, no começo, depois mais alto, depois muito alto. Mas não era o silvo de fogo. Era mais como o silvo da água. E então virou um som gorgolejante: *Glup*! *Glup*!

Corremos para o alçapão. Toda a nossa sede, que desapareceu quando o terror chegou, agora voltou com o bater da água.

A água subia na adega, acima dos barris, dos barris de pólvora — "Barris...! Barris! Algum barril a vender?" — e descemos até ela com a garganta ressecada. A água até o queixo, até a boca. E bebemos. Ficamos no chão da adega e bebemos. E subimos as escadas novamente no escuro, passo a passo, subimos com a água.

A água saía da adega conosco e se espalhou pelo chão da sala. Se continuasse, toda a casa no lago seria inundada. O chão da câmara de tortura tornara-se um pequeno lago regular, no qual nossos pés batiam na água. Certamente havia água suficiente agora! Erik deveria fechar a torneira!

— Erik! Erik! Isso é água suficiente para a pólvora! Desligue a torneira! Desligue o escorpião!

Mas Erik não respondeu. Não ouvimos nada além da água subindo: estava a meio caminho da cintura!

— Christine! — gritou *monsieur* de Chagny. — Christine! A água está até os nossos joelhos!

Mas Christine não respondeu... Não ouvíamos nada além da água subindo.

Ninguém, ninguém na sala ao lado, ninguém para virar a torneira, ninguém para virar o escorpião!

Estávamos completamente sozinhos, no escuro, com a água escura que nos envolvia, nos rodeava e nos congelava!

— Erik! Erik!

— Christine! Christine!

A essa altura, havíamos perdido o ponto de apoio e girávamos na água, levados por um turbilhão irresistível, pois a água se virava conosco e nos jogava contra o espelho escuro, que nos empurrava de volta; e nossas gargantas, erguidas acima do redemoinho, rugiam e gritavam.

Morreríamos aqui, afogados na câmara de tortura? Eu nunca tinha visto isso. Erik, na época das horas rosadas de Mazandarão, nunca me mostrara isso, através da janelinha invisível.

— Erik! Erik! — gritei. — Eu salvei sua vida! Lembre-se...! Você foi condenado à morte! Mas, por mim, você estaria morto agora...! Erik!

Rodopiamos na água, assim como tantos destroços. Mas, de repente, minhas mãos desgarradas se prenderam ao tronco da árvore de ferro! Chamei *monsieur* de Chagny, e nós dois nos penduramos no galho da árvore de ferro.

E a água subiu ainda mais.

— Ah! Ah! Você consegue se lembrar? Quanto espaço há entre o galho da árvore e o teto em forma de cúpula? Tente lembrar...! Afinal, a água pode parar, precisa encontrar seu nível...! Aí, acho que está parando...! Não, não, oh, que horror...! Nade! Nade para se salvar!

Nossos braços se envolveram no esforço de nadar; engasgávamos; lutávamos na água escura; já mal podíamos respirar o ar escuro acima da água escura, o ar que escapava, que podíamos ouvir escapando por um ou outro orifício de ventilação.

— Oh, vamos virar e virar e virar até encontrarmos o buraco de ar e depois colarmos nossas bocas nele!

Mas perdi as forças; tentei me apoderar das paredes! Ah, como aquelas paredes de vidro escorregavam debaixo dos meus dedos tateando...! Voltamos a rodopiar...! Começamos a afundar...! Um último esforço...! Um último grito:

— Erik...! Christine...!

"*Glup, glup, glup!*" em nossos ouvidos. "*Glup! Glup!*" para o fundo da água escura, nossos ouvidos fizeram: "*Glup! Glup!*".

E, antes de eu perder totalmente a consciência, parecia ouvir, entre dois gorgolejos:

— Barris! Barris! Algum barril a vender?

XXVI

O fim da história de amor do fantasma

O CAPÍTULO ANTERIOR MARCA A CONCLUSÃO DA NARRAÇÃO escrita que o Persa deixou.

Apesar dos horrores de uma situação que parecia definitivamente abandoná-los à sua morte, *monsieur* de Chagny e seu companheiro foram salvos pela sublime devoção de Christine Daaé. E obtive o restante da história dos lábios do próprio daroga.

Quando fui vê-lo, ainda morava em seu pequeno apartamento na Rue de Rivoli, em frente às Tulherias. Ele estava muito doente, e foi necessário todo o meu ardor como historiador comprometido com a verdade para persuadi-lo a reviver a incrível tragédia em meu benefício. Seu fiel e velho servo Darius me levou a ele. O daroga me recebeu em uma janela com vista para o jardim das Tulherias. Ele ainda tinha os olhos magníficos, mas o pobre rosto parecia muito desgastado. Havia raspado toda a cabeça, que em geral estava coberta com um gorro de astracã; vestia um casaco longo e liso e divertia-se inconscientemente torcendo os polegares dentro das mangas; mas sua mente estava bem nítida, e ele me contou sua história com perfeita lucidez.

Parece que, quando abriu os olhos, o daroga se viu deitado em uma cama. *Monsieur* de Chagny estava em um sofá, ao lado do guarda-roupa. Um anjo e um diabo os vigiavam.

Depois dos enganos e ilusões da câmara de tortura, a precisão de detalhes daquela pacata saleta de classe média parecia ter sido inventada com o propósito expresso de confundir a mente do mortal o suficiente para se desviar rumo àquela morada de pesadelo vivo. A cabeceira de madeira, as cadeiras de mogno encerado, a cômoda, aqueles latões, as pequenas toalhinhas quadradas cuidadosamente colocadas nas costas das cadeiras, o relógio na lareira e os caixotes de ébano de aparência inofensiva em ambas as extremidades, por fim, o resto cheio de conchas, de almofadas vermelhas, de barcos de madrepérola e um enorme ovo de avestruz, tudo discretamente iluminado por uma lâmpada sombreada em pé sobre uma mesinha redonda: esta coleção de móveis feios, pacíficos e razoáveis, *no fundo das catacumbas da Ópera*, desnorteou a imaginação mais do que todos os acontecimentos fantásticos anteriores.

E a figura do homem mascarado parecia ainda mais formidável nessa moldura antiquada, arrumada e aparada. Inclinou-se sobre o Persa e disse, ao seu ouvido:

— Você está melhor, daroga…? Está olhando para os meus móveis…? É tudo o que me resta da minha pobre e infeliz mãe.

Christine Daaé não dizia palavra: movia-se sem ruídos, como uma freira que fizera um voto de silêncio. Ela trouxe uma xícara de chá calmante, ou de chá quente, ele não se lembrava qual. O homem da máscara pegou-a das mãos dela e entregou-a ao Persa. *Monsieur* de Chagny ainda dormia.

Erik derramou uma gota de rum no cálice do daroga e, apontando para o visconde, disse:

— Ele veio a si mesmo muito antes de sabermos se você ainda estava vivo, daroga. Está muito bem. Está dormindo. Não devemos acordá-lo.

Erik deixou a sala por um momento, e o Persa ergueu-se nos cotovelos, olhou ao seu redor e viu Christine Daaé sentada ao lado da lareira. Falou com ela, chamou-a, mas ainda estava muito fraco e caiu de volta no travesseiro. Christine aproximou-se, colocou a mão na testa dele e foi embora novamente. E o Persa lembrava-se de que, enquanto ela se afastava, não olhou *monsieur* de Chagny, que, é verdade, dormia em paz; e sentou-se novamente em sua cadeira junto ao canto da chaminé, silenciosa como uma freira que havia feito um voto de silêncio.

Erik voltou com algumas garrafinhas, as quais colocou sobre a lareira. E, novamente num sussurro, para não acordar *monsieur* de Chagny, disse ao Persa, depois de se sentar e sentir sua pulsação:

— Agora estão a salvo, vocês dois. E em breve os levarei até a superfície da terra, *para agradar minha mulher.* — Levantou-se, sem maiores explicações, e desapareceu mais uma vez.

O Persa agora olhou para o perfil silencioso de Christine sob a lamparina. Ela lia um livro minúsculo, com bordas douradas, como um livro religioso. Há edições de *A imitação* que têm essa aparência. O Persa ainda tinha em seus ouvidos o tom natural em que o outro dissera: "para agradar minha esposa". Com muita delicadeza, chamou-a de novo; mas Christine estava absorta em seu livro e não o ouviu.

Erik voltou, misturou uma bebida para o daroga e aconselhou-o a não falar com "sua esposa" novamente nem com ninguém, *porque poderia ser muito perigoso para o bem-estar de todos.*

Eventualmente, o Persa adormeceu, assim como *monsieur* de Chagny, e não acordou até que estivesse em seu próprio quarto, assistido por seu fiel Darius, que lhe disse que, na noite anterior, fora encontrado encostado à porta de seu apartamento, para onde havia sido trazido por um estranho, que tocou a campainha antes de ir embora.

Assim que o daroga recuperou suas forças e sua inteligência, enviou o criado à casa de Conde Philippe a fim de indagar sobre a saúde do visconde. A resposta foi que o jovem não tinha sido visto e que Conde Philippe estava morto. Seu corpo fora encontrado na margem do lago da Ópera, no lado da Rue Scribe. O Persa lembrou-se da missa de réquiem que ouvira por trás da parede da câmara de tortura, e não teve dúvidas sobre o crime e sobre o criminoso. Conhecendo Erik como ele, facilmente reconstruiu a tragédia. Pensando que seu irmão havia fugido com Christine Daaé, Philippe correu em sua perseguição pela Estrada de Bruxelas, onde sabia que tudo estava preparado para a fuga. Sem conseguir encontrar a dupla, correu de volta à Ópera, lembrou-se da estranha confidência de Raoul sobre seu fantástico rival e soube que o visconde havia feito todos os esforços para entrar nos porões do teatro e que ele havia desaparecido, deixando seu chapéu no camarim da prima-dona, ao lado de uma caixa de pistola vazia. E o conde, que já não tinha dúvidas da loucura do irmão, por sua vez mergulhou naquele labirinto subterrâneo infernal. Isso foi suficiente, aos olhos do Persa, para explicar a descoberta do cadáver do Conde de Chagny na margem do lago, onde a sereia, a sereia de Erik, vigiava.

O Persa não hesitou. Estava determinado a informar a polícia. Agora, o caso estava nas mãos de um juiz examinador chamado Faure, um tipo de pessoa incrédula, comum, superficial (escrevo como penso), com uma mente totalmente despreparada para receber uma confidência do tipo. *Monsieur* Faure extraiu os depoimentos do daroga e passou a tratá-lo como louco.

Desesperado por conseguir uma audição, o Persa sentou-se para escrever. Como a polícia não queria suas provas, talvez a imprensa ficasse feliz com elas; e acabara de escrever a última linha da narrativa que citei nos capítulos anteriores, quando Darius anunciou a visita de um estranho que se recusou a revelar seu nome, que não mostrava o rosto e declarou simplesmente que não pretendia deixar o lugar até que tivesse falado com o daroga.

O Persa imediatamente sentiu quem era seu visitante singular e ordenou que fosse trazido. O daroga estava certo. Era o fantasma, era Erik!

Ele parecia extremamente fraco e se apoiou na parede, como se tivesse medo de cair. Tirando o chapéu, revelou uma testa branca como cera. O restante do rosto horrível estava escondido pela máscara.

O Persa ergueu-se quando da entrada de Erik.

— Assassino do Conde Philippe, o que fez com o irmão dele e com Christine Daaé?

Erik cambaleou sob esse ataque direto, permaneceu em silêncio por um momento, arrastou-se para uma cadeira e soltou um suspiro profundo. Em seguida, falando em frases curtas e ofegando entre as palavras:

— Daroga, não fale comigo... sobre o Conde Philippe... Ele estava morto... na hora... que saí de casa... ele estava morto... quando... a sereia cantou... Foi um... acidente... um triste... um acidente... muito triste. Ele caiu muito desajeitado... mas de forma simples e natural... no lago...!

— Está mentindo! — gritou o Persa.

Erik curvou a cabeça e disse:

— Não vim aqui... para falar de Conde Philippe... mas para lhe dizer que... Eu vou... morrer...

— Onde estão Raoul de Chagny e Christine Daaé?

— Vou morrer.

— Raoul de Chagny e Christine Daaé?

— De amor... daroga... Estou morrendo... de amor... É assim... amei-a tanto...! E eu a amo ainda... daroga... e estou morrendo de amor por ela, eu... Eu lhe conto...! Se você soubesse o quanto ela era linda... quando ela me deixou beijá-la... viva... Foi a primeira... vez, daroga, a primeira... vez que já beijei uma mulher... Sim, viva... Beijei-a viva... e ela parecia tão bonita como se estivesse morta!

O Persa sacudiu Erik pelo braço:

— Você vai me dizer se ela está viva ou morta.

— Por que me sacode assim? — perguntou Erik, fazendo um esforço para falar de forma mais coesa. — Estou lhe dizendo que vou morrer... Sim, beijei-a viva...

— E agora está morta?

— Estou lhe dizendo que a beijei daquele jeito, na testa... e ela não tirou a testa dos meus lábios...! Ah, ela é uma boa menina...! Quanto a ela estar morta, acho que não; mas não tem nada a ver comigo... Não, não, ela não está morta! E ninguém tocará um fio de cabelo de sua cabeça! Ela é uma menina boa e honesta, e salvou sua vida, daroga, em um momento em que eu não teria dado dois pence para sua pele persa. Na verdade, ninguém se preocupou com você. Por que estava lá com aquele pirralho? Você teria morrido com ele! Minha nossa, como ela me tratou como seu cachorrinho! Mas eu disse a ela que, como ela tinha virado o escorpião, tinha, por isso mesmo, e por vontade própria, ficado noiva de mim e que não precisava ter dois homens noivos dela, o que era bem verdade.

— Quanto a você, você não existia, você tinha deixado de existir, eu lhe digo, e você ia morrer com o outro...! Só que, preste atenção, daroga, quando você estava gritando como o diabo, por causa da água, Christine veio até mim com seus lindos olhos azuis bem abertos, e jurou para mim, como ela esperava ser salva, que ela consentiu em ser *minha esposa viva*...! Até então, no fundo de seus olhos, daroga, eu sempre tinha visto minha esposa morta; foi a primeira vez que vi *minha esposa viva* lá. Ela foi sincera, pois esperava ser salva. Ela não se mataria. Foi uma pechincha... Meio minuto depois, toda a água estava de volta ao lago; e tive um trabalho duro com você, daroga, pois, por minha honra, pensei que você estava acabado...! Contudo...! Lá estava você...! Combinamos que eu deveria levar vocês dois até a superfície da terra. Quando, finalmente, livrei o quarto Louis-Philippe de vocês, voltei sozinho..."

— O que você fez com o Visconde de Chagny? — perguntou o Persa, interrompendo-o.

— Ah, veja bem, daroga, não consegui carregá-lo daquele jeito, de uma vez... Ele era um refém... Mas também não pude mantê-lo na casa do lago, por causa de Christine; então o tranquei confortavelmente, acorrentei-o bem na masmorra da Comuna (a amostra grátis da essência de Mazandarão o deixara manco, em frangalhos), a qual fica na parte mais deserta e remota da Ópera, embaixo da quinta catacumba, onde ninguém nunca vem, e onde ninguém nunca o ouve. Depois voltei para Christine, que estava me esperando.

Erik, neste ponto, se levantou de modo solene. Então continuou, mas, enquanto falava, foi tomado por toda a sua emoção anterior e começou a tremer como uma folha:

— Sim, ela estava me esperando... me esperando ereta e viva, uma noiva real, viva... como ela esperava ser salva... E, quando eu... avancei, mais tímido do que... uma criancinha, ela não fugiu... não, não... ela ficou... ela me esperou... Eu até acredito... daroga... que ela mostrava a testa para mim... Um pouco... ah, não muito... só um pouquinho... como uma noiva viva... E... e... Eu... beijei-a...! Eu...! Eu...! Eu...! E ela não morreu...! Ah, como é bom, daroga, beijar alguém na testa...! Não dá para saber...! Mas eu! Eu...! Minha mãe, daroga, minha pobre e infeliz mãe jamais... deixava-me beijá-la... Ela fugia... e me jogava minha máscara...! Nem qualquer outra mulher... jamais, jamais...! Ah, dá para entender, minha felicidade foi tão grande, chorei. E caí aos pés dela, chorando... e beijei seus pés... seus pezinhos... chorando. Você está chorando também, daroga... e ela chorou também... O anjo chorou...! — Erik soluçava alto e o próprio Persa não conseguia conter as lágrimas na presença daquele homem mascarado, que, com os ombros tremendo e as mãos agarradas ao peito, gemia alternadamente de dor e de amor. — Sim, daroga... Senti suas lágrimas escorrerem na minha testa... na minha, na minha...! Eram suaves... elas eram doces...! Escorriam por baixo da minha máscara... misturaram-se com as minhas lágrimas nos olhos... Sim... elas fluíam entre meus lábios... Ouça, daroga, ouça o que fiz... Arranquei minha máscara para não perder uma de suas lágrimas... e ela não fugiu!... E ela não morreu!... Ela permanecia viva, chorando por mim, comigo. Choramos juntos! Provei toda a felicidade que o mundo pode oferecer! — E Erik caiu em uma cadeira, engasgando para respirar: — Ah, não vou morrer ainda... em breve, eu vou... mas deixe-me chorar...! Ouça, daroga... ouça isso... Enquanto eu estava aos pés dela... Eu a ouvi dizer: "Pobre, infeliz Erik!"... *e ela pegou minha mão...*! Eu não tinha me tornado mais, você sabe, do que um pobre cachorro pronto para morrer por ela... Quero dizer, daroga...! Segurei na mão um anel, um anel de ouro liso que lhe tinha dado... que ela tinha perdido... e que eu tinha encontrado de novo... uma aliança de casamento, sabe... Enfiei-o na mãozinha dela e falei: "Aí...! Tome-o...! Leve para você... e ele...! Será meu presente de casamento, um presente de seu pobre e infeliz Erik... Eu sei que você ama o menino... não chore mais...!". Ela me perguntou, com uma voz muito suave, o que eu queria dizer... Então a fiz entender que, no que lhe dizia respeito, eu era apenas um pobre cachorro, pronto para morrer por ela... mas que ela podia se casar com o rapaz quando quisesse, porque ela havia chorado comigo e misturado suas lágrimas com as minhas!...

A emoção de Erik foi tão grande que ele teve de pedir ao Persa que não olhasse para ele, pois estava engasgado e deveria tirar a máscara. O daroga foi até a janela e a abriu. Seu coração estava cheio de piedade, mas ele teve o cuidado de manter os olhos fixos nas árvores dos jardins das Tulherias, para não vislumbrar o rosto do monstro.

— Fui e soltei o jovem — continuou Erik — e disse a ele para vir comigo até Christine... Eles se beijaram diante de mim na sala Louis-Philippe... Christine tinha meu anel... Fiz Christine jurar voltar, uma noite, quando eu estivesse morto, atravessando o lago do lado da Rue Scribe, e me enterrar, com o maior segredo, junto ao anel de ouro, que ela deveria usar até aquele momento... Eu disse a ela onde ela encontraria meu corpo e o que fazer com ele... Então Christine me beijou, pela primeira vez, ela mesma, aqui, na testa; não olhe, daroga! Aqui, na testa... Na minha testa, a minha... Não olhe, daroga! E eles saíram juntos... Christine tinha parado de chorar... Só eu chorei... Daroga, daroga, se Christine cumprir sua promessa, ela voltará em breve!...

O Persa não lhe fez perguntas. Ele estava bastante tranquilo quanto ao destino de Raoul de Chagny e Christine Daaé; ninguém poderia duvidar da palavra do choroso Erik naquela noite.

O monstro recolocou sua máscara e reuniu suas forças para deixar o daroga. Disse-lhe que, quando sentisse que seu fim estava muito próximo, ia enviar-lhe, em gratidão pela bondade que o Persa lhe mostrara um dia, aquilo que ele tinha de mais caro no mundo: todos os papéis de Christine Daaé, que ela escrevera para benefício de Raoul e deixara com Erik, junto a alguns objetos pertencentes à jovem, como um par de luvas, uma fivela de sapato e dois lenços de bolso. Em resposta às perguntas do Persa, Erik disse-lhe que os dois jovens, assim que se viram livres, resolveram procurar um padre em algum lugar solitário onde pudessem esconder sua felicidade e que, com esse objeto em vista, haviam partido da "estação ferroviária do norte do mundo". Por fim, Erik confiou no Persa, assim que recebesse as relíquias e papéis prometidos, para informar o jovem casal de sua morte e anunciá-la no *Époque*.

Isso era tudo. O Persa viu Erik ir até a porta de seu apartamento, e Darius o ajudou a descer para a rua. Uma carruagem de aluguel o esperava. Erik entrou; e o Persa, que voltara à janela, ouviu-o dizer ao motorista:

— Para a Ópera.

E a carruagem foi-se na noite.

O Persa tinha visto o pobre e infeliz Erik pela última vez. Três semanas depois, o *Époque* publicou este anúncio:

"Erik morreu".

Epílogo

ACABEI DE CONTAR A HISTÓRIA SINGULAR, MAS VERAZ, DO Fantasma da Ópera. Como declarei na primeira página deste trabalho, não é mais possível negar que Erik realmente viveu. Há hoje tantas provas de sua existência ao alcance de todos que podemos acompanhar as ações de Erik logicamente ao longo de toda a tragédia dos Chagny.

Não há necessidade de repetir aqui o quanto o caso empolgou a capital. O sequestro da artista, a morte do Conde de Chagny em condições tão excepcionais, o desaparecimento de seu irmão, o entorpecimento do gaseiro da Ópera e de seus dois assistentes: que tragédias, que paixões, que crimes cercaram o idílio de Raoul e da doce e charmosa Christine!... O que acontecera com aquela artista maravilhosa e misteriosa de quem o mundo nunca mais ouviria falar?... Ela foi representada como vítima de uma rivalidade entre os dois irmãos; e ninguém suspeitava do que de fato acontecera, ninguém entendia que, como Raoul e Christine haviam desaparecido, ambos haviam se retirado do mundo para desfrutar de uma felicidade que não teriam se importado em tornar pública após a morte inexplicável do Conde Philippe... Um dia, apanharam o comboio da "estação ferroviária do norte do mundo". Possivelmente, também apanharei o comboio naquela estação, um dia, e vou procurar em torno dos teus lagos, ó Noruega, ó silenciosa Escandinávia, pelos vestígios talvez ainda vivos de Raoul e Christine, e também de Mamãe Valerius, que desapareceu ao mesmo tempo!... Possivelmente, algum dia, ouvirei os ecos solitários do Norte repetirem o canto daquela que conheceu o Anjo da Música!...

Muito tempo depois de o caso ter sido arquivado pelo cuidado pouco inteligente do Sr. juiz de instrução Faure, os jornais fizeram esforços, em intervalos, para desvendar o mistério. Só um jornal noturno, que conhecia todas as fofocas dos teatros, dizia:

— Reconhecemos o toque do Fantasma da Ópera.

E mesmo isso foi escrito com ironia.

Só o Persa conhecia toda a verdade e detinha as principais provas, que lhe chegaram com as piedosas relíquias prometidas pelo fantasma. Coube a mim completar essas provas com a ajuda do próprio daroga. Dia após dia, eu o mantinha informado do andamento de minhas investigações; e dirigiu-as. Ele não tinha ido à Ópera por anos e anos, mas tinha preservado a lembrança mais precisa do edifício, e não havia melhor guia possível do que ele para me ajudar a descobrir seus recessos mais secretos. Ele também me disse onde coletar mais informações, a quem perguntar; e mandou-me chamar *monsieur* Poligny, num momento em que o pobre homem estava quase a dar o último suspiro. Eu não tinha ideia de que ele estava tão doente, e nunca esquecerei o efeito que minhas perguntas sobre o fantasma produziram nele. O homem olhou para mim como se eu fosse o diabo e respondeu apenas por meio de algumas frases incoerentes, que mostravam, no entanto — e isso era o principal —, a extensão da perturbação que o F. da Ó., em seu tempo, havia trazido para aquela vida já muito inquieta (pois *monsieur* Poligny era o que as pessoas chamam de devasso).

Quando cheguei e contei ao Persa o mau resultado de minha visita a *monsieur* Poligny, o daroga deu um leve sorriso e disse:

— Poligny nunca soube até que ponto aquele extraordinário guarda sombrio, que era Erik, o enganou.

O Persa, aliás, falava de Erik ora como um semideus, ora como o mais baixo dos baixos — Poligny era supersticioso e Erik sabia disso. Erik sabia a maioria das coisas sobre os assuntos públicos e privados da Ópera. Quando *monsieur* Poligny ouviu uma voz misteriosa dizer-lhe, no camarote número cinco, a respeito da maneira como costumava gastar seu tempo e abusar da confiança de seu parceiro, ele não esperou mais para ouvir. Pensando, a princípio, que se tratava de uma voz do Céu, acreditou-se condenado; e então, quando a voz começou a pedir dinheiro, viu que estava sendo vítima de um chantagista astuto de quem o próprio Debienne havia caído como presa. Ambos, já cansados da gestão por vários motivos, foram embora sem tentar investigar mais a fundo a personalidade daquele curioso F. da Ó., que lhes havia imposto uma cláusula tão singular. Eles legaram todo o mistério aos seus sucessores e deram um suspiro de alívio quando se livraram de um negócio que os havia intrigado sem diverti-los minimamente.

Falei então dos dois sucessores e expressei minha surpresa pelo fato de, em suas *Memórias de um diretor*, *monsieur* Moncharmin descrever o comportamento do Fantasma da Ópera tão longamente na primeira parte do livro e quase não o mencionar na segunda. Em resposta a isso, o Persa, que conhecia as *Memórias* tão profundamente como se ele mesmo as tivesse escrito, observou que eu deveria encontrar a explicação de todo o negócio se me lembrasse apenas das poucas linhas que Moncharmin dedica ao fantasma na segunda parte acima mencionada. Cito estas linhas, que são particularmente interessantes porque descrevem a maneira muito simples como o famoso incidente dos 20 mil francos foi encerrado:

Quanto a F. da Ó., cujos curiosos truques relatei na primeira parte de minhas *Memórias*, direi apenas que ele redimiu, por uma ação espontânea, toda a preocupação que causou ao meu querido amigo e parceiro e, devo dizer, a mim mesmo. Ele sentiu, sem dúvida, que há limites para uma piada, especialmente quando é tão cara e quando o delegado de polícia foi informado, pois, no momento que havíamos marcado um encontro em nosso escritório com *monsieur* Mifroid para lhe contar toda a história, poucos dias após o desaparecimento de Christine Daaé, encontramos, sobre a mesa de Richard, um grande envelope, no qual havia uma inscrição, em tinta vermelha, 'Com os cumprimentos de F. da Ó.'. Continha a grande soma de dinheiro que ele conseguira extrair, por enquanto, do tesouro. Richard foi imediatamente da opinião de que deveríamos nos contentar com isso e abandonar o negócio. Concordei com Richard. Tudo está bem quando acaba bem. O que você diz, F. da Ó.?

É claro que Moncharmin, em particular depois que o dinheiro foi restaurado, continuou a acreditar que ele tinha sido, por um curto período, alvo do senso de humor de Richard, enquanto Richard, por seu lado, estava convencido de que Moncharmin havia se divertido ao inventar todo o caso do Fantasma da Ópera, a fim de se vingar de algumas piadas.

Pedi ao Persa que me dissesse com que truque o fantasma tinha tirado 20 mil francos do bolso de Richard, apesar do alfinete de segurança. Ele respondeu que não tinha entrado nesse pequeno detalhe, mas que, se eu mesmo me preocupasse em fazer uma investigação no local, sem dúvida encontraria a solução para o enigma no escritório dos diretores, lembrando que Erik não havia sido apelidado de "amante do alçapão" à toa. Prometi ao Persa fazê-lo assim que tivesse tempo, e posso dizer imediatamente ao leitor que os resultados da minha investigação foram perfeitamente satisfatórios; e eu mal acreditava que alguma vez descobriria tantas provas inegáveis da autenticidade dos feitos atribuídos ao fantasma.

O manuscrito do Persa, os papéis de Christine Daaé, as declarações feitas a mim pelas pessoas que trabalhavam com *messieurs* Richard e Moncharmin, pela própria pequena Meg (a digna *madame* Giry, lamento dizer, não existe mais) e por Sorelli, que agora vive aposentada em Louveciennes: todos os documentos relativos à existência do fantasma, que me proponho depositar nos arquivos da Ópera, foram verificados e confirmados por uma série de descobertas importantes das quais me orgulho com justiça. Não consegui encontrar a casa no lago, Erik bloqueou todas as entradas secretas.[11] Por outro lado, descobri a passagem secreta da Comuna, cujas tábuas estão caindo aos pedaços em partes, e também o alçapão através do qual Raoul e o Persa penetraram nas catacumbas da casa de ópera. No calabouço da Comuna, notei números de iniciais traçadas nas paredes pelas pessoas infelizes confinadas nela; e entre estes estavam um "R" e um "C". R. C.: Raoul de Chagny. As letras estão lá até hoje.

Se o leitor visitar a Ópera uma manhã e pedir licença para passear onde quiser, sem estar acompanhado de um guia estúpido, vá ao camarote número cinco e bata com o punho ou com uma bengala na enorme coluna que o separa do camarote do palco. Ele descobrirá que a coluna soa oca. Depois disso, não se surpreenda com a sugestão de que foi ocupada pela voz do fantasma: há espaço dentro da coluna para dois homens. Se está surpreso que, quando os vários incidentes ocorreram, ninguém se virou para olhar para a coluna, deve se lembrar que ela apresentava a aparência de mármore sólido, e que a voz contida nela parecia vir do lado oposto, pois, como vimos, o fantasma era um ventríloquo experiente.

A coluna foi elaboradamente esculpida e decorada com o cinzel do escultor; e não me desespero de um dia descobrir o ornamento que poderia ser levantado ou abaixado à vontade, para admitir a misteriosa correspondência do fantasma com *madame* Giry e a generosidade dele para com ela.

---

11   Mesmo assim, estou convencido de que seria fácil alcançá-la drenando o lago, como solicitei repetidamente ao Ministério das Belas-Artes que fizesse. Eu estava falando sobre isso com *monsieur* Dujardin-Beaumetz, o subsecretário de Belas-Artes, apenas quarenta e oito horas antes da publicação deste livro. Quem sabe, talvez, a partitura de *Don Juan triunfante* ainda possa ser descoberta na casa no lago?

No entanto, todas essas descobertas não são, a meu ver, nada se comparadas àquelas que pude fazer, na presença do diretor interino, no escritório dos diretores, a poucos centímetros da escrivaninha, e que consistia em um alçapão, com largura de uma tábua no piso e o comprimento do antebraço de um homem e não mais; um alçapão que cai para trás como a tampa de uma caixa; um alçapão através do qual posso ver uma mão chegar e habilmente mexer no bolso de um casaco rabo de andorinha.

Foi assim que se foram os 40 mil francos...! E essa também é a maneira pela qual, por um truque ou outro, eles foram devolvidos.

Falando sobre isso ao Persa, eu disse:

— Então podemos supor, já que os quarenta mil francos foram devolvidos, que Erik estava simplesmente se divertindo com aquele livro de apontamentos dele?

— Não acredite nisso! — ele respondeu. — Erik queria dinheiro. Pensando-se sem os limites da humanidade, não foi contido por nenhum escrúpulo e empregou seus extraordinários dons de destreza e imaginação, que recebera a título de compensação por sua extraordinária feiura, para atacar seus semelhantes. Sua razão para restaurar os quarenta mil francos, por vontade própria, foi que ele não os queria mais. Ele havia desistido de seu casamento com Christine Daaé. Ele havia abandonado tudo acima da superfície da terra.

De acordo com o relato do Persa, Erik nascera em uma pequena cidade não muito longe de Rouen. Era filho de um mestre de obras. Fugiu cedo da casa do pai, onde sua feiura era motivo de horror e terror para os pais. Por um tempo, frequentou feiras, onde um apresentador o exibia como o "cadáver vivo". Ele parece ter atravessado toda a Europa, de feira em feira, e ter completado sua estranha educação como artista e mágico na própria fonte da arte e da magia, entre os ciganos. Um período da vida de Erik permaneceu bastante obscuro. Ele foi visto na feira de Nijni Novgorod, onde se exibiu em toda a sua glória horrível. Já cantava como ninguém nesta terra jamais havia cantado antes; praticou a ventriloquia e deu demonstrações de prestidigitação tão extraordinárias que as caravanas que retornavam à Ásia falaram sobre isso durante toda a sua viagem. Dessa forma, sua reputação penetrou nas paredes do palácio em Mazandarão, onde a pequena sultana, a favorita do Xá, estava se aborrecendo até a morte. Um negociante de peles, retornando a Samarcanda, vindo de Nijni Novgorod, contou sobre as maravilhas que tinha visto realizadas na tenda de Erik. O comerciante foi convocado ao palácio e o daroga de Mazandarão foi instruído a interrogá-lo. Em seguida, o daroga foi instruído a ir encontrar Erik. Levou-o para a Pérsia, onde durante alguns meses a vontade de Erik foi lei. Ele era culpado de não poucos horrores, pois parecia não saber a diferença entre o bem e o mal. Participou calmamente de uma série de assassinatos políticos; e voltou seus poderes inventivos diabólicos contra o Emir do Afeganistão, que estava em guerra com o império persa. O Xá tomou gosto por ele.

 Este foi o tempo das horas rosadas de Mazandarão, das quais a narrativa do daroga nos deu um vislumbre. Erik tinha ideias muito originais sobre o tema da arquitetura e pensou em um palácio como um conjurador inventa um caixote de truques. O Xá ordenou-lhe que construísse um edifício deste tipo. Erik fez isso; e o edifício parece ter sido tão engenhoso que Sua Majestade foi capaz de se mover nele sem ser visto e desaparecer sem a possibilidade de o truque ser descoberto. Quando o Xá se viu possuidor dessa joia, ele ordenou que os olhos amarelos de Erik fossem apagados. Mas ele refletiu que, mesmo cego, Erik ainda seria capaz de construir uma casa tão notável para outro soberano; e também que, enquanto Erik estivesse vivo, alguém conheceria o segredo do maravilhoso palácio. A morte de Erik foi decidida, junto à de todos os trabalhadores que haviam trabalhado sob suas ordens. A execução desse abominável decreto recaiu sobre o daroga de Mazandarão. Erik mostrara-lhe alguns serviços ligeiros e arrancara-lhe muitas gargalhadas. Ele salvou Erik ao lhe fornecer os meios de fuga, mas quase pagou com a cabeça por sua indulgência generosa.

Felizmente para o daroga, um cadáver, meio comido pelas aves de rapina, foi encontrado nas margens do mar Cáspio, e foi considerado como o corpo de Erik, porque os amigos do daroga tinham vestido os restos mortais com roupas que pertenciam a Erik. O daroga foi liberado com a perda do favor imperial, o confisco de seus bens e uma ordem de banimento perpétuo. Como membro da Casa Real, no entanto, ele continuou a receber uma pensão mensal de algumas centenas de francos do tesouro persa; e nisso veio morar em Paris.

Quanto a Erik, foi para a Ásia Menor e daí para Constantinopla, onde foi empregado do sultão. Na explicação dos serviços que ele foi capaz de prestar a um monarca assombrado por terrores perpétuos, basta dizer que foi Erik quem construiu todos os famosos alçapões e câmaras secretas e misteriosas caixas-fortes que foram encontrados em Yildiz-Kiosk após a última revolução turca. Também inventou aqueles autômatos, vestidos como o Sultão e parecidos com o Sultão em todos os aspectos,[12] o que fez as pessoas acreditarem que o Comandante dos Fiéis estava acordado em um lugar, quando, na realidade, ele estava dormindo em outro.

Claro, ele teve de deixar o serviço do sultão pelas mesmas razões que o fizeram fugir da Pérsia: ele sabia demais. Então, cansado de sua vida aventureira, formidável e monstruosa, desejava ser alguém "como todos os outros". E se tornou um empreiteiro, como qualquer empreiteiro comum, construindo casas comuns com tijolos comuns. Licitou parte das fundações na Ópera. Sua estimativa foi aceita. Quando se viu nos porões da enorme casa de espetáculos, sua natureza artística, fantástica e bruxa tomou vantagem. Além disso, ele não era tão feio como sempre? Sonhava em criar, para o próprio uso, uma morada desconhecida do resto da Terra, onde pudesse se esconder para sempre dos olhos dos homens.

O leitor sabe e adivinha o restante. Tudo está de acordo com essa história incrível e, ao mesmo tempo, veraz. Pobre, infeliz Erik!

---

12   Veja a entrevista do correspondente especial do MATIN, com Mohammed-Ali Bey, no dia seguinte à entrada das tropas salônicas em Constantinopla.

Vamos ter pena dele? Vamos amaldiçoá-lo? Ele pediu apenas para ser "alguém", assim como todo mundo. Mas era feio demais! E tinha de esconder sua genialidade *ou usá-la para pregar peças*, quando, com um rosto comum, teria sido um dos mais ilustres da humanidade! Ele tinha um coração que poderia ter sustentado o império do mundo; e, no final, teve de se contentar com uma catacumba. Ah, sim, precisamos ter pena do Fantasma da Ópera.

Rezei sobre seus restos mortais, para que Deus lhe mostrasse misericórdia, apesar de seus crimes. Sim, tenho certeza, certeza de que rezei ao lado do corpo dele, outro dia, quando o tiraram do local onde estavam enterrando os registros fonográficos. Era o esqueleto dele. Não o reconheci pela feiura da cabeça, pois todos os homens são feios quando estão mortos há tanto tempo assim, mas pelo simples anel de ouro que ele usava e que Christine Daaé certamente deixou em seu dedo, quando veio enterrá-lo de acordo com sua promessa.

O esqueleto jazia perto do pequeno poço, no lugar onde o Anjo da Música segurou pela primeira vez Christine Daaé desmaiada em seus braços trêmulos, na noite em que a carregou até os porões da casa de ópera.

E, agora, o que eles querem fazer com esse esqueleto? Certamente não o enterrarão na vala comum...! Digo que o lugar do esqueleto do Fantasma da Ópera está nos arquivos da Academia Nacional de Música. Não é um esqueleto qualquer.

FIM

A Casa de Ópera de Paris

O CENÁRIO DO ROMANCE DE GASTON LEROUX, *O FANTASMA DA ÓPERA*

Que o sr. Leroux tenha usado, como cenário de sua história, a Ópera de Paris como ela realmente é, e não tenha criado um edifício a partir de sua imaginação, é mostrado por esta interessante descrição dela, retirada de um artigo publicado na *Scribner's Magazine* em 1879, pouco tempo depois que a construção do edifício foi concluída:

> A nova Ópera, iniciada sob o Império e terminada sob a República, é o edifício mais completo do tipo no mundo e, em muitos aspectos, o mais belo. Nenhuma capital europeia possui uma casa de ópera tão abrangente em plano e execução, e nenhuma pode ostentar um edifício igualmente vasto e esplêndido.
>
> O local da Ópera foi escolhido em 1861. Estavam determinados a lançar as bases excepcionalmente profundas e fortes. Sabia-se que a água seria encontrada, mas era impossível prever em qual profundidade ou em qual quantidade. Uma profundidade excepcional também era

necessária, pois os arranjos do palco deveriam ser tais que admitissem uma cena de quinze metros de altura para ser rebaixada em seu quadro. Era necessário, portanto, assentar uma fundação em um solo encharcado de água, que deveria ser sólido o suficiente para suportar um peso de quase 10 mil toneladas e, ao mesmo tempo, estar perfeitamente seco, já que as catacumbas eram destinadas ao armazenamento de cenários e objetos. Enquanto os trabalhos estavam em andamento, a escavação foi mantida livre de água por meio de oito bombas, trabalhadas a vapor, e em operação, sem interrupção, dia e noite, de dois de março a treze de outubro. O piso da catacumba foi coberto com uma camada de concreto, depois com duas de cimento, outra camada de concreto e uma camada de betume. A parede inclui uma parede externa construída como um cofre-barragem, uma parede de tijolos, uma camada de cimento e uma parede própria, com cerca de um metro de espessura. Depois de tudo isso feito, o todo foi preenchido com água, a fim de que o fluido, ao penetrar nos interstícios mais minúsculos, pudesse depositar um sedimento que os fecharia com mais segurança e perfeição do que seria possível fazer à mão. Doze anos se passaram antes da conclusão do edifício, e durante esse tempo foi demonstrado que as precauções tomadas asseguraram impermeabilidade e solidez absolutas.

Os eventos de 1870 interromperam o trabalho no momento que estava prestes a ser processado com mais vigor, e a nova Ópera foi posta em novos e inesperados usos. Durante o cerco, foi convertida em vasto armazém militar e preenchida com uma massa heterogênea de provisões. Após o cerco, o edifício caiu nas mãos da Comuna e o telhado foi transformado em uma estação de balões. Os danos causados, no entanto, foram leves.

A refinada pedra empregada na construção foi trazida de pedreiras na Suécia, Escócia, Itália, Argélia, Finlândia, Espanha, Bélgica e França. Enquanto as obras no exterior estavam em andamento, o edifício foi coberto por uma concha de madeira, tornada transparente por milhares de pequenos painéis de vidro. Em 1867, um enxame de homens, abastecidos com martelos e machados, despojou o prédio de seu manto, e mostrou a grande estrutura em todo o seu esplendor. Nenhuma imagem pode fazer justiça às cores ricas do edifício ou ao tom harmonioso resultante do uso hábil de muitos materiais diversos. O efeito da fachada é completado pela cúpula do auditório, coberta com uma tampa de bronze parcimoniosamente adornada com douramento. Mais adiante, nivelada com as torres de Notre-Dame, está a extremidade da empena do telhado do palco, um "Pegasus", de *monsieur* Lequesne, erguendo-se em cada extremidade do telhado, e um grupo de bronze de *monsieur* Millet, representando "Apolo levantando sua lira dourada", comandando o ápice. Apolo, pode-se mencionar aqui, é útil e também ornamental, pois sua lira é inclinada com uma ponta de metal que faz o dever de para-raios e conduz a corrente para o corpo e para os membros do deus.

 O espectador, tendo subido dez degraus e deixado atrás de si um portal, chega a um vestíbulo no qual estão as estátuas de Lully, Rameau, Gluck e Handel. Dez degraus de mármore verde sueco levam a um segundo vestíbulo para os vendedores de bilhetes. Os visitantes que entram pelo pavilhão reservado para carruagens passam por um corredor onde se situam as bilheterias. A maior parte da plateia, antes de entrar no auditório, atravessa um grande vestíbulo circular localizado exatamente abaixo dele. O teto dessa parte do edifício é sustentado por dezesseis colunas caneladas de pedra Jura, com capitéis de mármore branco, formando um pórtico. Aqui os criados devem aguardar seus senhores, e os espectadores podem permanecer até que suas carruagens sejam trazidas. A terceira entrada, bem distinta das demais, é reservada ao Executivo. A seção do edifício reservada para o uso do imperador Napoleão deveria ter incluído uma antecâmara para os guarda-costas; um salão para os ajudantes de campo; um salão grande e outro menor para a Imperatriz; salas de chapéu e vestiário etc. Além disso, deveria haver, nas proximidades da entrada, estábulos para três coches, para os cavalos dos batedores e para os vinte e um cavaleiros que atuavam como escolta; um posto para um esquadrão de infantaria de trinta e um homens e dez soldados de elite, e um estábulo para os cavalos destes últimos; e, além disso, um salão para quinze ou vinte criadas. Assim, foi necessário fazer os arranjos e acomodar nesta parte do edifício cerca de cem pessoas, cinquenta cavalos e meia dúzia de carruagens. A queda do Império sugeriu mudanças, mas ainda existe ampla provisão para emergências.

Sua concepção inovadora, sua forma perfeita e seu raro esplendor de material fazem da grande escadaria inquestionavelmente uma das características mais notáveis do edifício. Apresenta ao espectador, que acaba de passar pelo pavilhão dos assinantes, uma imagem deslumbrante. A partir desse ponto, contempla-se o teto formado pelo patamar central; esta e as colunas que a sustentam, construídas em pedra de Echaillon, são decoradas com arabescos e pesados de ornamentos; os degraus são de mármore branco, e balaústres de mármore vermelho antigo descansam em soquetes de mármore verde e sustentam uma balaustrada de ônix. À direita e à esquerda desse patamar há escadas para o andar, em um plano com a primeira fileira de camarotes. No piso em questão erguem-se trinta colunas monolíticas de mármore Sarrancolin, com bases de mármore branco e capitéis. Pilastras de flor de pêssego e pedra violeta estão contra as paredes correspondentes. Mais de cinquenta blocos tiveram de ser extraídos da pedreira para encontrar trinta monólitos perfeitos.

O *foyer* do balé é de particular interesse para os frequentadores habituais da Ópera. É um local de reunião ao qual são admitidos os assinantes de três apresentações por semana entre os atos, de acordo com um uso estabelecido em 1870. Três imensos vidros cobrem a parede traseira do FOYER, e um lustre com cento e sete queimadores fornece-lhe luz. As pinturas incluem vinte medalhões ovais, nos quais são retratados vinte dançarinos de maior celebridade desde que a ópera existiu na França, e quatro painéis de *monsieur* Boulanger, tipificando "A Dança da Guerra", "A Dança Rústica", "A Dança do Amor" e "A Dança Báquica". Enquanto as damas do balé recebem seus admiradores neste *foyer*, elas podem praticar seus passos. As barras almofadadas de veludo foram, para este fim, fixadas em pontos convenientes, e o piso recebeu a mesma inclinação que a do palco, para que a mão de obra despendida possa ser completamente rentável para a apresentação. O *foyer* dos cantores, no mesmo andar, é um resort muito menos animado do que o *foyer* do balé, já que os vocalistas raramente saem de seus camarins antes de serem convocados ao palco. Trinta painéis com retratos dos artistas de renome nos anais da Ópera adornam este *foyer*.

Alguma estimativa... pode ser alcançada sentando-se diante do porteiro cerca de uma hora antes do início da representação. Primeiro aparecem os carpinteiros cenográficos, que são sempre setenta, e, às vezes, quando *L'Africaine*, por exemplo, com sua cena de navio, é a ópera, cento e dez fortes. Depois vêm os estofadores de palco, cuja única função é colocar tapetes, pendurar cortinas etc.; gaseiros e um esquadrão de bombeiros. Estaladores, meninos de campainha, carregadores de objetos, maquiadores, penteadores, figurantes e artistas vêm na sequência. Os figurantes são cerca de cem; alguns são contratados por ano, mas as "massas" são geralmente recrutadas à última hora e são geralmente trabalhadores que procuram aumentar os seus parcos ganhos. Há cerca de uma centena de coristas, e cerca de oitenta músicos.

Em seguida, contemplamos os cavalariços, cujos cavalos são içados no palco por meio de um elevador; eletricistas que gerenciam as baterias produtoras de luz; hidráulica para cuidar das obras aquáticas em balés como *La Source*; artífices que preparam o fogo em *Le Profeta*; floristas que preparam o jardim de Margarida, e uma série de funcionários menores. Este pessoal está previsto da seguinte forma: oitenta camarins são reservados para os artistas, cada um incluindo uma pequena antecâmara, o camarim propriamente dito e um pequeno armário. Além desses apartamentos, a Ópera tem um camarim para sessenta homens coristas e outro para cinquenta mulheres coristas; um terceiro para trinta e quatro bailarinos; quatro camarins para vinte bailarinas de diferentes graus; um camarim para cento e noventa figurantes etc.

Alguns números retirados do artigo sugerem a enorme capacidade e a conveniência perfeita da casa. "São 2.531 portas e 7.593 chaves; quatorze fornos e grelhas aquecem a casa; os canos de gás, se conectados, formariam um tubo de quase 26 quilômetros de comprimento;

nove reservatórios e dois tanques armazenam 22.222 galões de água e distribuem seu conteúdo por 22.829 2-5 pés de tubulação; 538 pessoas têm lugares designados para trocar de roupa. Os músicos têm um *foyer* com cem armários para seus instrumentos."

O autor comenta sobre sua visita à Ópera, que "foi quase tão desconcertante quanto agradável. Escadarias gigantes e salões colossais, afrescos enormes e espelhos enormes, ouro e mármore, cetim e veludo, se encontravam a cada esquina".

Em uma carta recente, o sr. Andre Castaigne, cujas imagens notáveis ilustram o texto, fala de um rio ou lago sob a Ópera e menciona o fato de que agora também existem três túneis ferroviários metropolitanos, um em cima do outro.